KARLITA

Abner Huertas

Karlita
Edición en español.

Derechos Reservados ® 2015 Abner Huertas

ISBN: 992940726X
ISBN-13: 978-9929-40-726-8

Edición electrónica:
ISBN-13: 978992940727X
ISBN-13: 978-9929-40-727-5

Diseño de portada: Kari Ayasha
Edición y revisión: Cristina Monzón Veliz

---

karlita@abnerhuertas.com
www.abnerhuertas.com/Karlita

KARLITA

Abner Huertas

Para Karlita

Capítulos

«El olvido será tu destino cuando una canción infantil sea entonada y la oscuridad te observe a los ojos; porque tú eres el medio para que ella llegue a conocer su origen desconocido.

No te encariñes de ella, porque no habrá vuelta atrás. No intentes escapar ni pidas clemencia, porque tu final se aproximará.»

CAPÍTULO 1

UN SUEÑO

En la casa 43 del condominio *«Las Gaviotas»* hay una celebración a lo grande. La única hija de los González, está cumpliendo los dieciocho años de edad. Claudia está muy agradecida con Dios por la vida de Susana, después de todo, tuvo cuatro intentos antes de quedar embarazada, su alegría fue inmensa cuando le dijeron que esperaba una niña.

Enrique, su esposo, estuvo al cuidado de ella durante esos nueve meses. Él siempre se preocupó por llevarle libros para que pudiera leer mientras permanecía en cama sin poder levantarse; durante esos meses Claudia sintió el amor de Enrique más cerca que nunca.

—*Evite las preocupaciones. Debe estar tranquila y sin estrés para evitar complicaciones en el parto*— fueron las palabras que le dijo el doctor José, ella prometió, con sus manos sobre su vientre, que así lo haría.

—*¡Mamá, ven!*— le grita Susana con su teléfono en la mano —*Ponte, mamá. Así nos tomamos unas fotos*— Susana abraza a su mamá —*... ahora hagamos caras*—. Susana toma varias fotografías moviendo la cámara varias veces —*Ahora una así como... que... pues... o sea... sacando la lengua*—.

Susana ríe mientras sube las fotos a su red social; escribe al pie lo feliz que se siente por tenerla como mamá.

—*Te quiero, mamá*— le susurra con tono aniñado al oído. Al escuchar aquellas palabras los recuerdos del fruto del amor volvieron a Claudia, su pequeña niña a quien tanto había deseado es ahora una señorita —*yo también te quiero, hija*—. Ambas se dan un fuerte abrazo.

—*¡Chicos, vengan, vamos todos a bailar! ¡El que no venga es un reeecha!*— les grita Renato, un enamorado de Susana, pero a quien ella ve solo como un amigo. Todos levantan las manos y gritan para que empiece la música; Susana se despide de su mamá y va a la sala dando saltos y vueltas —*¡Ehh!*— se escucha por toda la casa. Susana va a poner la música a todo volumen.

Claudia observa con ternura a su hija disfrutando de su fiesta, de pronto da un pequeño salto al pensar que los vecinos se podrían quejar por el relajo.

—*Hola, preciosa*— se acerca por detrás Enrique con la voz profunda que enamoró a Claudia.

—*Enrique, ¿eres tú?*— pregunta con calma mientras se da la vuelta para verlo frente a frente —*¿Desde cuándo estás ahí parado?*— Claudia baja la mirada al suelo y vuelve a verlo a los ojos. Enrique le dice que acaba de llegar de la oficina, quería llegar temprano para compartir de la celebración de Susana. Enrique se aproxima para darle un cálido beso, algo que llena el corazón de Claudia y le hace sentir que él aún la ama, tal y como cuando eran novios.

Enrique nota algo diferente en Claudia —*¿Estará cansada?, ¿Estará preocupada?*— se pregunta al ver al interior de los ojos de su esposa.

Enrique cree que quizá ella esté un poco triste porque unos días atrás le había mencionado lo mucho que le preocupa que

Susana cumpla la mayoría de edad, y que temía que ella quisiera marcharse de la casa por creerse adulta.

Enrique permanece frente a ella sin pronunciar ninguna palabra, a él le gustaría poder leer los pensamientos de su esposa, pero se conforma con darle su apoyo, aunque para él sea un misterio lo que hay dentro de su mente. Enrique no está consciente de que ella siempre soñó con tener dos hijas, pero el mensaje del doctor fue claro cuando le dijo que eso es imposible.

—*Bueno amor voy a cambiarme y bajo para unirme a la celebración*— le dice. Enrique le da otro beso y sube a quitarse la ropa de trabajo y vestir algo más cómodo para la ocasión.

Mientras Enrique sube, Claudia va a la cocina a terminar de adornar el pastel que desde el día anterior comenzó a cocinar, termina de escribir: «*Feliz cumpleaños Susana*», pero al verlo piensa que aún necesita unos toques más; ve unos adornos de flores y los agrega al diseño del pastel. Su mirada queda fija en una de las flores y sus sentidos quedan desconectados de la realidad, dejando su mente en un vacío.

—*Claudia... Claudia*— Escucha como si alguien la llama y da un pequeño salto dejando caer la espátula y las flores. Ella piensa que debe estar muy cansada y que un poco de reposo le caería bien, pero por ahora quiere disfrutar del festejo de su hija.

Después de cambiarse, Enrique baja con una maleta en la mano, sin que nadie se dé cuenta, va lo más rápido que puede hacia su camioneta para guardarla. De regreso le dice a Claudia que es hora de cantar el cumpleaños y le pide que le avise a Rocío, la mejor amiga de Susana, que apague las luces.

Claudia le hace señas a Rocío, quien ya sabe lo que significa. Rocío apaga las luces para que Claudia y Enrique entren con el pastel que va alumbrando el camino con unas velas en forma de un número 18.

Renato empieza a cantar —*Cuuumpleaños feliz*—, las carcajadas de todos ponen rojo a Renato. —*Mejor dedícate a ingeniería aeroespacial, porque como cantante: ¡te morís de hambre!, ja, ja, ja*— le grita uno de sus amigos. Todos le cantan deseándole que cumpla muchos años más. Con una mirada tierna Susana les agradece a todos. Un abrazo de grupo marca la unión de amistad.

Enrique le susurra a Claudia que deberían dejar a los jóvenes disfrutar de la fiesta; ella le sonríe recostando su cabeza sobre su hombro mientras suben al segundo nivel a descansar, después de todo, ahora Susana es mayor de edad y, aunque a Enrique le preocupa que aún se comporta como una niña de quince años, saben que no tienen de qué preocuparse.

—*Amor… es increíble pensar que ya Susana no es nuestra chiquita. Ahora es ya toda una señorita mayor de edad*— le expresa Enrique mientras apoya su cabeza sobre la de Claudia —*. Pareciera como si hubiese sido ayer cuando apenas la cargaba y le daba de comer*— Enrique hace una pausa dando un suspiro —*, el tiempo pasa rápido y nos hacemos viejos*— le continua diciendo mientras da una pequeña carcajada.

Ya en la habitación, Claudia apaga la luz y le desea a Enrique que tenga un buen descanso. Claudia se cubre hasta la cabeza para llorar, ella no quiere que él la oiga, aun así, Enrique la oye —*¿Qué será lo que le está pasando?*— se pregunta. Él no sabe qué hacer para hacerla sentir mejor.

Enrique es incapaz de comprender el sentimiento de madre que pulsa dentro del corazón de Claudia, él no se atreve a preguntarle por miedo a que ella lo considere como un idiota o hasta un imbécil por no saber qué es lo que a ella le está pasando.

En lo más profundo de su corazón, Claudia anhela ser madre otra vez. Con la sábana cubriendo su cabeza, ella le recrimina a Dios por no haberle dado un cuerpo fuerte que pudiera soportar otro embarazo.

Esa noche Claudia sueña con el día que el doctor le dijo que no podría volver a tener hijos, sueña con cada uno de sus embarazos fallidos. En un segundo su sueño cambia, y ve a la enfermera que le está dando a Susana para que le de pecho por primera vez. Enrique se aproxima para ver a su hija, el doctor les pregunta si tienen nombre para la pequeña, Claudia y Enrique se ven, le dicen que se llamará: *«Susana Lizzeth»*. En un parpadeo, el sueño cambia de nuevo, ahora está en el parque el día en que Susana aprendía a caminar, ella la lleva agarrada de las manos enseñándole a dar sus primeros pasos.

—*Claudia... Claudia*— escucha que la llaman. Claudia ve a todos lados. Alguien la llama desde el otro lado del parque, es una pequeña niña con largos cabellos y ojos negros que viste de color celeste —*Ven a buscarme, Claudia*— escucha en su cabeza.

Claudia se despierta de un sobresalto, su corazón late con rapidez, pero trata de respirar con tranquilidad —*Qué pesadilla*— dice colocándose la mano sobre el pecho. A su mente vienen las palabras del médico y la voz de la pequeña niña que la llamaba por su nombre. Con su respiración rápida voltea a ver a su izquierda, ve a la pequeña niña parada frente a ella.

—*Amor, Amor... despierta ya es hora. Amor*— Enrique la mueve con suavidad para despertarla. Claudia abre los ojos dando un fuerte grito, con su respiración rápida voltea a ver hacia todos lados, busca a la pequeña. Enrique le pregunta qué le pasó, pero ella se logra controlar y no le cuenta sobre la pesadilla que acaba de tener.

Es día sábado y acordaron salir a desayunar a un lugar alejado de la ciudad por el cumpleaños de Susana. La noche anterior fue para sus amigos, ahora es para estar los tres como familia.

Claudia se levanta sin contarle a Enrique sobre el sueño, ni de los sentimientos encontrados que tiene por su deseo de tener otra hija. Claudia se dirige al baño para darse una ducha. Mientras se baña piensa en sus sentimientos, por una parte siente pánico al recordar las palabras cuando el doctor le dijo que no podría volver a ser madre, pero al mismo tiempo el haber visto a una niña que la llama la hace sentir que sí puede volver a ser mamá.

—*Pero… ya estoy muy vieja como para tener la energía para atender a un bebé*— medita dejando caer el agua tibia sobre su rostro. Recuerda la vívida imagen de la niña que la llamaba y también cuando llevaba en manos a Susana para que aprendiera a caminar. Claudia se aplica un poco de champú, sus ojos se iluminan cuando recuerda que el doctor José le habló sobre un orfanato que está a pocos kilómetros de distancia —*¡Voy… a adoptar!*— dice con pequeño grito. Ella ríe y canta mientras su cabello se llena de espuma.

—*¡Papá!, ¡Mamá!, ya estoy lista*— grita Susana desde la sala, que aún tiene los vestigios de la fiesta que duró hasta la una de la madrugada. —*O sea pues… levántenseeee*—. Susana ríe como cuando hace travesuras.

Enrique se queda admirado de la energía de Susana, él recuerda que tuvo ese mismo empuje hace casi treinta años, y como todo hombre pasado de los cuarenta, siente que la edad le está ganando.

—*Amor, ¿Estás lista?*— Enrique toca la puerta del baño. Ella le responde que estará lista en cinco minutos, que por favor la esperen en la camioneta. Enrique gira sus ojos de lado a lado diciéndole que puede tomarse el tiempo que necesite.

Claudia está tramando la manera de decirle a Enrique que quiere adoptar a una niña, aún no tiene idea de cómo hacerlo; ella lo conoce bien, sabe que él la escuchará, tratará de complacerla, pero sin decirle lo que piensa en realidad, aun así, decide aprovecharse de que Enrique también quiere volver a ser padre.

Mientras esperan en la camioneta, Susana empieza a moverse y ver hacia la puerta de la casa a cada segundo. —*A la madre... ¡¿qué onda con mamá?!, o sea, pues, ya llevamos QUINCE minutos esperando, es que... pues... estoy bien hambrienta*—. Susana se queja, y se coloca sus audífonos. Enrique le dice que debe ser paciente, pues se trata de su mamá.

El rostro apacible de Enrique no refleja el abatimiento interno de su preocupación sobre lo que le está pasando a su esposa, le preocupa no saber qué es lo que la tiene triste y también el no tener palabras adecuadas para hacerla sentir mejor. Susana le dice a su papá que al fin viene mamá.

—*Perdón por el retraso*— les pide Claudia subiendo a la camioneta. Enrique le dice que no se preocupe. Tocándose el estómago Susana le dice que ya era tiempo porque el hambre apremia, Enrique solo la ve desde el retrovisor y Susana se disculpa.

En el trayecto, Susana se pregunta sobre el lugar adónde la llevan, ni siquiera su mamá sabe el lugar a donde irán, todo es un plan de Enrique. A Claudia no le asombra que él no les haya dicho nada, ya que aun cuando eran novios, Enrique nunca le dijo adónde la llevaría en cada cita.

—*Amor, que linda te ves con esa blusa roja, siempre me gusta cuando te dejas una cola en tu cabello*—. Susana mira a la ventana, piensa si así serán todos los papás de cursis. Claudia le sonríe dándole las gracias. Claudia quiere quitarse la curiosidad de adónde van a comer, pero Enrique les dice que será una sorpresa.

Enrique toma el trayecto por la carretera hacia lo que llaman *«tierra fría»*. A Claudia siempre le ha gustado esa ruta, por eso empieza a sospechar del lugar al que van. Poco a poco van viendo unos paisajes cada vez más fríos, y los campos se vuelven más extensos con pocas casas.

—*Susana, quítate los audífonos y vamos platicando como familia*— le pide Enrique. Con un suspiro Susana se los quita. Claudia por su parte va con la mirada hacia el paisaje, va envuelta entre sus pensamientos. El sueño donde el doctor le decía que no podría volver a quedar embarazada sigue dando vueltas en su cabeza, y el rostro de una hermosa niña la ha tenido pensativa durante todo el viaje. —*Nunca he visto a esa niña, ¿Quién será? ¿La habré visto en algún lugar y no la recuerdo?*— es la pregunta que se hace una y otra vez tratando de recordar.

—*¿Tú qué piensas mi amor?*— le pregunta Enrique. Claudia no escuchó la plática que llevan con Susana, sólo le responde con un no sé amor. Enrique sólo le sonríe mientras continúa con la mirada en el camino, él se reprocha el no poder averiguar qué es lo que la tiene así.

A los pocos minutos Enrique les anuncia que han llegado a su destino. Al ver Claudia el lugar se da cuenta de que sus sospechas eran ciertas, tienen dieciocho años desde la última vez que fueron a ese lugar.

—*¿Qué es este restaurante tan, pues, así como... o sea pues... así como... bien feo? A la madre... está bien viejo... pues*— les dice Susana mientras está abrazándose. Enrique saca del baúl los suéteres que guardó en la maleta la noche anterior.

—*Papá, ¡Siempre piensas en todo!, ji, ji*— le dice Susana mientras se pone su suéter. Al entrar al restaurante Claudia y Enrique se dan cuenta de que no ha cambiado mucho después de tanto tiempo, a lo sumo tiene unas mesas más, pero siempre guarda el clásico horno de leña, las tortillas al comal de barro, el café preparado a la antigua en pocillos de barro, no hay muchas cosas eléctricas. Susana siente como si esto fuera de los tiempos de los abuelos —*A la pues, o sea este lugar está bien viejo que ni siquiera tienen ¡internet!*— les dice pulsando la pantalla de su teléfono. —*Esa es la idea*— le dice Enrique quitándole el teléfono. Susana se cruza de brazos con la boca abierta. —*Este es un momento para que lo pasemos como familia. Sin interrupciones*— le agrega Enrique dándole un beso en la frente.

—*¿Qué van a querer?*— la voz de un anciano les da la bienvenida acercándose a la mesa donde están.

—*¿Don Chepe? ¿Es usted?*— indaga Claudia, ella no lo puede creer, no imaginaba que el dueño todavía estuviera con vida después de dieciocho años, y que aun estuviera trabajando.

—*¿Enrique? ¿Claudia?*— ambos asientan con la cabeza. Don Chepe abraza a cada uno —*Imagino que esta bella joven es Susana*— don Chepe se acerca a Susana para saludarla. —*¿Usted sabe cómo me llamo?*— le pregunta Susana volteando a ver a sus papás.

—*Ah, ¿Tus padres aún no te han contado?*— le pregunta don Chepe. Enrique niega con su cabeza. Don Chepe agrega —*sacaste los ojos color del cielo de tu madre*—. Susana ve a su papá y le pregunta qué es lo que no le han contado.

—*Fue en este lugar donde tu mamá me dijo que estaba embarazada, había guardado el secreto porque era nuestro cuarto intento de tener un bebé. Tu mamá llamó a don Chepe y le pidió una comida especial*— don Chepe interrumpe —*Carne de venado en salsa de frutas*—. Enrique prosigue —*así que estábamos comiendo cuando tu mamá me da un regalo, y yo me quedé impresionado porque no era mi cumpleaños, al abrirlo vi que era una cartilla de embarazo acompañado de un trajecito de color rosado—* Enrique toma la mano de Claudia secándose el rostro y la voltea a ver *—eres un regalo del cielo para nosotros—*. Los ojos de Susana se empañan, y se levanta para abalanzarse sobre ellos y abrazarlos.

Don Chepe le dice a Susana que tiene unos padres maravillosos, ellos siempre quisieron un bebé, y ella es ese bebé. Susana les da otro abrazo mientras don Chepe les dice que irá a preparar el platillo especial para ellos.

El olor a madera de las paredes y de la que está quemándose en la chimenea de piedras, trae a la mente de Claudia aquel recuerdo cuando estaban con Enrique en aquel lugar, ese inolvidable día que llevó la cartilla de embarazo envuelta en papel de regalo.

Susana se levanta para conocer los alrededores, camina por donde don Chepe tiene unos animales disecados, al ver hacia adelante algo llama su atención, al acercarse sus ojos se abren por lo que mira colgado en la pared, está llena fotografías, algunas de ellas son de estrellas de cine que han llegado a comer al restaurante de don Chepe. Susana ve cada una de las fotos, una de ellas le llama la atención más que las demás, son Enrique y Claudia, y don Chepe está detrás de ellos.

—Nunca creí que fuera a ver esa foto— le dice Claudia quien está detrás de ella *—. Es el recuerdo del día que le dije a tu papá que estaba embarazada—* le cuenta. *—Quizá si le decimos que es mi cumpleaños nos la pueda obsequiar—* le susurra Susana. *—Puede ser que sí—* le dice Claudia. Susana va a buscar a don Chepe para preguntarle, mientras Claudia se queda observando la foto con detenimiento.

—Claudia... Claudia, búscame— escucha Claudia en su cabeza. Al sentir la voz de la pequeña, bota la fotografía *—¿qué me está pasando?—* se pregunta. Susana le toca por detrás para decirle que don Chepe le obsequió la foto, Claudia sonríe y le

dice que le alegra. Susana le pregunta por la foto. —*¡Qué boba soy!, la boté*—. Susana ve hacia abajo y se agacha para recogerla.

—*Mamá, ¿Estás bien?, o sea pues… te noto bien rara*—. Claudia piensa que si le dice sobre la voz que escuchó, Susana podría creer que se está volviendo loca. Claudia se limita a decirle que todo está bien, que mejor vaya con su papá para mostrarle la foto.

—*Papá, papá. ¡Papá! Mira lo que me obsequió don Chepe, y sabes qué*— Susana se inclina para susurrarle —*mamá necesita descansar*—. Al ver la foto Enrique se queda con los ojos abiertos —*¡Había olvidado esa foto!*— le dice. Enrique ve la fotografía donde ambos están sonrientes con sus manos entrelazadas formando un corazón, don Chepe con su sonrisa que deja ver los dientes, muestra la cartilla de embarazo. Aquella foto se viene a convertir en un símbolo en el corazón de Susana, es una muestra de lo mucho que sus padres la desearon.

—*Aquí está la comida*—. Llega don Chepe con un carrito y comienza a colocar los platillos sobre la mesa. —*¡A la madre! ¡Todo esto es para nosotros!*— dice Susana. Es una bandeja repleta de comida, desde huevos fritos, frijoles, avena, diferentes tipos de quesos de vaca y cabra, jugos, y café recién hecho en ollas de barro.

—*¿Recuerdas este café, amor?*— le pregunta Claudia mientras siente el aroma que recorre sus sentidos. Enrique se aproxima para rozar la nariz con la de ella.

—*Susana deja la foto y toma tu desayuno*— le pide Claudia. Para Susana aquella foto es algo muy personal e íntimo que no imaginó que llegaría a ver, la coloca de tal forma que pueda seguirla viendo mientras desayuna.

—*Oye mamá, ¿Quién es la niña que se ve al fondo? Creo que robó cámara*— le dice mientras le da una mordida a una tortilla. Claudia toma la fotografía y la ve forzando la vista como si aquella niña se le hiciera conocida.

—*Ok, papá, mamá. Ahora sí, cuéntenme ¿Cómo fue que se conocieron? Pero pues... así con lujo de detalles—*. Todos rieron y ese día Susana escuchó la historia de amor que los unió en matrimonio y de cómo vieron cumplido el anhelo de tener una hija.

Al terminar de desayunar Enrique ve de forma disimulada un mapa en su celular. Le pide a Claudia y Susana que lo esperen unos minutos, solo va a pagar y a darle las gracias a don Chepe.

Susana mira a su papá hablando con don Chepe —*Pareciera como si le está pidiendo direcciones—* le dice Susana a su mamá mientras se inclina un poco para ver mejor. Enrique regresa y les dice que es hora de partir. Don Chepe viene detrás y les da un abrazo a Claudia y Susana, les pide que regresen de nuevo porque esa es su casa. Susana le agradece por la fotografía y le promete que regresarán.

Al ingresar a la carretera Claudia le dice a Enrique que se equivocó porque tenía que doblar a la derecha. Enrique la ve y le dice con una sonrisa que él sabe lo que está haciendo.

Después de una hora de manejar, Susana lee un letrero: *«Lago del Recuerdo 10Km»*. Susana se mueve hacia en medio del asiento —*Papá, ¿Vamos al lago del Recuerdo?—* Claudia ve a Enrique y le da una palmada en el hombro diciéndole que se tenía bien guardado ese secreto.

Susana les pregunta qué es ese lago. —*El «lago del Recuerdo», uno de los lugares más hermosos que cualquier persona tiene que ver al menos una vez en su vida—* le cuenta Enrique. Luego agrega —*Es un lugar tan hermoso que recibe muchos visitantes a diario, en especial por lo exquisito de su llanura, el río y el viento que mueve la copa de los árboles—*.

Susana le pregunta cómo sabe todo eso. Enrique le dice que es lo que dice el folleto que le dio don Chepe. Enrique le pasa el folleto a Susana.

—*Hemos llegado*— les dice Enrique mientras estaciona la camioneta. Susana abre los ojos al ver el paisaje del lago, con la boca entreabierta, baja para caminar por aquel lugar. Claudia ve a Enrique y le dice que necesita pensar un poco y que irá a caminar sola. Enrique y Susana se ven uno al otro subiendo y bajando los hombros.

Claudia toma la vereda llena de flores que le recuerdan a aquellas que tiene en el jardín de su casa. El viento mueve sus cabellos y hace que cierre sus brazos para guardar el calor que se quiere escapar con el aire. En el mar de sus pensamientos, la imagen de aquella pequeña niña con quien ha soñado se ve como si fuera un reflejo a la orilla del lago.

—*Claudia, Claudia... búscame*— escucha sin parar. Ella empieza a creer que se está volviendo demente, pero luego se dice a sí misma que tan solo es un anhelo que siente por querer volver a ser madre.

—*Amor al fin te alcanzo, ven con nosotros. Susana te está llamando*—. Al alcanzarla Enrique la ve con un pañuelo humedecido, la voz que la llama y el sueño le está rompiendo el corazón que ya no aguanta más.

—*¡Enrique!*— le dice viéndolo a los ojos —, *quiero ser madre otra vez*—. Claudia lleva su mano a la boca. Enrique le recuerda que hablaron de eso hace cuatro años, los doctores le dijeron que corre peligro tanto ella como el bebé si queda embarazada. Claudia lo vuelve a ver y le pide que si ella no puede ser una madre como la naturaleza lo manda entonces quiere adoptar.

—*¡Adoptar!*— resuena en la mente de Enrique como si estuviera parado ante un parlante gigantesco. Enrique no sabe qué responderle, por amor a su esposa se calma y le dice que lo platicarán al llegar a la casa, por lo pronto deben disfrutar de la celebración de cumpleaños de Susana. Enrique la abraza y juntos regresan con Susana.

—¡*Hey! Cómo se tardaron, o sea pues, vengan a ver*— les grita Susana levantando las manos desde la orilla del lago. Al llegar ven a un grupo de patos nadando y a un grupo de aves revolotean por los cielos. El sol se ve en toda su majestuosidad. Los tres suspiran al unísono mientras se dan un abrazo.

CAPÍTULO 2

EL ORFANATO

El Orfanato Nuestro Señor Jesús queda en uno de los municipios más pequeños de la ciudad, está a una hora de camino de la casa de los González.

El padre Gabriel se encuentra en su oficina leyendo un documento. Él ha sido el director del orfanato por más de treinta años. Bajo su responsabilidad hay más de cuarenta niños y niñas que viven en el orfanato, sin contar a los niños de la localidad que estudian en su escuela. Él siempre ha sido alguien a quien le gusta compartir tiempo con los niños, en especial los días en los cuales les relata alguna historia de la Biblia.

—*¡Padre Gabriel!*— El padre Gabriel da un sobresalto y suelta el lapicero.

—*¡Karlita!, no me hagas eso, hija*— le dice con tranquilidad mientras recoge su lapicero —. *A ver, dime: ¿En qué te puedo ayudar?*— El padre Gabriel ajusta sus lentes y la ve por encima de ellos.

—*Padre Gabriel, ¿Es cierto que van a venir unas personas al orfanato?, ¿Quiénes son?, ¿Cómo se llaman?, ¿Tienen más hijos?, ¿Es cierto que quieren adoptar a una niña de mi edad?*— pregunta Karlita casi sin respirar y sin quitar la mirada al padre Gabriel entre cada pregunta. El padre Gabriel trata de ordenar sus pensamientos para responderle.

—¿*Para qué quieres saber todo eso, Karlita?*— le pregunta mientras se pone en cuclillas para verla a los ojos. Karlita lo ve sin mostrar alguna expresión —¿*Me va a decir? ¿O no?*—. El padre Gabriel no sabe que responder. En ese instante una de las hermanas toca a la puerta, y al ver a Karlita da un suspiro de alivio.

—*Karlita, te hemos estado buscando*— le dice. Karlita mira sin pestañear al padre Gabriel y se da la vuelta para ir con la hermana. La hermana ve al padre Gabriel, y él la mira como diciéndole «*gracias*», él siente que le acaban de quitar una piedra enorme de la espalda. La hermana se despide llevándose con ella a Karlita. El padre Gabriel camina hasta su escritorio cuando en eso su teléfono suena.

—*Aló, aquí habla el padre Gabriel... Ah doña Claudia, cuénteme, ¿vendrá hoy?*—. El padre Gabriel se inclina para tomar un bloque de notas mientras sostiene el teléfono con su hombro para anotar lo que ella le dice. El padre Gabriel, le pregunta si vendrá con su esposo, Claudia le dice sí porque lo logró convencer la noche anterior. El padre Gabriel se despide y le dice que con gusto los espera ese día.

El padre Gabriel manda a llamar a la madre María, su mano derecha en el orfanato. Al llegar la madre María, el padre Gabriel le comenta que la familia González, doña Claudia y su esposo el ingeniero Enrique, tienen en su corazón el anhelo de adoptar a una pequeña, y que vendrán al mediodía a platicar con él. La madre María asienta con su cabeza.

—*Por cierto*— interrumpe el padre Gabriel —, *la señora fue muy enfática, casi hasta terca, en que quiere adoptar a una niña entre cinco a ocho años*— le dice mientras ve sus anotaciones. La madre María frunce el entrecejo y piensa por unos segundos, luego le dice que las únicas niñas que están entre esas edades son Emily y Karlita. El padre Gabriel da un suspiro y ve al techo —*Dios dame una luz para saber cómo proceder*—. El padre Gabriel baja la mirada para decirle a la madre María que aún no les dirá a la familia González sobre Emily y Karlita.

La madre María asienta con su cabeza y se dispone a irse, pero se detiene por unos segundos y luego se da la vuelta. —*Padre, perdone*— la madre María titubea con lo que quiere decirle —, *¿seguro que incluimos también a Karlita? ¿Por qué mejor no les decimos que solo está Emily? ya sabe lo que pasó en la última ocasión con quien cuidaba de Karlita*—. El padre Gabriel guarda silencio por un segundo, luego le dice que aquello fue una mala jugada del destino, y que Karlita merece un hogar. El padre Gabriel le pide que la considere para la adopción, pero que aun así no le cuente la historia completa sobre ella a la familia. —*Hay cosas que es mejor desconocerlas*— le dice levantando las cejas. La madre María le pide permiso para retirarse y se dirige hacia los salones de clase.

Al dirigirse al salón de educación bíblica, la madre María escucha un grito —*Emily*— piensa mientras se detiene. Con sus ojos ve hacia los lados —*¡EMILY!*— grita. La madre María sale corriendo, su corazón late muy rápido y por poco se cae al pisar su hábito. Al llegar al salón ve a Emily sentada en una esquina con sus rodillas cubriendo su rostro para que no la vean llorar, sus compañeros de clase están en una esquina en silencio, nadie pronuncia una sola palabra. Al entrar la madre María ve para todos los lados del salón, ve a Karlita quien se encuentra sentada en su lugar. Los demás niños están pegados el uno con el otro.

—*No le haga caso a Emily, madre María. La niñita se cayó por no fijarse por dónde camina. ¿Verdad, Emily?*— Karlita la mira de lado. Emily asiente despacio. La madre María se acerca a Emily para preguntarle qué había sucedido, los niños que están alrededor murmuran, pero ninguno dice nada. —*No veas a Karlita. ¡Emily!, mírame a mí*— le dice la madre María. Emily sólo logra tartamudear. La madre María la abraza hasta lograr que Emily se relaje. Ella le cuenta que se había caído por accidente.

La madre María ayuda a levantar a Emily y la lleva hasta su lugar, le pide que tenga más cuidado la próxima vez; luego va frente a Karlita para pedirle una explicación, pero ella sin levantar la mirada de su cuaderno le dice que ya le había dicho que Emily es una descuidada y por eso se cayó. La madre María contiene su respiración y sus ojos se dilatan, con un fuerte respiro les pide a todos que vayan a sus lugares para iniciar la clase.

La madre María les pide que hagan un dibujo sobre un versículo que hable del amor. Emily saca su cuaderno para comenzar la tarea de Biblia que la madre María les está pidiendo. Sus manos comienzan a temblar y da un suspiro que sólo ella puede escuchar, voltea a ver de reojo a Karlita, pero quita la mirada para seguir con lo que está haciendo. Una lágrima cae a su cuaderno.

Al llegar el mediodía, el sonido de la campana anuncia que terminó la escuela dominical, todos se levantan en profundo silencio. La madre María les dice que son el primer grupo que no se alegra por concluir la jornada. Todos salen del salón, excepto Emily y Karlita.

Karlita se toma su tiempo, coloca sus cosas de forma tranquila y ordenada en su mochila, se acerca con la madre María para darle un abrazo. —*Gracias por la clase*— le dice al oído. Madre María siente como si varias hormigas le recorren el cuerpo.

La madre María observa a Emily quien aún está en su lugar, le extraña verla de esa manera, la madre María sabe que algo le está pasando. —*Emily, puedes venir un momento*— le pide. Emily va con la madre María.

—*¿Por qué estás viendo sólo al suelo, hija mía? ¡Y estás temblando!*— La madre María abraza a Emily. Su hábito se empapa de sudor, mientras escucha que ella está llorando. La madre María le acaricia la cabeza diciéndole que todo estará bien, pero por más que trata no logra calmarla. Emily empieza a respirar con lentitud —*¡Tengo que irme!*— le grita con desesperación. Emily se suelta de la madre María. —*Emily... ¡Emily!*— grita la madre María.

Emily se detiene en la puerta con la mirada perdida, da un grito mientras cierra los ojos y empuña con fuerza las manos. Sale corriendo del salón de clase. La madre María se persigna al ver lo que ocurre y sale detrás de ella.

Emily corre gritando que la dejen en paz, sus ojos empapados y los gritos de desolación hacen que las miradas de los demás niños se dirijan a ella. Sin darse cuenta, atraviesa el campo de juegos donde los niños practican fútbol. Uno de los niños está a punto de dar un saque de la esquina sin darse cuenta de que los demás niños ven a Emily atravesando el campo. El niño con todas sus fuerzas hace el saque y sin desearlo va a dar a Emily haciéndola caer de espaldas.

El niño al ver lo que ocurrió se tapa los ojos. Todos los niños del orfanato se aproximan en círculo alrededor de Emily, quien yace inconsciente. La madre María grita —*¡Llamen a una ambulancia!*—. Al llegar se agacha para atender a Emily, cuando se da cuenta de que su hábito se está tiñendo de rojo por la herida en la cabeza. Una de las hermanas va apresurada a avisarle al padre Gabriel —*Padre Gabriel, venga deprisa, Emily tuvo un accidente*—. El padre Gabriel sale de inmediato y al llegar les pide a todos que se alejen para dejarla respirar.

—*Padre Gabriel, es culpa mía, perdóneme por favor*— le dice la madre María llorando mientras sostiene a Emily en sus brazos. La madre María acaricia la mejilla de Emily para secar las lágrimas que dejó caer al rostro de la pequeña. La madre María le pregunta al padre Gabriel si llamaron a una ambulancia.

—*Sí, Madre, no deben tardar en llegar*— le responde. Todos los niños hicieron espacio para darle más aire a Emily. El padre Gabriel toma su crucifijo, les pide a todos los niños que se pongan en actitud de oración. Danielito se coloca a la par del padre Gabriel sin poder controlar el llanto al ver a Emily tirada en el suelo, se siente culpable porque fue él quien pateó la pelota, él lo abraza y le dice que oren juntos por ella. Danielito inclina su cabeza.

En lo profundo de su corazón Danielito se siente culpable por el accidente. Con su mano en el corazón, Danielito reza con mucho fervor al niño Jesús pidiéndole que Emily esté bien. El padre Gabriel se inclina un poco y le dice que el niño Jesús sabe que no fue culpa suya. Danielito inclina su cabeza para ver al padre Gabriel y lo abraza con fuerza.

Uno a uno se van uniendo más niños para rezar. Poco a poco todo el lugar queda en profundo silencio. Todos los niños continúan rezando en su corazón. En esa quietud se va escuchando de poco en poco una canción.

—*¿Quién está cantando?*— pregunta el padre Gabriel. Al voltear, ve a Karlita moviendo los labios desde las bancas frente al patio, tiene un libro en sus manos y mece sus pies que no llegan al piso. Los niños comienzan a llorar —*No se preocupen, niños. Emily se pondrá bien*— les dice el padre Gabriel haciendo señal de calma con sus manos.

—*Karlita, ven con nosotros para rezar por Emily*— le dice el padre Gabriel acercándose a ella. Karlita, sin voltear a verlo, continúa cantando y con la mirada en su libro. El padre Gabriel la observa, Karlita se queda en silencio y lo voltea a ver.

—*De nada sirve rezar, padre Gabriel*—. Karlita se levanta de un pequeño salto.

—*¿Por qué dices eso, hija?*— le pregunta el padre Gabriel.

—*Si tan sólo lo supiera... padre Gabriel*— con un suspiro Karlita ve hacia otro lado, luego lo voltea a ver con una sonrisa.

Karlita toma sus cosas y le dice que estará en su habitación. El padre Gabriel se queda con el ceño fruncido, está tratando de comprender a qué se refiere Karlita con lo que le dijo. El padre Gabriel regresa donde está Emily.

La madre María les hace señas a los paramédicos, quienes al entrar veían a todos lados buscando el sitio del accidente. Emily comienza a dar signos que quiere despertar. Los paramédicos la examinan y le dicen que no es nada grave porque ya está recuperando el conocimiento; aunque también recomiendan llevarla al hospital para que esté bajo observación al menos por esa noche. Los paramédicos hacen énfasis que la contusión en la cabeza fue fuerte, pero que estará bien en unos dos días.

El padre Gabriel le pide a la madre María que se vaya en la ambulancia para hacerle compañía a Emily, y así estar pendiente de ella; también le pide que por favor le esté comunicando todo lo que ocurra. El padre Gabriel vuelve con los niños para pedirles que vayan a la capilla con la hermana Verónica para realizar un rezo por Emily antes de la comida. Los paramédicos colocan a Emily en la camilla y salen junto con la madre María.

—*Padre Gabriel, padre Gabriel*— Llega la hermana Francisca con la mano en el corazón.

—*Dígame, hermana Francisca*— le pide. La hermana Francisca ve para todos lados intentando respirar. —*Tranquila hermana, Emily se pondrá bien, así lo dijeron los médicos, dígame: ¿qué me quiere decir?*— La hermana Francisca le dice que la familia González acaba de llegar y que están en la sala de espera. Él le da las gracias, le pide que acompañe a la hermana Verónica en la capilla mientras él atiende a la familia.

Al llegar a la sala de espera, el padre Gabriel ve a la pareja y a una joven que los acompaña. —*¿Padre Gabriel?*— le pregunta Claudia. El padre Gabriel asienta con la cabeza. Claudia se pone de pie —, *le presento a mi esposo, Enrique y a mi hija, Susana*— Claudia les hace señas que se paren. El padre Gabriel da un abrazo a cada uno dándole la bienvenida al Orfanato Nuestro Señor Jesús.

Con preocupación Claudia le pregunta qué había ocurrido unos minutos atrás, ya que vieron a una ambulancia saliendo del orfanato. El padre Gabriel les cuenta que hubo un accidente con una niña en el campo de juegos, los médicos dicen que se pondrá bien pero quieren estar seguros, por eso pasará la noche en observación —*Así son los golpes en la cabeza*— les dice el padre Gabriel tocándose la cabeza. —*Sé que quieren adoptar. ¿Cómo los puedo ayudar?*— les pregunta.

Claudia le platica al padre Gabriel sobre la intención de su visita. Él la escucha con atención viendo cada uno de los ademanes que ella hace, también ve a Enrique que asienta con la cabeza a todo lo que ella dice. Después de treinta minutos de conversación, la hermana Francisca llega a tocar a la puerta, el padre Gabriel le pide que pase, ella le dice que los niños ya se están acomodando para la comida. El padre Gabriel ve su reloj y se da cuenta de que ya es más de la una.

—*Perdonen, necesitamos detenernos por un momento, la hora de la comida para los niños está por empezar. ¿Les gustaría acompañarnos?*— Claudia le responde que los tres están encantados y que aceptan la invitación. Susana y Enrique se miran entre sí. Enrique le da las gracias y le dice que será un gusto compartir con ellos.

El padre Gabriel le pide a la hermana Francisca que los acompañe al comedor mientras prepara algo que necesita hacer en su oficina, ella les pide que la sigan. Claudia le da las gracias, dirigiéndose a Susana y Enrique les pide que se levanten para ir con la hermana. Mientras caminan, Susana va murmurando lo feo que es ese lugar y que no llega la señal de internet, Enrique la ve de reojo, Susana le dice que ya entendió.

Al llegar al comedor ven una gran cantidad de filas de mesas de madera que se distribuyen de forma paralela. Una mesa está de frente a todas, es donde se sienta el padre Gabriel y la madre María para poder observar a todos los niños. La hermana Francisca los invita a sentarse a esa mesa.

A pesar de la tristeza que sienten por Emily, muchos niños se alegran al ver que hay una soda para cada uno, por ser domingo, uno de los distribuidores locales de gaseosas se las llevó como una donación; hay de todos sabores: fresa, cola, piña y uva.

—*Dios no habla audiblemente, pero todo aquí habla de Dios*—. Es la frase que lee Susana en una de las paredes que da a una de las puertas donde están los dormitorios.

—*Holla*—. Una pequeña de cabello corto y dos ganchos que le forman dos colitas saluda a Claudia. Ella le devuelve el saludo. Varios niños miran a los González murmurando quiénes son ellos y si están ahí para adoptar a alguno de ellos.

Una de las niñas se acercó a una de las maestras para preguntarles si ellos van a adoptar a algún niño. Dana, una pequeña quien es un poco achinada, trata de ocultar su rostro para que no la vean, con su mano intenta alcanzar su gaseosa sin ser vista, hasta que una de las hermanas le recuerda que aún no han hecho la oración y que primero debe comer sus alimentos.

—*Niños, su atención por favor*— anuncia el padre Gabriel quien llega con otro traje —. *Primero que nada gracias a cada uno por sus oraciones por Emily, confiamos en Dios que se recuperará pronto y que la tendremos de regreso con nosotros en un par de días. Por otro lado, hoy tenemos visitas, salúdenlos—.* Los niños al unísono les dan la bienvenida a los González, quienes a su vez devuelven el saludo levantando su mano en muestra de agradecimiento.

El padre Gabriel pregunta por Karlita, ya que no la ve por ningún lado en las mesas. Una de las hermanas le dice que la irá a buscar. Entre tanto el padre Gabriel les pide a todos inclinar el rostro para rezar por los alimentos.

—*Hermana*— Claudia sujeta con suavidad el hábito de la hermana —, *¿Quién es Karlita?*— le pregunta. La hermana le dice que es una de las niñas del orfanato, pero que a ella no le gusta estar con los demás niños, y que casi siempre tienen que llamarla para que comparta con ellos.

Claudia le pide que le permita acompañarla, pues quiere conocer a Karlita. La hermana le dice que será un placer y le pide que la acompañe. —*Ahora vengo*— le dice a Enrique. Claudia y la hermana se encaminan hacia las habitaciones de las niñas.

—*¿Quiénes son todos ellos?*— pregunta Claudia señalando varios cuadros que cubren las paredes de los graderíos. —*Cada uno de ellos han sido los diferentes Padres que han estado a cargo del Orfanato*— le cuenta la hermana. Claudia se queda detenida frente a una foto de un Padre que le llamó la atención y le pregunta a la hermana quién es él. La hermana le cuenta que él era el padre Sebastián quien fue el encargado del Orfanato Nuestra Señora del Carmen. El padre Sebastián fue el mentor del padre Gabriel cuando aún era un seminarista. También le comenta que durante mucho tiempo trabajaron juntos hasta el día en que Dios llamó al padre Sebastián a su santa presencia, y que después de eso ese orfanato quedó abandonado.

Claudia con mucha curiosidad le pregunta por qué abandonaron ese orfanato. Pero la hermana le dice que no conoce la historia, lo único que sabe es que fue ahí donde el padre Gabriel había tenido el accidente donde perdió su pierna derecha. Claudia se queda pensativa por un instante, luego al ver que la hermana continua subiendo las gradas, se pone en movimiento.

Al llegar al cuarto de las niñas, Claudia adelanta a la hermana, ve cama tras cama muy bien alineada. Sobre una de ellas hay una muñeca con el cabello peinado, la hermana le dice que esa es la cama de Karlita, que ella es quien la arregla cada día, y que si ve que alguien se la desordenó, se molesta. Claudia le dice que Susana es al revés, se molesta cuando ve su cama ordenada, y que además ella le tiene que pedir a Susana a cada rato que ordene su cuarto. Al ver la cama de Karlita, Claudia se da cuenta de que ella es diferente. La hermana le dice que los demás niños son un poco desordenados, pero Karlita es opuesta a ellos. La hermana también le cuenta que es Karlita quien lava su ropa, ella no sabe cómo aprendió a usar la lavadora, que en lo único que a veces la ayudan es en plancharla.

Un tarareo les dice que Karlita está en el baño, ambas se dirigen ahí. Claudia se quita el sudor de las manos al saber que verá a Karlita, aunque no se explica por qué se siente así. Al llegar a la puerta ven a Karlita en una pequeña silla frente al espejo, está recién bañada y está terminando de peinar su larga cabellera negra.

—*Siento no haber bajado aún para la comida, hermana, pero debía estar presentable para las visitas*— Karlita ve a Claudia y la hermana a través del reflejo del espejo. Karlita coloca su cepillo en el cajón y dirige su mirada con una sonrisa hacia Claudia quien siente que su corazón comienza a latir diferente.

—*Buenas tardes señora Claudia*— saluda Karlita dando un pequeño salto de la banca.

—*¿Cómo sabes mi nombre?*

—*Bajamos a comer, tengo hambre*— responde Karlita sin contestar a la pregunta que le hizo.

—*Qué bonito tu vestido Karlita*— Le da el cumplido Claudia, mientras su rostro se ilumina al verla.

—*Gracias, señora Claudia*— responde Karlita. Claudia piensa en que no le gusta que le diga señora, así que le pide que no lo haga, pues hace que se sienta una mujer mucho mayor. Karlita solo la ve con una sonrisa mientras comienza a caminar.

Karlita pasa por su cama para acomodar a su muñeca. La hermana Francisca le cuenta a Claudia que a la pequeña no le gusta que nadie la toque. Luego de ordenar sus cosas, Karlita se une a Claudia y a la hermana para ir al comedor, donde ya todos están comiendo.

—*¡Vaya! Ya había creído que no vendrías*— exclama Enrique al ver a Claudia venir. Él, el padre Gabriel y Susana llevan un buen rato platicando. Una de las cocineras le aproxima un plato de comida a Claudia.

—*Karlita, ¿Por qué no vas a sentarte a la mesa con los niños?*— Le pide el padre Gabriel con suavidad —, *necesitamos hablar cosas de adultos, hija*— le agrega. Karlita ve a Claudia y le dice con una sonrisa que irá con los niños. La cocinera lleva un plato de espaguetis para Karlita.

—*Cuéntame un poco sobre Karlita, padre Gabriel*— le pide Claudia —*¿qué tal se lleva con sus amigos?*— le agrega.

El padre Gabriel se acomoda los anteojos —*Ella no se lleva bien con todos, es una niña muy solitaria*— le responde, luego le empieza a contar —. *Hace mucho tiempo Karlita tenía un amigo con el cual parecían hermanos. El niño se llama Julián. Un día una pareja los iba a adoptar a los dos, pero al final adoptaron sólo a Julián—* Claudia le interrumpe —*¿Karlita se quedó muy triste por eso?—* le pregunta. El padre Gabriel asiente con la cabeza —*Karlita y Julián llegaron al orfanato por sus propios medios, ya hace algún tiempo. Nunca supimos quiénes fueron sus padres, pero ellos se llevaban tan bien que al inicio los tratamos como si fueran hermanos. Siempre se notó que ella es quien llevaba la batuta. Desde que se fue Julián, Karlita parece que quedó un poco dolida. Karlita es muy especial, ya la conocerán cómo es.*

El padre Gabriel continua contando la historia sobre Julián, cuando se escucha un —*¡Perdón, Karlita!—* en la mesa de las niñas. Fernanda, por accidente, derramó la salsa de su espagueti en el vestido de Karlita. Claudia corre hacia Karlita para ayudarla, mientras Fernanda sale corriendo con una de las hermanas.

—*No te preocupes Karlita, te ayudaré a sacar esa mancha—* le dice Claudia mientras trata de quitar el exceso de salsa del vestido.

—*Gracias Claudia, pero no se preocupe, me iré a cambiar para no estar sucia. Es solo un vestido. Después lo lavaré—.* Karlita se levanta y se dirige hacia su cuarto para cambiarse de ropa.

—*A la... madre... pues... Qué niña bien rara. O sea pues... es así como—* exclama Susana al ver la actitud de Karlita. Enrique ve a Susana de reojo —*Perdón pues—* murmura Susana.

Claudia regresa a la mesa, toma asiento y en un pestañeo se da la vuelta para estar frente al padre Gabriel. Voltea a ver a Enrique por un instante, él reconoce esa mirada, sabe lo que va a decir, Claudia voltea su mirada hacia el padre Gabriel.

—*Padre Gabriel, ¿Queremos adoptar a Karlita?*

CAPÍTULO 3

LA DECISIÓN

El padre Gabriel por poco se quema del trago que acaba de dar con el café. Las miradas de Enrique y Susana se entrelazan en un profundo silencio al escuchar lo que Claudia acaba de decir. —*Dios mío, ya me lo esperaba. Ay... Claudita*— piensa Enrique.

—*O sea, ¿Qué onda con mi mamá? Pues, ¿Qué... le pasa?*— piensa Susana cruzando los brazos. Claudia no desvía la mirada del padre Gabriel.

—*¿No estarás tomando una decisión muy apresurada, hija?*— le expresa el padre Gabriel. Con mucha calma coloca la tasa sobre la mesa.

—*No, padre. Es algo que no puedo explicarle. Es nada más como si... ¿Cómo le dijera?, como si algo me dice por dentro que ella me necesita*—. La mirada del padre Gabriel se centra en su tasa de café y respira hondo, en sus pensamientos no quiere aceptar lo que ella le está diciendo, a pesar de que antes había dicho que los niños necesitan un hogar. El padre Gabriel voltea su mirada calmada a Enrique para preguntarle qué opina él.

—*Padre esto es algo que ya lo habíamos platicado con Enrique*— interrumpe Claudia —*desde que nació Susana*

36

siempre soñé con tener otra hija, pero dada mi condición, tener otro bebé sería de alto riesgo—. Enrique le da su pañuelo mientras entre sollozos ella relata lo mucho que ha deseado tener otra hija. Enrique coloca su mano sobre su hombro en señal que él la apoya.

Susana se inclina un poco a su papá —*Papá, o sea pues, en serio que mamá... ¿va a adoptar a esa niña toda rara?—* le susurra. Enrique le da un leve codazo y entrelaza sus dedos con los de Claudia. —*Estamos en esto como familia, Padre Gabriel—* dice Enrique viendo a Claudia a los ojos.

—*Claudia, Claudia...—* resuena en la mente de Claudia. Ella se queda con la mirada a una esquina mientras recuerda el sueño donde escuchó esa voz por primera vez. En su mente vive de nuevo cada escena del sueño, escucha la noticia que le da el médico sobre su condición y ve otra vez a una niña que la llama.

—*Claudia... Amor—* Enrique aprieta los dedos de Claudia para que vea al padre Gabriel quien le está hablando. —*¿Has escuchado lo que te dije, hija?—* le pregunta el padre Gabriel. Claudia reacciona y le pide una disculpa por estar distraída, ella sonríe y le pide que le repita lo que acaba de decir. El padre Gabriel arregla sus anteojos y le dice que necesita tiempo para pensar mejor la razón por la que quiere adoptar a Karlita. El padre Gabriel toma su café y da un sorbo —*¿Deberían conocer también a Emily?—* les agrega.

—*¿Quién es Emily?—* le pregunta Claudia frunciendo el entrecejo.

—*Es la niña quien iba en la ambulancia cuando ustedes entraron—* le explica el padre Gabriel.

El padre Gabriel les pide que lo disculpen para ir por algo a su oficina. Entre tanto Susana le pregunta a su mamá por qué quiere adoptar a una niña tan rara, pero ella no le presta atención. Enrique piensa que le gustaría salir corriendo de aquel lugar, pero no le dice nada a su esposa.

A los pocos minutos regresa el padre Gabriel con un cartapacio, se arregla los anteojos y busca una foto de Emily, al encontrarla se las enseña. Susana la arrebata.

—*¡Aww, qué linda es...! Mira, Mamá, sus ojos claros y su cabello rizadito y cortito, mira mamá está bien linda, ¿Cuántos años tiene padre?*— pregunta Susana hablando con velocidad.

—*Tiene ocho años*— le responde el padre Gabriel mientras toma asiento.

—*Igual que Karlita*— murmura Claudia. Toma la foto en sus manos para ver mejor a Emily, mira sus ojos claros, su cabellera corta y rizada de color oro. Enrique le pide la foto para verla —*Emily se ve que es una niña muy dulce*— les dice Enrique. El padre Gabriel asienta con la cabeza.

El padre Gabriel les relata que los padres de Emily murieron en un accidente, cinco años atrás, y fue el orfanato el que se hizo cargo de ella, pues no tenía más familiares. El padre Gabriel les cuenta que todo comenzó un día en que él fue al hospital para orar por la mamá de Emily, quien agonizaba. Les cuenta lo emotivo que él se sintió cuando ella le pidió que le prometiera que se haría cargo de su niña, así podría morir en paz. —*Y cumplí la promesa*— les dice concluyendo la historia.

—*Pero Karlita también necesita un hogar, y Emily ni está aquí*— pronuncia Claudia con fuerza. Enrique coloca su mano sobre la pierna de Claudia. Ella se calma. Enrique le propone que conozcan a Emily, porque como ella bien lo ha dicho: ambas necesitan un hogar.

—*Sí, mamá. Conozcamos a Emily está bien requetelinda*— Susana le arrebata la foto a su papá —*, mira*— le dice Susana con voz infantil. Claudia mira la foto y la carita de Emily la conmueve para que acepte conocerla, aun así, en lo profundo de su corazón, Claudia ya se encariñó de Karlita.

—*Padre*— Claudia hace una pausa para pensar —*¿Dónde la podemos ver?*— le pregunta. El padre Gabriel le dice que por el momento deben esperar a que Emily se recupere, pero que él está a punto de llamar a la madre María para preguntar por ella y, si tienen tiempo y puede recibir visitas, quizá lo puedan acompañar.

—*Sí, mamá, esperemos a conocerla*— le dice Susana agitando sus manos. Claudia suspira y enfoca su mirada hacia el cielo. Enrique la ve y sabe que algo está planeando. Ella se dirige al padre Gabriel y le dice que está dispuesta a adoptar a Emily y a Karlita. Ella no quiere pensar en que una niña se quede sin el cariño que pueda recibir de una familia, también le dice que ellas podían ser hermanitas de Susana.

—*¡Ay mi mamá! Para estar cuidando niñas estoy. O sea… ¡¿qué onda?!*—. Susana cruza sus abrazos y se recuesta arrugando las cejas y la boca.

Claudia no le presta atención, solo guarda silencio esperando la respuesta del padre Gabriel. Él con mucha calma le dice que lo pensará, luego le agrega que llamará a la madre María para preguntare el estado de Emily, y si ya se encuentra bien, podrían ir.

El padre Gabriel se retira por un instante para hacer la llamada a la madre María. Mientras esperan, Enrique le pregunta a Claudia si está segura de lo que está haciendo, ella solo le hace señas que sí con la cabeza, pero su mirada está hacia la habitación de las niñas. Susana le dice que ella prefiere a Emily porque Karlita es muy rara. Los tres discuten hasta que Enrique les dice que el padre Gabriel se está acercando.

El padre Gabriel le dice que Emily, a Dios gracias, está estable y que puede recibir visitas. De inmediato, Claudia ve a Enrique a los ojos, Enrique respira con sutileza y le propone al padre Gabriel que vayan todos en su camioneta. Ella le hace otra mirada, Enrique le agrega que ellos lo traerán de vuelta, luego de la visita. Claudia le sonríe al padre Gabriel.

Aunque el padre Gabriel está indeciso sobre aceptar el ofrecimiento de Enrique, termina por ceder ante la insistencia de Claudia. El padre Gabriel les pide que lo esperen en su oficina mientras deja instrucciones con la hermana Francisca.

Claudia se da la vuelta con Enrique y levanta las manos con una sonrisa de victoria. Enrique voltea a ver a Susana con una expresión de «*se salió con la suya*». Susana da unos toques suaves en el hombro de su papá. Una de las hermanas les pide que la acompañen para llevarlos a la oficina del padre Gabriel.

—*¡Qué lugar tan grande!, o sea, pues, desde acá es donde comanda el orfanato el padre Gabriel*—. La mirada de Claudia se ancla en los ojos de Susana haciéndola callar. Enrique da golpecitos a las paredes y puertas para ver la consistencia de las mismas —*Esta es una oficina muy bonita, aunque podría hacerle unos arreglos para que se vea más contemporánea*—. Enrique observa los acabados del techo.

—*¡Ay Papá!, O sea pues… siempre viendo dónde te sale más trabajo, pues, no pienses solo en eso*—. Claudia les pide a los dos que guarden silencio porque están en la oficina de un sacerdote y deben mostrar respeto. Enrique y Susana se sientan viéndose el uno al otro. Claudia ve en el escritorio del padre Gabriel una foto con un personaje que conoció cuando iba a los cuartos de las niñas, es el padre Gabriel y el padre Sebastián, sólo que el padre Gabriel luce mucho más joven.

En una de las fotos ve al padre Gabriel con todos los niños del orfanato —*¡Ahí está Karlita!*— murmura con una sonrisa. De inmediato esa fotografía se convierte en su favorita. Ella nota que Karlita está muy bien arreglada, lleva puesta una diadema y su vestido lo tiene bien planchado. Los niños, por otro lado, pareciera que acaban de jugar pelota, algunos están despeinados y con la camisa de fuera.

Claudia coloca la foto en su lugar y camina por los alrededores de la oficina. Le llama la atención una puerta que está cerca de la esquina. Mira para todos lados, esperando que nadie la vea. Al ver que Enrique y Susana están distraídos, la abre con sigilo. —*Es tan sólo una bodega*— se dice a sí misma. En un estante ve un cartapacio celeste, dentro de ella siente que la está llamando, lo toma, con un soplo le sacude el polvo. En la parte de adelante tiene una pegatina que dice: «*Karla Gabriela*». —*Karlita*— susurra. Al abrirlo confirma que es Karlita al ver su foto, pero le extraña ver que sólo aparecen sus dos nombres y no sus apellidos.

—*¡Claudia!*— Claudia da un brinco que la hace botar el cartapacio. Al darse la vuelta ve a Karlita quien está parada detrás de ella —*¡Karlita!*— le dice con su mano en el corazón.

—*El padre Gabriel no nos deja entrar aquí, dice que es privado*— le dice Karlita mientras observa hacia ambos lados hasta regresar su mirada a ella. Aún con su mano en el pecho, Claudia le dice que ya saldrá de ahí, pero también le pregunta cómo entro sin que ella la oyera.

—*Escuché que van a ir a ver a Emily. Ella es mi amiga y la quiero mucho. ¿Puedo ir con ustedes?*— Karlita ve con una sonrisa a Claudia. Ella la ve con una mirada de qué niña tan lista y le acaricia la cabeza. Claudia le hace una seña que no le diga a nadie, y le promete que hablará con el padre Gabriel para que le dé permiso. Karlita se arregla su diadema y le da las gracias.

—*Por cierto, Karlita. ¡Qué bonito el vestido que te pusiste!*— Karlita sonríe y le da las gracias. Ambas salen del cuarto hacia donde están Enrique y Susana. Al llegar con ellos, Claudia les dice que vean a quién se encontró, y que también los acompañará para ir a visitar a Emily al hospital. —*¡Qué bien que vayas a ver a tu amiga!*— le dice Enrique.

Karlita se dirige a uno de los sillones y toma el libro que está a la par de la lámpara con base de ángel; al ver la portada, lo abre justo donde hay un separador.

—*Ves, papá, es una niña bieeen rara*— le susurra Susana a su papá mientras la ve con curiosidad. Enrique le dice que porque no aprende de ella y en lugar de estar viendo novios debería ponerse a leer algo constructivo. Susana enrojece. —*Además se dice «muy rara» y no «bien rara»*— Enrique empieza a reír mientras Susana enrojece aún más.

Claudia se acerca a Karlita para preguntarle qué está leyendo. —*Son historias infantiles contadas en uno de los libros que utiliza el padre Gabriel para dar sus sermones*— le responde y después da un suspiro —*, pero es algo que no sé por qué los adultos creen*— le agrega.

Susana mira hacia un lado haciendo una expresión de loca con su dedo. Enrique le da un golpe con el codo para que dé el ejemplo. Karlita continúa leyendo el libro como si Claudia no estuviese a su lado. En ese instante el padre Gabriel regresa.

—*Enrique, Claudia. Me informan que podemos ir. Ya dejé dadas las instrucciones. Me volvieron a llamar para confirmar que Emily está mejor*— les informa el padre Gabriel de forma pausada y serena. El padre Gabriel se da cuenta de que Karlita está con ellos —*. ¿Y tú?, ¿qué haces aquí?, deberías estar con los otros niños*— le dice el padre Gabriel.

—*Ella nos acompañará, padre Gabriel, porque está preocupada por Emily, ¿Verdad, Karlita?*— le interrumpe Claudia sin dejar que Karlita responda. Claudia alza su mano para que Karlita la tome.

—*Sí, padre Gabriel, quiero ir a ver a Emily*— le responde Karlita con el rostro iluminado. Ella cierra el libro con lentitud, lo coloca de la misma forma en la que lo encontró y toma la mano de Claudia.

El padre Gabriel queda en silencio. Claudia le da las gracias por dejar ir a Karlita con ellos. Sin poder negarse, el padre Gabriel le dice que puede ir con ellos.

—*Gracias, padre Gabriel, por dejarme ir con ustedes*— le dice Karlita volteándose hacia donde él está, luego se dirige a Susana —, *y yo no soy una niña muy rara. Ni estoy así*— Karlita imita el movimiento de loca que Susana había hecho.

Susana sujeta a su papá, pero él se ríe de lo que Karlita le dijo. Enrique le da varias palmadas y un beso en la cabeza — *¿Qué buen oído tiene?*— murmura Susana con su corazón latiendo a prisa. Los cinco se dirigen hacia el parqueo del orfanato donde Enrique estacionó la camioneta.

—*Qué lindo ese tu vestido, Karlita*— le dice Susana. Unos minutos atrás, Enrique le dijo que debía llevarse bien con ella —*Tú comenzaste diciéndole que es una niña rara*— le dijo con el tono de un papá que trata de verse serio con su hija. Karlita voltea a ver a Susana y le da las gracias.

—*Bueno, súbanse*— Enrique abre las puertas de la camioneta. Karlita se sube en los asientos de atrás y abrocha su cinturón. Claudia la mira por el espejo retrovisor y le pregunta si quisiera ir con ella adelante. Karlita le dice que irá más cómoda en ese lugar. Enrique y Claudia se miran encogiendo los hombros.

El padre Gabriel intenta subirse a la camioneta, pero siente difícil subir. Claudia recuerda que él utiliza una prótesis. — *Padre Gabriel, porqué mejor no se va usted adelante. Yo me voy atrás con las niñas*— le ofrece. Claudia baja para pasarse atrás. El padre Gabriel le da las gracias y sube a la camioneta.

Enrique pregunta si todos ya están con sus cinturones puestos porque si no, aún no se podrán ir; todos le responden al unísono que sí. Enrique enciende su camioneta —*¿Le molesta un poco de música, padre?*— le pregunta Enrique. Él le responde que no. Enrique sintoniza una estación de jazz. Mientras van en camino, Enrique le cuenta al padre Gabriel que siempre le gustó el saxofón, pero que nunca tuvo oído para eso.

Al llegar al hospital, la madre María espera al padre Gabriel afuera de la habitación de Emily, quien está dormida. La madre María le dice que deben esperar hasta que ella despierte; también le comenta que los doctores le dijeron que tuvo una contusión muy fuerte, y eso fue lo que le provocó el desmayo. El padre Gabriel le pregunta si los médicos dijeron algo sobre el tiempo que tendría que estar hospitalizada. La madre María le responde que quizá solo esa noche.

—*Perdón, ¿Y quiénes son ustedes?*— pregunta la madre María al ver a Enrique y Claudia. Ella siente que está contando mucho sobre Emily sin siquiera conocerlos. El padre Gabriel se disculpa y los presenta, le dice que después le contará la razón por la que ellos están ahí. El padre Gabriel hace un gesto con la mirada viendo hacia abajo señalando a Karlita. La madre María asienta con la cabeza.

—*Disculpen, a todo esto ya son las seis de la tarde y no he comido nada. ¿Padre, usted tendrá...?*— Le dice la madre María sosteniendo con las manos su estómago que le está haciendo mucho ruido.

Claudia le da un codazo a Enrique, lo mira y le hace una seña para que diga algo. Enrique interrumpe para decirles que los invita a comer en la cafetería del hospital, así pueden hacer tiempo mientras Emily descansa, y quizá al regresar ella ya esté despierta.

El padre Gabriel y la madre María agradecen el gesto. Karlita no despega la mirada de la puerta del cuarto de Emily,

Claudia le dice que ya la podrá ver, que solo le dé tiempo para que descanse y que después de comer regresarán.

En la cafetería Enrique pide unos emparedados y unas sodas para cada uno, se voltea para preguntarles qué soda quieren: el padre Gabriel le pide una cola, la madre María quiere una de naranja, Claudia y Susana piden una soda de dieta. Enrique ve a Karlita. —*Preferiría una botella de agua. No tomo sodas, y preferiría la ensalada de frutas, por favor. Gracias*— le dice Karlita.

Enrique le pregunta si es eso lo que en realidad quiere, porque también hay pasteles y hamburguesas, pero Karlita le dice que sí es eso lo que quiere. Enrique le dice que con gusto le ordenará lo que le pide.

Susana voltea a ver su mamá para burlarse de Karlita —*Mamá, ¡Qué niña bien rara!, pues, o sea… pidió fruta y agua*—. Claudia la mira moviendo su cabeza y diciéndole que no haga eso.

Al servirles la comida el padre Gabriel hace una breve oración para pedir bendición por los alimentos, Karlita los observa mientras él hace la oración. Con un amén comienzan a comer.

—*¿Dónde están los baños?*— pregunta Karlita —*Me quiero lavar las manos*— agrega. La madre María le señala dónde están. Karlita se levanta de la mesa, Claudia le pregunta si desea que la acompañe, pero Karlita le contesta que no se preocupe, ella puede ir sola.

—*¿Siempre ha sido así de independiente?*— pregunta Claudia volteándose hacia la madre María. —*O sea, así de rara pues*— interrumpe Susana. Claudia la voltea a ver —*Perdón pues, o sea… va pues ya no digo nada de la «nena»*— le responde. Claudia mira de nuevo a madre María esperando respuesta. La madre María les relata cómo fue para ella y las hermanas del orfanato tratar con Karlita desde el inicio —

Karlita siempre fue muy independiente— da un sorbo a su soda *—, a diferencia de su amiguito Julián, ya que él sí aceptaba ayuda—* hace una pausa *—, pero Karlita nunca la acepta—* le comenta mientras le da una mordida a su emparedado.

La madre María aprovecha que no está Karlita para preguntarles la razón de estar ahí. El padre Gabriel le comenta que ellos son los que están interesados en adoptar a una niña y que estaban pensado en Karlita, pero después él les habló sobre Emily y aceptaron conocerla. Claudia interrumpe diciendo que querían ver si adoptaban a las dos. La madre María solo asienta con la cabeza mientras continua comiendo su emparedado, y se sacude las migajas de pan.

Mientras tanto, el doctor José y una enfermera habían entrado a la habitación de Emily para checar sus signos vitales, pero ella aún duerme. *—No hay nada de qué preocuparse, señorita—* le dice a la enfermera *—Sus signos vitales indican que todo está bien—.* La enfermera le dice que es un alivio porque es una niña muy bonita para que esté sufriendo así. El doctor José mueve su cabeza en afirmación, luego le pide que haga las últimas anotaciones y que la dejen descansar. El doctor José y la enfermera abandonan el cuarto para que Emily descanse.

Emily escucha un ruido. *—¿Quién está ahí?—* balbucea queriendo despertar, pero tiene dificultad para abrir los ojos *— ¿Quién está caminando? ¿Un gato?—* vuelve a preguntar. Emily escucha unos pasos suaves.

—Hola, Emily—. Le dice una voz en medio de la oscuridad. El sonido del monitor que indica su ritmo cardiaco comienza a incrementarse *—pip... pip... pipipip—* un pálpito se apodera de Emily haciendo que su piel se erice.

—¿Qui qui quién eres?— pregunta logrando abrir un poco los ojos. Al abrirlos en su totalidad, contempla a la oscuridad

en dos ojos negros que la observan directo a los de ella, una sonrisa oscura se escucha de quién la observa. Emily siente como si una cabellera cae hacia su cuerpo y el frío intenso la comienza a abrazar. —*Nunca lo sabrás*— le responde. Emily comienza a temblar, trata de guardar un poco de calor, pero la temperatura continúa descendiendo, luego sólo puede escuchar:

> *«Sueña, sueña... con un mundo irreal.*
> *Despierta, despierta... en el más allá.*
> *Sueña, sueña... aquí nunca volverás.*
> *Despierta, despierta... en la oscuridad.»*

—*¡¿Qué estás hacie...?!*— Emily trata de hablar, pero poco a poco está perdiendo la movilidad. Emily queda inmóvil. Con su mirada fija en el crucifijo que está arriba de la cama, Emily le reza al niño Dios pidiendo despertar de esa pesadilla. Una sonrisa inunda la habitación, los ojos de Emily se cierran por completo y su corazón late con lentitud. Antes de que su corazón se detenga por completo, sus oídos aún alcanzan a escuchar:

—*Hasta pronto... Emily.*

CAPÍTULO 4

LA SOLICITUD

Claudia le cuenta a la madre María el día en el que en su corazón volvió a nacer la chispa de querer ser madre; ella pasa un pañuelo sobre sus ojos, le cuenta cómo el médico le dijo unos cuatro años atrás sobre los riesgos de volver a quedar embarazada. Ahora con la mayoría de edad de Susana, quiere revivir la experiencia de ser madre de una pequeña.

Susana le señala a su mamá que Karlita viene de regreso, Claudia seca sus ojos. El padre Gabriel se da la vuelta hacia Enrique y le pregunta a qué se dedica. Karlita viene tarareando una canción, regresa a su lugar y da un sorbo de agua mientras los mira a todos.

Enrique le cuenta al padre Gabriel que él es arquitecto y tiene una empresa que se dedica al diseño de casas. Karlita toma otro sorbo de agua y da un bocado de fruta mientras ve al padre Gabriel y a Enrique platicar. Enrique le cuenta que también ha ayudado a familias adineradas a organizar mejor sus propiedades, construyendo piscinas, casas de juegos, casas en árboles y ahora está haciendo el intento de incursionar en el negocio de la construcción de edificios de más de cuatro niveles.

El padre Gabriel asienta con la cabeza a lo que Enrique le está relatando. La madre María interrumpe dirigiéndose a Claudia —*Y usted señora Claudia, ¿A qué se dedica?*—. Claudia le responde que desde que se casaron con Enrique acordaron que ella se quedaría en la casa cuidando de Susana. Con el tiempo, y cuando Susana fue creciendo, entonces ella comenzó a preparar pasteles, los cuales vende en varias cafeterías de la ciudad y con eso logra estar entretenida, y al mismo tiempo, recibe un ingreso extra para la familia.

—*¿Te gustan los postres, Karlita?*— le pregunta Claudia con un pequeño toque de ansiedad en su voz.

—*Mmm... sí*— Karlita toma otro sorbo de agua —, *lo que más me gusta son los helados, pero no esos de sabores comunes, me gustan los que no lo son, como el de guanábana*—. Claudia sonríe mientras la mira, Karlita toma su tenedor para terminar su plato de fruta.

—*¿Qué canción estabas tarareando?*— Le pregunta Enrique. El padre Gabriel interrumpe y le dice que es una canción que desde que ella entró al orfanato la ha tarareado, y es una que él nunca la había escuchado antes. El padre Gabriel voltea a ver en dirección al cuarto de Emily, y luego agrega — *Pero creo que ya saben de cuál se trata, es muy conocida.*

—*Sí, pues, es una que.... yo creo que la cantaba, o sea, cuando estaba en el colegio la cantábamos con mis amigas, ji, ji, es una de dar una vuelta al toronjil o algo así... ¿Verdad que es esa?*— le pregunta Susana dirigiéndose a Karlita, pero ella sigue atenta a su plato de frutas. Susana se cruza de brazos y le dice a su papá que en verdad no la quiere como hermanita.

Karlita toma una servilleta para limpiarse, luego le pregunta a Claudia si tienen un piano en su casa. Ella le dice que su papá le compró uno cuando ella era pequeña, pero que nunca aprendió; luego quiso que Susana aprendiera pero ella tampoco pudo aprender —*Creo que ninguno sacó talentos artísticos*— le bromea —. *¿Sabes tocar?*— le pregunta. Karlita asienta con su cabeza. La madre María les pide que hagan una pausa, ya que quizás Emily ya haya despertado, y ella quiere verla.

Enrique le pide unos minutos mientras va a cancelar la cuenta de la comida, y que al regresar van todos a la habitación de Emily. *—No te tardes, amor—* le dice Claudia. Enrique se aproxima a la caja, *—Sólo efectivo señor—* le dice la encargada. Enrique se le queda viendo, en eso recuerda que lleva un billete de cien en el bolsillo, lo saca y paga la cuenta.

Al regresar Enrique, se levantan y se dirigen hacia el cuarto de Emily. Claudia le extiende la mano a Karlita para que vaya con ella. Al aproximarse al cuarto Claudia pregunta por qué hay tanto movimiento. Hay varios enfermeros corriendo en los pasillos. Al acercarse un poco más, Claudia le pide a Susana que lleve a Karlita de regreso a la cafetería, pero que se vayan de inmediato; Susana le pregunta por qué, Claudia le indica con su mano que obedezca y vayan las dos a donde le está indicando. Una sensación fría y horrorosa invade el sentir de todos.

Enrique y el padre Gabriel corren hasta la puerta del cuarto de Emily, sus corazones se están acelerando por cada segundo que pasa *—Esto es como si fuera una escena de doctores de la televisión—* piensa Enrique. Los médicos están alrededor de Emily *—¡Vamos, nena!, ¡no puedes dejarnos!—* gritan todos.

El padre Gabriel le pide a uno de los enfermeros que le explique qué ha pasado con Emily, él no le puede dar alguna información por ahora, le pide que espere. El padre Gabriel observa aquella situación, ve todo como si transcurriera en cámara lenta, al ver el crucifijo sobre la cama de Emily le pide a Dios que obre un milagro. Uno de los enfermeros se acerca a ellos para decirles que por favor se sienten porque en unos minutos vendrá el doctor José para hablarles.

La madre María besa el rosario que lleva y reza moviendo la cabeza de adelante para atrás con las mejillas húmedas; a su mente llega el día en que el padre Gabriel presentó a Emily, recuerda correr detrás de una niña de tres años quien era recién llegada al orfanato, recuerda esos rizos que nunca pudo alisar y unos ojos redondos que hizo que todos se enamoraran de ella.

Claudia lleva su mano a la boca mientras Enrique se aproxima a ella para que pueda reposar su cabeza en su hombro, él no le dice palabra alguna, tan sólo la abraza para que pueda encontrar un poco de reposo. El celular de Enrique vibra, es un mensaje de texto recordándole de la materia prima para la obra que están construyendo, Enrique se disculpa y sale a realizar una llamada.

—*Hola, padre Gabriel, ¿Usted viene con Emily?*— Se acerca el doctor José.; quien está empapado en sudor.

—*Sí, José. Vive con nosotros en el orfanato*— le responde el padre Gabriel —, *dime, José... ¿Cómo está ella?*— el padre Gabriel sabe la respuesta, pero en su interior guarda la esperanza que le den una buena noticia.

—*Padre, lamento tener que dar esta noticia, pero Emily acaba de fallecer*— un golpe se escucha. Al voltear a ver se dan cuenta de que la madre María había caído sentada en una de las sillas con sus ojos empañados, los tiene tan cerrados por llorar que casi no pueden verse. Claudia está cruzada de brazos llorando.

El doctor José les explica que al parecer Emily sufrió de un ataque al corazón. La madre María le dice que ella era sólo una niña —*¿Cómo podría haber tenido un ataque al corazón?*— le pregunta tragando un poco de saliva. El doctor José le dice que tiene razón, es inexplicable, también agrega que el examen que se le realizó no arrojó ningún problema de ese tipo. Lo único que les preocupaba a los doctores fue el golpe en la cabeza.

Claudia corre a los brazos de Enrique al verlo regresar. Enrique intuye lo que ocurrió, sin preguntarle nada a Claudia, la abraza diciéndole al oído que él está con ella. Unos enfermeros llegan con la madre María para colocarle un inhalador de oxígeno para ayudarle a respirar. Una enfermera llega y le dice a la madre María que le pondrá una inyección para que le ayude a calmarse.

El padre Gabriel se acerca con Enrique y le pide que por favor lleve a la madre María y a Karlita de regreso al orfanato. Le indica que él necesita encargarse de los trámites pertinentes, él pedirá que después lo lleven en un taxi. El padre Gabriel se acerca a la madre María —*Madre María, espere hasta mañana para que juntos le demos la noticia a los niños*—. La madre María no puede contenerse, pero le dice que hará lo posible por ser fuerte.

Antes de retirarse, el padre Gabriel se acerca a Claudia y le dice que no le pueden decir a Karlita lo que ocurrió, al menos no por ahora; ellas eran amigas, y a pesar de sus peleas, se querían mucho. Secándose los ojos con un pañuelo, Claudia le dice que pierda cuidado. Claudia le dice a la madre María que vayan juntas al baño para lavarse el rostro.

Al salir del baño, Enrique las espera, pasan recogiendo a Karlita y a Susana quienes están en la cafetería.

—*¿Y Emily?, ¿Qué tal siguió?, me preocupa mucho mi amiga*— le pregunta Karlita.

—*Ella… no podrá venir con nosotros Karlita, ya vámonos, ven*— le responde Claudia.

Al llegar al orfanato, Claudia le da un abrazo a Karlita y se despide de la madre María, sus miradas se cruzan. Karlita le da las buenas noches a Enrique y a Susana, se arregla su cabello verificando que su diadema esté bien puesta. Karlita se retira dando pequeños saltos mientras va cantando.

—*¿No le da miedo la oscuridad?*— pregunta Enrique, al ver que Karlita va sola por el pasillo.

—*La verdad, creo que no. Es la única que no le tiene miedo, siempre ha pedido un cuarto para ella sola pero... con tantos niños*—. Suspira la madre María viendo hacia abajo y luego hacia ellos.

—*Increíble. Susana ya estaría gritando que la llorona viene por ella*— le cuenta Enrique. Susana le hace una mueca de desagrado a su papá. Claudia le susurra que su comentario esta fuera de lugar.

La familia González se despide de la madre María y suben todos a la camioneta. Susana les pide que le digan qué fue lo que ocurrió y por qué le dijeron que se fuera a la cafetería. Los ojos de Claudia se vuelven a empañar y comienza llorar. Susana cree comprender lo que ocurrió —*A la madre... ¿le pasó algo a Emily? Pues... ¡díganmelo!*— les pregunta. Al ver la reacción de su mamá, Susana se tapa la boca y de golpe se hace hacia atrás —*Pero es*— Susana hace una pausa —*sólo una niñita*— Susana ve hacia afuera, y como si fuera un reflejo, mira la carita de Emily sonriendo.

Claudia va con la mirada fija en el camino, un suspiro denota el sentimiento que la oprime. Enrique, con su serenidad, pone un poco de música de los años ochenta para calmar un poco el ambiente, al observar por el espejo retrovisor ve que Susana está dormida.

—*Claudia... Claudia*— la voz se vuelve a escuchar. Claudia sacude su cabeza, piensa que el cansancio la está haciendo escuchar bobadas. Con la mirada hacia afuera, ve pasar los árboles, —*Enrique. Mañana llamamos al abogado para que inicie los trámites de adopción de Karlita*— le dice con tenacidad. Claudia recuesta su asiento, se da media vuelta, y cierra sus ojos para llorar; poco a poco se va quedando dormida.

—*Claudia... Claudia*— Una voz que ahora le suena familiar la llama.

—*¿Quién eres? ¿Por qué me estás llamando?*— le pregunta con angustia. Sólo una sonrisa se deja escuchar.

—*Pero no corras, ven aquí. Quiero saber quién eres*— le pide Claudia mientras corre detrás de esa pequeña figura que relucía a pocos metros de ella.

—*Amor… amor… ya son las seis de la mañana*—. Enrique mueve a Claudia para despertarla. Casi sin poder abrir los ojos, ella trata de recordar el resto del viaje, no sintió nada más desde que se quedó dormida en la camioneta, tampoco recuerda cómo subió las gradas para llegar a su dormitorio. Al verse con su pijama y en la cama, Claudia siente un ligero miedo, pero después piensa que quizá su olvido es por la conmoción de lo que vivieron el día anterior.

Con un poco de esfuerzo, Claudia se levanta, sabe que tiene que ir a despertar a Susana. Al entrar al cuarto de Susana la ve aún acostada, le pide que se levante pero ella le dice que quiere dormir todavía un poco más. Con un suspiro le quita las sábanas y la obliga a ir a darse un baño para que se aliste —*Apúrate que tu papá te tiene que pasar dejando a la universidad*— le regaña. —*¡Qué cruel eres! quiero dormir*—. Susana se levanta y se va caminando a la ducha con los ojos cerrados mientras arrastra su toalla y alega en murmullos.

—*Bueno, a preparar el desayuno*— piensa Claudia. Se acomoda el cabello y se soba los ojos con los puños de las manos. De no haber sido por Enrique que la había despertado quizá hubiera descubierto quién era la pequeña que la llamaba en su sueño —*¿Será Karlita?*— se pregunta cada vez que recuerda el sueño —*¿Y si me estaré volviendo loca?*— se pregunta —*No seas boba, Claudia*— se dice a sí misma y se dirige a la cocina.

—*¿Por qué los dos no podrán comer lo mismo?*— Claudia prepara unos huevos con frijoles para Enrique y unos panqueques para Susana. Al abrir la puerta del refrigerador ve la nota que dejó el viernes para recordarse que en el transcurso de la tarde tiene que llevar unos cubiletes que le encargaron. — *El lugar queda a pocos minutos del orfanato*— piensa. Claudia comienza a tramar lo que hará, toma la leche y sigue cocinando.

—*¡Enrique!, ¡Susana!*— les grita Claudia —, *¡La comida ya está servida!*— Ambos bajan corriendo le dicen que ya son casi las siete y media, se sientan y comen a prisa. Adiós amor y adiós mamá fue lo único que escuchó. Al ver a la mesa se percata de que no se acabaron la comida, lo cual la enfada un poco, así que para evitar desperdiciarla toma lo que queda para desayunar ella también —*Cuando será el día que estos dos me ayuden a lavar los platos*— da un suspiro.

Al terminar de desayunar, Claudia llama al abogado Carlos Ramírez, un hombre de cincuenta años quien ha sido el abogado de su papá desde hace muchos años. Sosteniendo el teléfono con la cabeza y su hombro, habla con el abogado mientras bate la mezcla de los cubiletes. Claudia está interesada en conocer cuáles son los requisitos para poder adoptar a Karlita.

—*No se ilusione, doña Claudia, es un proceso que toma mucho tiempo*— le dice con calma el licenciado Ramírez.

—*Pero licenciado, ¿hay algo que podamos hacer para agilizarlo?*— Claudia se agacha para ver si la temperatura del horno es la adecuada, coloca su mano sobre la ventana y la quita sacudiéndola.

—*Mire, lo único que usted podría hacer es pedirle al padre Gabriel que la niña los visite y se quede unos días con ustedes, siempre que firmen un documento donde se hacen responsables, pero no serían los tutores legales aún—.* Claudia se levanta con los ojos brillantes.

—*Bien, ¡eso haré! Mientras envíeme un correo con los documentos que necesita, los revisamos con mi esposo y se los enviamos lo antes posible—.* Claudia le da su dirección de correo electrónico. Al colgar llama a Enrique, quien ya está en su oficina, para contarle lo que habló con el licenciado Ramírez. Al escuchar a su esposa, Enrique choca su mano sobre su frente y suspira —*Está bien amor, hagámoslo así—* le responde. Enrique cuelga y arroja el teléfono sobre su escritorio.

Mientras se hornean los cubiletes, Claudia llama al orfanato, pero nadie le contesta, vuelve a intentarlo hasta que le responden. Liliana, la encargada de la limpieza, le cuenta que todos están en la capilla velando a Emily y que a mediodía se irán al cementerio *«Los Jardines»*. Claudia le da las gracias y piensa que quizá no es el mejor momento para hablar sobre Karlita, y mucho menos sobre la idea de que ella se vaya a vivir con ellos.

Claudia se dirige hacia la computadora y revisa su correo electrónico, en la bandeja de entrada están ya los documentos que le está solicitando el licenciado Ramírez, así como una carta de solicitud de adopción que debe llenar y dársela al padre Gabriel para que él acepte que se pueda iniciar el proceso.

—*¡Los cubiletes!—* dice de un salto en la silla al escuchar la campanilla del horno. Claudia camina dando pasos largos hasta llegar al horno —*¡Qué aroma!—* dice en voz alta al tenerlos en las manos —*Dejaré que se enfríen antes de empacarlos—.* Los coloca sobre la mesa de la cocina y sube para darse una ducha.

Unos treinta minutos después, Claudia baja, va secándose el cabello, va a la computadora para imprimir los documentos que le envió el licenciado Ramírez. —*¡Listo! Ya tengo impreso* *esto, ahora ¿qué me falta?, creo que con esto es suficiente. Ahora sólo la firmo y*— hace una pausa —*¡Tengo que empacar los cubiletes!, ¡Qué descuidada soy!*— Claudia vuelve a correr a la cocina para empacar los cubiletes, luego va al segundo nivel para terminar de arreglarse.

El pensamiento de que quizá no sea un buen momento, vuelve a su mente, aun así toma la decisión de ir al cementerio. Va a recoger los cubiletes para guardarlos en la camioneta, después regresa para tomar la documentación que imprimió. Antes de subirse a la camioneta se persigna y hace una pequeña oración pidiendo guía para que le permitan llevar a Karlita a su casa.

Al llegar al cementerio se da cuenta de que todo el orfanato está reunido allí. Con los ojos humedecidos, un hombre lleva en hombros una pequeña caja blanca de no más de un metro de largo, va adornada con muchas flores. Un cuadro de la virgen adorna el lugar en donde será sepultada. Al colocar el ataúd, una de las hermanas coloca una foto de Emily sobre éste.

La madre María llora con el mismo desconsuelo que podría tener una mamá al perder a su hija. La persona quien traía el ataúd, lo acomoda frente a todos para que el padre Gabriel pueda dar unas últimas palabras y rociarlo con agua bendita. Los llantos de los compañeros de clase se escuchan sin consuelo. Danielito está con la hermana Francisca, se desprende de ella y sale corriendo a abrazar el pequeño ataúd, le pide perdón a Emily por haberla golpeado con la pelota. El padre Gabriel acaricia su cabeza, Danielito se da la vuelta para abrazarlo —*Fue culpa mía, padre Gabriel. ¡Fue culpa mía!*— Danielito no deja de culparse, muy dentro de su corazón siente que fue él quien mató a Emily.

El padre Gabriel le pide a la hermana Francisca que lleve a Danielito hacia una de las sillas y que se esté con él. Danielito la abraza sin querer soltar a la hermana Francisca, se recuesta sobre las piernas de ella.

El padre Gabriel comienza a dar el último adiós a Emily. La foto que está puesta sobre el ataúd describe lo alegre que ella era, siempre tenía una sonrisa para todos. El padre Gabriel les cuenta a todos sobre cómo era de bien educada y una buena estudiante que sin duda hubiera podido encontrar a una familia que la quisiera como a una hija, pero que fue Dios quien la quiso adoptar, y por eso se la llevó.

Claudia observa desde un pequeño montículo aquel paisaje verde, pero que un espacio está teñido de negro con un pequeño punto blanco y uno celeste —*Ella ha de ser Karlita*— piensa. Karlita está frente a una lápida que tiene inscrito:

«Lucrecia Soto 1937-1967, que Dios te tenga en su gloria. Te amaré para siempre. Rodrigo».

Mientras tanto, el padre Gabriel les pide a todos que pasen a dar el último adiós a Emily. Cada uno de los niños toma una flor en su mano y pasa al frente para depositarlo en la cripta. La hermana Francisca le da un toque suave a Danielito, le dice que ella lo llevará de la mano para que no se sienta solo.

Karlita al ver a todos los niños pasando con una flor, se aproxima, y toma también una flor. El padre Gabriel le pide que pase, pues es la única que falta. En silencio ve a todos, se dirige al ataúd y arroja la flor, se queda observando mientras el ataúd poco a poco desciende hasta llegar al fondo. Karlita mira al padre Gabriel y vuelve a ver hacia abajo diciéndole adiós con su mano.

La madre María le pide a Karlita que regrese y deje a las personas terminar su trabajo. Claudia da un respiro hondo y se acerca. Karlita, al verla, sale corriendo hacia ella y le da un abrazo. Claudia acaricia su cabeza y le dice varias veces que todo estará bien.

El padre Gabriel se aproxima, él no esperaba verla ese día. Claudia sabe que está haciendo mal en forzar la adopción en esta situación, pero aun así quiere hacerlo antes de que pase más tiempo.

Karlita se voltea para ver al padre Gabriel sin soltar los brazos de Claudia. Ambos cruzan miradas y él le pregunta a qué ha llegado. Ella le pide que la disculpe y le dice que sabe no es el momento adecuado pero en verdad quiere que hablen del asunto, señalando de forma discreta a Karlita; también le informa que ya ha platicado con el licenciado Ramírez y que tiene todo lo necesario para empezar la adopción.

El padre Gabriel le dice que tiene razón en que es imprudente y poco considerado de su parte hablar del tema en ese preciso momento. Aunque él está molesto le pide que llegue al día siguiente al orfanato para hablar del tema. Claudia asienta y le vuelve a pedir perdón —*Mañana estaré ahí por la mañana*— le indica.

Claudia se despide de Karlita y le dice que muy pronto se volverán a ver, Karlita le da un abrazo y Claudia se retira. Karlita voltea a ver al padre Gabriel y le dice que ella es una señora muy amable, sonríe y se dirige otra vez a ver aquella lápida. El padre Gabriel la observa preguntándose ¿Por qué le llamará la atención esa tumba?

La madre María se acerca con el padre Gabriel para preguntarle por qué había llegado Claudia.

—*Quieren adoptar a Karlita*— le responde.

—*Que desconsideración venir a hablar de eso hoy*— le dice la Madre María —*, aun así, padre Gabriel, yo sigo sin estar de acuerdo.*

Karlita voltea a ver a madre María.

CAPÍTULO 5

DESDE EL BALCÓN

A la mañana siguiente, mientras desayunan, Claudia les cuenta a Enrique y Susana lo que sucedido en el entierro de Emily y de cómo Karlita llegó con ella para abrazarla. Mientras ella les relata el resto de la historia, Susana se pregunta por qué su mamá menciona tanto a Karlita si está hablando sobre Emily. Enrique mueve la cabeza en señal de estar prestando atención, aun así, está tratando de entender por qué quiere adoptar a Karlita si apenas la acaba de conocer.

Claudia le dice a Enrique lo feliz que se encuentra de haber conocido a Karlita, y que espera con ansias el día que ella llegue a la casa a vivir con ellos. En su interior, Claudia también siente que debería esperar o buscar a otra niña que necesite un hogar, pero a pesar de esos sentimientos encontrados, ella quiere a Karlita.

Claudia no quiere contarle a Enrique que durante la noche anterior no pudo dormir por la ansiedad de saber que debe confrontar al padre Gabriel, ella siente que si le cuenta, él podría intentar disuadirla de no continuar con la adopción de Karlita.

Enrique escucha todo lo que ella le está diciendo, él sigue moviendo la cabeza en su intención por comprender a su esposa —*¡¿Por qué quieres adoptarla?!*— piensa. Enrique no lo sabe, pero Claudia se ha propuesto lograr que ese mismo día se inicie el proceso de adopción. Enrique sacude la cabeza para despejar su mente.

—*Amor... Amor*— Enrique la toma de las manos y da un suspiro —*tienes mi apoyo. Karlita será bienvenida. Dime cuando quieres iniciar con los trámites*—. Enrique la mira a los ojos.

—*A la... madre... ¿Cómo así?... o sea... pues. Primero mi mamá. ¿Ahora tú papá? ¿Qué onda con ustedes?*— piensa Susana frunciendo el entrecejo mientras mueve la cabeza para ver a cada uno.

Claudia se le tira encima a Enrique y lo abraza con fuerza —*¡Gracias mi amor!*— le grita y lo llena de besos por toda la cara. Claudia le dice que irá a traer más café para los tres. Enrique voltea a ver a Susana quien está haciendo muecas que no quiere una hermanita. Enrique le da un codazo y le hace señas que guarde silencio. Susana se soba haciendo más muecas, pero ahora de dolor —*Yo prefería a Emily*— le dice a su papá.

Al regresar Claudia con el café, lo coloca sobre la mesa y ve a Enrique cruzado de brazos y con la cabeza inclinada —*Sabes amor, estaba pensando, si Karlita se viene a vivir con nosotros... entonces deberíamos preparar para ella el cuarto de visitas, decorarlo, comprar una cama y arreglar el baño, ya que le gusta su privacidad, entonces...*— Los ojos de Claudia se iluminan y se lanza sobre Enrique para abrazarlo y besarlo repetidas veces.

Susana al oír lo que dijo su papá, empieza a refunfuñar como si fuera una niña de quince años —*O sea... le van a hacer su cuarto, pues... O sea, y a mí que me lleve la ching*— Enrique le lanza una mirada —, *está bien... está bien... ya entendí, no tengo que hablar mal de la «nena»*— le responde Susana acurrucándose como niña quien acaba de ser regañada.

Enrique le dice a Claudia que tiene que ir a trabajar, pero que al llegar a su oficina, le hablará al ingeniero Estrada para que llegue a la casa a tomar medidas en el cuarto y ver qué se puede hacer; también le pide que se encargue de buscar los muebles que considere le puedan gustar a Karlita. Claudia se le lanza una vez más, levantando el pie derecho mientras lo besa. Él se despide de Claudia dándole otro beso.

Enrique llama a Susana para decirle que ya se tienen que ir. Susana recoge su mochila del sillón, y pasa golpeando el hombro de Enrique dirigiéndose a la camioneta.

—*O sea, papá, le vas a comprar cosas nuevas a Karlita que NO es tu hija... y a mí*— Enrique la interrumpe.

—*¿Cuántos años tienes Susana?*

—*Pues... acabo de cumplir dieciocho, eso fue el miércoles, el viernes me celebraron mis amigos y el sábado ustedes, ¿No te acuerdas, papá?*— le responde Susana —*Ay, mi papá, pues... sus preguntas*— piensa.

—*Eso quiere decir que ya eres mayor de edad, ¿Cierto?*— le agrega Enrique. Susana se queda callada y mira hacia su lado derecho. Ella sabe lo que le podría decir su papá si responde a esa pregunta.

—*Además, hija, te caerá bien ser la hermana mayor de alguien, ya te encariñarás de ella. No tienes por qué estar celosa*— le dice Enrique.

—*¿Celosa yo? O sea... mejor me callo la boca*—. Susana se cruza de brazos y saca el labio viendo hacia la calle.

—*Se dice «mejor cierro la boca»*— Enrique ríe mientras Susana tensa más los labios y mueve los pies haciendo berrinche.

Mientras tanto en la casa, Claudia está saltando por todos lados. Regresa a la ventana y ve que la camioneta ya se alejó. Claudia cierra la ventana, suspira con profundidad, hace como si se estuviera arremangando una blusa con mangas y se dirige a la computadora para ver ideas de adornos para cuartos de niñas —*Espero que le guste*— piensa mientras observa un arreglo de cuarto que le ha gustado, copia la dirección, el modelo y se prepara para salir a verlo.

—*Qué bueno que para hoy no tengo pedidos*— se dice a sí misma mientras termina de arreglarse el cabello. Claudia se detiene para pensar —*Espero no equivocarme con el color favorito de Karlita para que le pinten su cuarto*—. Continúa arreglándose el cabello por unos segundos, luego se detiene —*Pero aún no me han dicho que sí la puedo adoptar*.

Claudia teme que el padre Gabriel no le dé su autorización, así que trama un plan: ganarse el cariño de Karlita para que sea ella quien le diga al padre Gabriel que quiere irse a vivir con ellos.

Antes de salir, Claudia recibe una llamada de Enrique, quien le cuenta que ya habló con el ingeniero Estrada y que por favor le haga un poco de tiempo porque él ya va para la casa. Claudia le dice que ella ya va de salida, pero Enrique le dice que cuando llegue el ingeniero Estrada ella se podrá ir, pues él es de confianza y lo puede dejar solo en la casa con tranquilidad.

Claudia piensa que es perfecto porque así tendrá la oportunidad de enseñarle los muebles que acaba de ver en internet. Claudia regresa a la computadora —*Voy a revisar los catálogos de ropa de niñas*— murmura mientras navega por la página «*Somos niñas*» buscando ropa y accesorios —, *esta ropa le gustará*— piensa al ver un conjunto de vestido que incluía sus zapatos. Claudia reserva el conjunto aprovechando que hay de la talla que imagina es la de Karlita, también aparta unas pulseras, una cartera, unos collares y un par de zapatos adicionales; todos son agregados al carrito de compras. Claudia da un suspiro al presionar «comprar».

Claudia recibe una llamada de la garita del condominio, el guardián llama para informarle que el ingeniero Estrada solicita permiso para entrar; ella le da la autorización y sale para abrirle la puerta. —*Mucho gusto en conocerla señora Claudia. Soy Mario Estrada. Trabajo con su esposo en la consultora*— le dice al presentarse.

Claudia lo invita a pasar y le muestra el cuarto que será para Karlita, le muestra los muebles que vio por internet y le dice cómo imagina que debiera quedar el cuarto. El ingeniero Estrada le dice que no se preocupe, le tomará una hora tomar las medidas, unas fotos y cargar su tableta para hacer un diseño que le enviará por correo electrónico. Claudia le da las gracias y se dirige hacia su camioneta.

—*¡Ay, Claudia qué descuidada eres!, olvidaste el número de pedido de «Somos Niñas»*— se ríe mientras se ve en el espejo retrovisor. Claudia regresa a la casa para imprimir la orden con el número de pedido, antes de salir, alzando la voz, le dice al ingeniero Estrada que si gusta puede tomar algo de beber de la cocina, él sale del cuarto y le da las gracias reiterándole que no se preocupe que le va a gustar el diseño de la habitación.

Ya con todo listo, Claudia se retira para pasar primero por los regalos de Karlita y luego para dirigirse al orfanato.

Después de casi dos horas, Claudia llega al orfanato, estaciona su camioneta y con dificultad baja las bolsas con los regalos para Karlita.

—*¡Madre María!*— le saluda Claudia.

—*Señora Claudia, que gusto verla*— le responde madre María, quien aún tiene su rostro triste por el recuerdo de Emily

—. *Veo que viene bien cargada con regalos*— le dice al ver a Claudia con tantas bolsas de ropa —*Son para...*— Claudia le interrumpe —*Sí, madre María, son para Karlita. ¿Puedo verla?*

La madre María le asiente con la cabeza y le dice que Karlita está en el cuarto de las niñas tocando su pequeño piano. Claudia le da las gracias y se dirige hacia allá. El sonido de una obra musical es lo único que se escucha en el interior del cuarto de las niñas, mientras los gritos de juegos es lo que se oye en el pasillo que da al patio de abajo.

Mientras Claudia sube las escaleras puede reconocer que Karlita está tocando la «*Marcha Fúnebre*», algo que la deja perpleja por unos instantes. —*Quizá sea por lo de Emily*— piensa. En un segundo, Karlita cambia a una melodía que hace reír a Claudia.

—*Hace frío ahí dentro*— piensa Claudia al detenerse en el marco de la puerta y observar a Karlita tocar en su pequeño piano. Sus pequeñas manos se mueven con velocidad.

Claudia siente algo que no puede explicarse, su corazón late a prisa, su estómago se mueve como la primera vez que cargó a Susana en sus brazos; siente el deseo de llorar al escuchar tocar de una forma tan sublime a una niña de ocho años quien le recuerda lo mucho que ella hubiera querido aprender a tocar el piano; y como también quiso inculcarle ese arte a Susana. Claudia deja las bolsas en el piso.

—*Hola, Claudia. No sabía que vendrías hoy*— le dice Karlita al terminar de tocar.

—*Hola, Karlita*— le responde con suavidad mientras recoge las bolsas y las coloca en una de las camas. Claudia tiene su corazón en la mano porque en esta ocasión ya no le dijo señora Claudia como la primera vez que hablaron y además la está tuteando.

Karlita apaga el piano, con una sonrisa mira a Claudia y se levanta dando pequeños saltos hasta llegar frente a ella, Karlita la abraza. El corazón de Claudia se llena de alegría al sentir aquel pequeño abrazo. Claudia le pregunta qué tal ha estado, mientras le acaricia su larga cabellera.

Karlita voltea a ver las bolsas que están en la cama y le pregunta qué hay en ellas. Claudia sonríe —*ven a ver*— le dice dando pequeños saltos, luego toma su mano —*, mira lo que te traje*— le añade. Claudia comienza a mostrarle el traje celeste que le compró. Karlita al verlo sonríe y le pregunta si alguien le había dicho que ese es su color favorito; Claudia solo le dice que se lo pruebe, pero ella le dice que sí le queda y que prefiere ponérselo para una ocasión especial.

Aunque Claudia está extrañada de la calma con la que Karlita vio el traje, imagina que si hubiese sido Susana ya hubiera salido corriendo a probárselo; aun así, está feliz por sentir que se está ganando su cariño.

Karlita ve los accesorios, le da las gracias, pero sólo quiere el traje y los zapatos. —*Hubiera preferido una diadema nueva*— le dice mientras las coloca a un lado del vestido. —*No te preocupes te la consigo*— le dice Claudia.

Karlita toma su traje nuevo, lo dobla con calma, pasa sus manos quitándole las arrugas y luego lo guarda en su cajón de ropa. Claudia se acerca con curiosidad a observar, levanta las cejas al ver el orden que Karlita tiene con sus cosas. Sin que Karlita se dé cuenta, abre con mucho cuidado y sin hacer ruido, los otros cajones. —*Por lo que veo solo ella es así*— murmura.

—*Oye, Karlita, ¿Quieres un helado de chocolate?*— le pregunta Claudia mientras toma su bolso.

—*No me gustan los helados de chocolate*— le responde Karlita, mientras cierra el cajón de su ropero.

—*También venden unos ricos postres de frutas y helados de sabores que no son comunes, ¿Quieres?*— Claudia muerde su labio inferior al recordar el incidente de la cafetería cuando Karlita había pedido agua y frutas, además cuando le dijo que le gustan los helados de guanábana. Karlita se acerca al espejo para retocar su peinado y se aproxima a Claudia para tomar su mano. Claudia sonríe y comienzan a caminar.

Claudia le pide a Karlita que la espere mientras va a pedir permiso para que la dejen salir con ella una hora. Karlita le dice que ahí la esperará. Claudia va a hablar con la madre María ya que el padre Gabriel se encuentra aún fuera. La madre María le dice que le da el permiso, pero que ya es la hora de la comida; Claudia le dice que no se preocupe, que ella la llevará a comer. Sin poder tener ningún pretexto para darle, la madre María autoriza la salida de Karlita, pero les pide que regresen en menos de dos horas para estar antes de que regrese el padre Gabriel, Claudia le da las gracias y le dice que no se preocupe que estarán de regreso pronto.

—*Karlita, nos dijeron que sí, vente vamos*— le dice con una sonrisa en los labios. Karlita toma la mano de Claudia y se van platicando hasta llegar a la camioneta.

—*Tengo hambre*— dice Karlita tocándose el estómago. Claudia le dice que irán a comer al restaurante de comida rápida que está cerca. Karlita hace una expresión de disgusto, le dice que preferiría si comen en un restaurante japonés que está cerca del patio de comida del centro comercial.

Sin saber qué decir, y a pesar de que a ella no le gusta ese tipo de comida, Claudia le dice que irán a comer a Kyoto, ya que a ella le gusta.

—*¿Quieres escuchar un poco de música?*— le pregunta Claudia.

—*Sí, me gusta la música clásica. Si no tienes entonces un poco de rock*— le responde Karlita.

—*¡¿Te gusta esa música?! Pero por qué no escuchamos música para niños, que es más bonita. ¿Sí?*

—*No me gusta la música de niños. Es para inmaduros*— le responde Karlita mientras observa hacia la ventana.

Claudia le dice que está bien aunque está extrañada que le guste la música clásica, pero le asombra que una niña tan pequeña le guste una música estridente como el rock. —*Creo que está confirmado, son diferentes con Susana*— piensa Claudia —, *ella ya estaría con esos sus cantantes todos flacuchos*— se dice mientras continua buscando algún tipo de música que le guste a Karlita.

—*Listo, sí tengo una colección de música clásica. Espero te guste*— le dice Claudia al presionar *«tocar»* en su reproductor. Karlita va en todo el camino moviendo la cabeza y las manos al compás.

A los pocos minutos Claudia le dice que han llegado. Karlita se soba el estómago, Claudia le dice que ella también. Al entrar, una señorita con un traje típico japonés las invita a pasar y les da un lugar en el segundo piso, a los pocos minutos llega el mesero.

—*Buena tarde, ¿Qué van a ordenar?*

—*Tendrán un menú para ni...*

—*Yo quiero el platillo número 7 y agua embotellada. Gracias*—. Karlita coloca el menú sobre la mesa y reposa el mentón sobre sus manos.

—*Muy bien*— dice el mesero viendo a Claudia en espera de su aprobación. Claudia asiente con la cabeza —*¿Y para usted?*— le pregunta el mesero.

—*Quiero el atún a la plancha con arroz al vapor por favor y una soda de dieta*— le responde mientras coloca el menú sobre la mesa.

El mesero les indica que pronto les traerá la comida y retira las cartas. Claudia sonríe y le pregunta a Karlita en qué está pensando ya que la nota meditativa. Karlita le dice que no está pensando en nada importante, solo en que tiene que hacer tareas, tiene muchos libros por leer y un par de pendientes.

Ambas platican durante un buen rato sobre el colegio, lo que más le gusta, su ropa, canciones favoritas y sobre sus compañeros del orfanato.

—*Ya viene nuestra comida*— Karlita se coloca el pañuelo sobre el pecho para no mancharse.

—*No, aún no viene Karlita*— le dice Claudia. En ese momento el mesero comienza a subir las gradas.

—*¿Cómo lo supiste?*— le pregunta Claudia dándole una palmada suave en el hombro.

—*Aquí tienen*— el mesero les sirve a cada una —. *Que niña linda e inteligente hija tiene señora. Con su permiso*—. Aquellas palabras hacen sonrojar a Claudia, la hicieron sentir como si estuviera compartiendo con su hija pequeña.

—*Claudia, ¿estás pensando en adoptarme?*— pregunta Karlita viendo a Claudia sin quitarle la mirada de los ojos. Claudia por poco se ahoga con su soda, toma una servilleta para limpiarse mientras mira con desconcierto a Karlita.

—*Pues... Karlita... yo*— tartamudea. En sus pensamientos se pregunta ¿Quién se lo habrá dicho?, Claudia recuerda que a la única persona a quien ella le contó fue al padre Gabriel.

—*Me gustaría que me adopten, siempre he querido tener una mamá*—. Karlita continúa comiendo mientras recuesta su cabeza sobre su mano derecha.

La mirada de Claudia se ilumina al pensar en las palabras de Karlita. Ambas siguieron comiendo y disfrutando de los alimentos; sus risas se escuchan en las mesas que están a la par.

En un santiamén Karlita ve a Claudia con cierta seriedad. Ella le pregunta por qué unas veces la ve seria y otras la ve actuando como la niña bonita que es. Karlita le pide que no le haga caso y sonríe.

Sin que Karlita se dé cuenta, Claudia saca su teléfono para mandarle un mensaje de texto a Enrique —*Amor, Karlita quiere ser nuestra hija*— Enrique recibe el mensaje, después de leerlo suspira tirando el celular sobre el escritorio y piensa que su esposa se está saliendo con la suya. Claudia le comienza a contar a Karlita del cuarto que el ingeniero Estrada le está preparando, también de Susana y de Enrique.

Aquella hora ha sido una de las más alegres para Claudia, experimenta una felicidad que no ha sentido durante mucho tiempo. Viendo el reloj se da percata de que ya deben retirarse, Karlita le da último sorbo a su bebida y ambas bajan para cancelar la cuenta en la caja.

—*¿Eres siempre tan callada?*— le pregunta Claudia mientras conduce.

—*Cuéntame un poco más sobre Susana*— le pide Karlita. Claudia la mira y se pregunta por qué Karlita casi nunca responde las preguntas.

—*Bueno, Susana es mi única hija, tiene dieciocho años, los acaba de cumplir*— hace una pausa —, *pero se comporta como si tuviera quince*— murmura —, *en fin… ella siempre es el alma de las fiestas, es un poquito… bueno, es bastante haragana. Le gusta hablar así: «O sea pues…»*— Claudia ríe, pero Karlita permanece seria —, *este… bueno eso sí, Susana es muy cariñosa y tiene muchos amigos. Sé que se van a llevar muy bien porque…*— Karlita la interrumpe con mirada inquisidora —*Pero el padre Gabriel no ha dado la autorización para que pueda ir a vivir con ustedes*— le dice Karlita. Claudia la ve preguntándose cómo se puede dar cuenta de esos detalles siendo tan pequeña.

—*No te preocupes, de eso me encargo yo*— le responde Claudia mientras ve con determinación el camino.

Al llegar al orfanato, el padre Gabriel las está esperando en la puerta. Karlita sale corriendo de la camioneta para abrazarlo.

—*¡Hola, Karlita! ¿Qué tal la pasaste?*— le pregunta el padre Gabriel mientras se agacha para estar a su altura.

—*Bien*— responde Karlita, dándole un abrazo. Lo suelta y mira a Claudia, luego voltea su mirada hacia él —. *Ella será una buena madre*— le dice con mucha seriedad.

El padre Gabriel le dice que vaya al cuarto de las niñas porque necesita platicar con Claudia. Karlita camina hacia Claudia para darle un abrazo y al mismo tiempo le agradece por haberla llevado a comer, así como por los regalos que le llevó. Claudia le acaricia su cabellera y le dice que pronto se volverán a ver. Karlita la ve sin pestañear —*De eso me encargo yo*— le dice con una sonrisa. Karlita entra dando pequeños saltos para dirigirse a su habitación.

Claudia regresa al carro para buscar su cartapacio y luego regresa con el padre Gabriel para conversar.

—*Padre, queremos adoptar a Karlita. Acá tenemos los documentos necesarios, sabemos que tomará tiempo y por ello quisiéramos que ella pueda venir a vivir con nosotros mientras los papeles se arreglan*—. Con estas palabras Claudia le entrega los documentos al padre Gabriel.

—*Ya veo*— responde mientras busca sus lentes para leer —*, déjeme hablar con nuestro abogado, y también lo consultaré con la madre María y las hermanas. Si Karlita acepta ir con ustedes no veo ninguna objeción. La única condición que pondría es que Karlita tiene que terminar el año escolar acá con nosotros, ya vamos a septiembre y faltan casi dos meses para que termine el año*— le dice el padre Gabriel viéndola por encima de sus anteojos.

El rostro de Claudia se llena de un brillo al escuchar las palabras del padre Gabriel, y le pregunta cuándo sabrá con seguridad si puede llevar a Karlita a su casa. Él le pide que lo llame el jueves de esa semana a las diez de la mañana y entonces le tendrá una respuesta.

—¡*Gracias, padre Gabriel!*— le dice Claudia, mientras le da un abrazo.

—¿*Tanto quieres a esa niña, hija?*— le pregunta el padre Gabriel mientras guarda de nuevo sus lentes.

—*Sí, Padre, he querido tener otra hija desde hace mucho tiempo*—. Claudia sonríe y le vuelve a darlas las gracias, después se dirige hacia su camioneta. Al irse Claudia el padre Gabriel ingresa al orfanato.

Karlita observó todo desde el balcón.

CAPÍTULO 6

LA OPOSICIÓN

El padre Gabriel regresa a su oficina y asegura la puerta, la revisa para cerciorarse que esté bien cerrada. Coloca los documentos de adopción sobre el escritorio y se dirige hacia un gabinete donde tiene los expedientes de cada niño del orfanato. Dentro hay una caja fuerte, el padre Gabriel cierra los ojos recordando la contraseña, al abrirla saca unas pastillas que en la etiqueta dice alivian el dolor en cuestión de minutos.

Camina renqueando hacia su sillón, al sentarse da un quejido de dolor, siente como si le estuvieran arrancando la pierna. El padre Gabriel cierra los ojos dándose un leve masaje y pidiéndole a Dios que le quite ese dolor. Se sirve un poco de agua para tomarse la pastilla.

—*Creo que será mejor llamar al médico*— se dice a sí mismo. En los últimos cinco días, el padre Gabriel ha sentido que el dolor le ha ido en aumento, siente como si alguien le estuviera puyando con una aguja por dentro.

El padre Gabriel cierra los ojos y con fuerza extrae la prótesis y la coloca sobre el sillón. Con cuidado soba su pierna y quita el protector. Su piel está roja por la presión que le ocasionaba. El padre Gabriel respira de alivio y se recuesta viendo hacia el techo.

El padre Gabriel llama al doctor José para comentarle que ha estado sintiendo mucho dolor y que siente que la medicina no le está haciendo efecto —*¿Podrías incrementarme la dosis, José?*— le pregunta. El doctor José le dice que no es conveniente recetarle sin antes hacer una revisión. Le hace una cita para que llegue a consulta —*Es necesario conocer si hay algo más que te esté afectando*— le dice el doctor con pausas para que no le quedara ninguna duda.

El padre Gabriel le da las gracias. Al colgar piensa en que quizá se le quitará si reposa un poco; acomoda el respaldar del sillón y recuesta su cabeza para descansar por unos minutos. El padre Gabriel siente que el tiempo se vuelve lento, la manecilla del segundero del reloj en la pared se queda detenida. Escucha una voz infantil que lo llama.

—*¡Padre Gabriel!*—. El padre Gabriel se reincorpora para ver quien lo llama. Voltea a ver hacia todos lados cerrando y abriendo los ojos con rapidez, pero al ver para ambos lados se da cuenta de que está solo. Se recuesta de nuevo y cierra los ojos, pero él siente que alguien lo está viendo. Al abrir los ojos ve a Karlita quien está frente a él.

—*¡¿Karlita cómo pudiste entrar?! Tenía la puerta cerrada*— le pregunta el padre Gabriel tratando de ocultar su pierna. Karlita lo ve inexpresiva a los ojos, luego voltea a ver al escritorio, se queda viendo a la foto que tiene el padre Gabriel donde aparece con el padre Sebastián.

—*¿Cuándo me va a dejar ir con Claudia?*— le pregunta Karlita mientras continua viendo la fotografía. El padre Gabriel se coloca una pequeña sábana sobre su pierna —*¿De qué estás hablando, Karlita?*— le pregunta haciéndole creer que no comprende a lo que se refiere. Karlita regresa su mirada a él, poco a poco se comienza a acercar.

—*¡Padre Gabriel!, ¡padre Gabriel!, ¿está usted ahí dentro?*— La madre María toca con fuerza la puerta de la oficina. El padre Gabriel se levanta viendo para todos lados, se da cuenta de que fue un sueño —*Pero... fue tan real*— piensa mientras ve a una cruz que tiene en una mesita. El padre Gabriel responde que saldrá en unos minutos, se coloca su prótesis lo más rápido que puede.

Al abrir la puerta, invita a pasar a la madre María. Él se siente aún confundido por el sueño que acaba de tener, unos minutos atrás el padre Gabriel creyó que en realidad estaba hablando con Karlita —*Quizá sea por el estrés de la adopción*— piensa.

Con un respiro el padre Gabriel despeja su cabeza y le habla a la madre María —*Tome asiento, madre María. Aprovechando que viene quiero que hablemos sobre la adopción de Karlita.*

La madre María al escuchar que la familia González quiere adoptar a Karlita, le dice enfurecida que nadie debe adoptarla. La madre María le vuelve a recordar lo que sucedió con Lucía, la enfermera que quería cuidarla y de cómo a las pocas semanas Lucía fue internada en un psiquiátrico —*¿Y de quién se sospechó padre Gabriel?*— le pregunta llevándose las manos a la cintura —*¡de Karlita!*— le responde elevando las manos al aire.

—*Ella es tan solo una pequeña niña*— le responde el padre Gabriel —. *Quizá Lucía ya estaba enferma. Dejemos que sea Dios el que se encargue. Todo está en sus manos, madre María*— le dice mientras coloca sus manos sobre los hombros de ella —. *Tenga un poco de fe. Además, Karlita es una niña muy linda y muy dulce, aunque también es muy seria*— el padre Gabriel le da una sonrisa —. *Acaso no dijo Dios, «Dejad a los niños venir a mí»*— le agrega.

—*Perdóneme, padre Gabriel, pero no estoy de acuerdo*— le replica la madre María quitando de sus hombros las manos del padre Gabriel.

—*Karlita debe estar siempre bajo observación*— la madre María suspira y baja la mirada —. *Por eso mismo permitimos que se fuera solo Julián con la familia Jiménez. Desde hace inicios de año vive con ellos. Ellos me llamaron diciendo que están muy felices con Julián, porque es un niño muy noble y que se gana el amor de todos con los que está. No sé, pero con Karlita... no sé Padre. ¡Muchos niños del orfanato le tienen miedo!, ninguno quiere jugar con ella*— la madre María lo mira con ojos de frustración.

El padre Gabriel comprende el sentir de la madre María, pero él quiere creer que lo correcto es que Karlita tenga la oportunidad de vivir con una familia.

El padre Gabriel mira a madre María. —*Karlita necesita una familia cristiana que le dé mucho amor, solo una madre y un padre le pueden dar eso a una hija; nosotros no podemos darle eso a Karlita; eso es lo que ella necesita madre María*— concluye el padre Gabriel.

La madre María tensa los labios y baja la mirada sin pestañear. A pesar de estar de acuerdo con lo que el padre Gabriel le acaba de decir, ella aún no está convencida con la adopción de Karlita.

—*¿De quién hablan?*— Se oye una pequeña voz en la puerta.

—*Karlita, ¿Desde hace cuánto tiempo estás ahí?*— Voltea a ver el padre Gabriel, mientras a su mente viene el sueño que tuvo antes de que llegara la madre María. El padre Gabriel tiene el sentimiento que esto es un *déjà vu*, pero sacude su cabeza diciéndose que eso es una tontería.

—*¿Con qué no está de acuerdo, madre María?*— pregunta Karlita viendo a la madre María a los ojos.

El padre Gabriel se aproxima a Karlita, se agacha y le pide que regrese a su habitación porque la hora de la cena se aproxima y debe estar lista. Karlita le da un abrazo al padre Gabriel con una gran sonrisa. —*Hágale caso al doctor, padre Gabriel, está renqueando mucho. Lo quiero mucho padre Gabriel*— Karlita le da un beso en la mejilla, baja la mirada y la sube para ver a la madre María quien siente que la piel se le eriza y congela.

Karlita ve de nuevo al padre Gabriel, le dice adiós agitando su mano. Karlita sale de allí dando unos pequeños saltos.

—*Insisto Padre, Karlita no debe y no puede ser adoptada*— le recalca la madre María al ver que Karlita se había retirado. El padre Gabriel suspira —*Hablaremos mañana, por ahora preparémonos para ir con los niños y las niñas a la cena*—. La madre María le dice que está bien y sale para el comedor del orfanato, el padre Gabriel la sigue por detrás. Karlita los observa desde las mesas del comedor.

En el comedor los niños gritan al unísono —*¡Queremos comer!, ¡Queremos comer!*— en medio de sonrisas.

El padre Gabriel les pide a todos que guarden silencio para realizar una oración. Todos guardan silencio y cierran los ojos. La madre María ve a Karlita haciéndole señas que debe cerrar los ojos, Karlita la observa y baja la mirada. La madre María da un suspiro fuerte y cierra los ojos para rezar. Karlita se queda observando a la madre María mientras oran. Cuando el padre Gabriel dice amén, Karlita agacha la cabeza y pretende abrir los ojos como si hubiese estado rezando con ellos.

El padre Gabriel les dice que ya pueden ir a servirse los alimentos. La algarabía es ensordecedora, todos los niños quieren servirse, pero hay dos niñas que se encuentran en la esquina de una de las mesas sin ánimo de querer comer, tan solo se quedan observando sus zapatos sin voltear a ver a los demás. La hermana Francisca le dice a la madre María que han estado así desde hace varios días. La madre María se acerca para hablarles mientras Karlita observa desde su silla, las niñas ven a Karlita y mueven sus cabezas para ambos lados.

Al llegar la madre María una de ellas le dice que extraña a Emily, y comienza a llorar. La madre María la abraza y les dice que tienen que orarle mucho a la Virgencita para que les de paz a su corazón, las dos asientan con sus cabezas. La madre María las lleva para que puedan servirse algo para comer.

Las hermanas del orfanato corren para todos lados tratando de mantener a todos los niños en calma. Un par de niños le tira un pedazo de pan a otro, la hermana Francisca lo ve y le dice que no juegue con la comida. Karlita termina su comida y se retira sin que nadie la vea.

Al terminar la cena, todos los niños suben a su habitación. Las hermanas Francisca y Verónica se quedan para terminar de limpiar y luego ir a tomar una taza de chocolate caliente en la cocina.

Al terminar de limpiar, la hermana Verónica va a la cocina a preparar chocolate en una jarra de barro. El olor inunda la pequeña cocina. La madre María siente el aroma y se aproxima —*Qué bien huele*— exclama. La hermana Verónica le dice que ya puede servirse mientras ella va a buscar a la hermana Francisca para que las tres puedan pasar un rato juntas. La madre María asiente con la cabeza, la hermana Francisca sale de la cocina y ella se aproxima para servirse un poco de chocolate.

—*¡Madre María!*— la madre María da un brinco colocando su mano sobre su pecho. Al darse la vuelta ve a Karlita.

—*¡Karlita!, niña, no me asustes de esa manera, mira ya tiré mi chocolate*— le dice la madre María mientras se levanta para tomar una toalla y limpiarse el chocolate que cayó en su hábito.

Karlita la mira y luego voltea a ver hacia la jarra de barro que aún está al fuego —*Ahí hay más, se puede servir*— le responde.

—*Niña, y cómo vienes así descalza y con pijama, te vas a enfermar con este frío y... ¡ya son las diez de la noche!*— le dice mientras continua tratando de limpiar su hábito.

—*Yo, no me enfermo. Nunca me he enfermado. Hay peores cosas que solo enfermarse, madre María*— responde Karlita mientras se da la vuelta para regresar a su habitación, pero se detiene en el marco de la puerta —, *pero usted... podría enfermar, madre María. Cuídese*—. Karlita se da la vuelta para sonreírle —*Pase feliz noche, madre María*— le dice haciendo un saludo como el de las princesas de los cuentos de hadas. Karlita se retira cantando.

Las hermanas Francisca y Verónica llegan a la cocina conversando y riendo sobre el día que tuvieron. Al ver a la madre María con la mancha de chocolate sobre el hábito, le preguntan qué le sucedió.

La madre María ve para todos lados, les pregunta si vieron a Karlita salir de la cocina, pero ellas le dicen que no vieron a nadie. Las hermanas le aseguran que todas las habitaciones están con las luces apagadas. —*Karlita no le teme a la oscuridad*— murmura la madre María —, *bien podría andar por ahí asustando a medio mundo*— les dice mientras sigue tratando de limpiar su hábito.

La madre María les cuenta lo que ocurrió con Karlita unos minutos antes, en especial lo que le dijo sobre enfermarse. La hermana Verónica le dice que son travesuras de niñas y que es casi seguro que Karlita vio algo en la televisión que le dio la idea de decir algo así. La madre María le dice que no lo cree porque Karlita no ve televisión, le recuerda que ella sólo lee, está tocando el piano o escuchando música que a veces es clásica o esa estridente que a nadie del orfanato le gusta.

La hermana Francisca le dice que ha de ser por esa música fea, también le agrega que no debe preocuparse, ya mañana le prohibirán escuchar ese tipo de música. La hermana Francisca logra que la madre María sonría. —*Tal vez le estoy dando demasiada importancia. Karlita es solo una niña*— les dice madre María con una leve sonrisa. Las tres deciden disfrutar de una taza de chocolate con un pedazo de pan dulce, uno que la hermana Verónica tiene escondido de los niños.

La hermana Verónica les pide que vigilen que nadie esté viendo y va a un cuadro que está en la pared, detrás hay un agujero donde tiene una bolsa de pan, lo saca para ponerlo sobre la mesa.

La hermana Francisca y la madre María se frotan las manos y la lengua mientras la hermana Verónica corta el pan.

Después de una hora, las tres se despiden para ir a dormir. La madre María duerme en el segundo nivel y las hermanas en el primero. Mientras la madre María camina su mente está absorta en las palabras de Karlita —*Yo no enfermo, nunca he enfermado, pero usted*— la madre María se persigna —*Cuídese*— recuerda las palabras. Ella pone su mano sobre el corazón al sentir que se le quiere salir.

El padre Gabriel, quien va por el mismo camino, la detiene al encontrarse a pocos pasos de su habitación. Al verla sospecha que algo le sucede, le pregunta qué le ocurrió porque ve que no es ella misma, pero la madre María ya no quiere hablar. La madre María le dice que se siente cansada y que necesita dormir. —*Descanse en Dios*— le dice el padre Gabriel. Después de darle una bendición, ella le da las gracias y entra a su cuarto.

—*Madre María… madre María….Pase feliz noche madre María*— una sonrisa acompaña al sonido que en su mente empieza a resonar una y otra vez como un eco que le repite sin descansar —*Madre María... madre María.*

—*¿Qué me estará pasando?, Dios mío, Virgencita santa ayúdame*— comienza a pensar mientras poco a poco se va quedando dormida. La imagen de quien le sonríe y llama va apareciendo en sus sueños.

—*¡¿Quién eres?! ¡¿Qué quieres conmigo?!*— le grita la madre María sin poder ver quién le está hablando. La madre María voltea a ver hacia todos lados, poco a poco se va abrazando por el frío que la empieza a cubrir, la voz se va haciendo cada vez más audible…

> «*Sueña, sueña... con un mundo irreal.*
> *Despierta, despierta... en el más allá.*
> *Sueña, sueña... aquí nunca volverás.*
> *Despierta, despierta... en la oscuridad.*»

A la mañana siguiente, el padre Gabriel llama a la hermana Francisca para preguntarle si ha visto a la madre María. —*Ella siempre es la primera en levantarse*— les recuerda. El padre Gabriel ve preocupado el reloj de la pared que marca las siete menos quince.

La hermana Francisca se muestra extrañada, ella también sabe que la madre María es madrugadora. La hermana Francisca les dice que se siente muy preocupada y que irá a buscarla. Al subir las gradas se encuentra a Karlita, quien viene cantando y bajando las gradas con pequeños saltos con su mochila en la espalda.

—*Hola Karlita. ¿Has visto a la madre María?*— le pregunta inclinándose un poco hacía adelante.

—*¡Hermana Francisca!*— Karlita le da un abrazo. La hermana Francisca la ve extrañada y le da un abrazo también.

—*No la he visto…*— le responde Karlita poniendo su dedo sobre la barbilla —*quizá enfermó y quiere dormir más*—. Karlita sonríe y continúa bajando las gradas —*¡Las personas mayores enferman!*— le agrega.

—*¿A dónde vas tan temprano?*— le pregunta al ver que son apenas las siete de la mañana.

Karlita inclina un poco su cabeza hacia la izquierda —*Quiero desayunar antes que vengan todos los demás, así después puedo ir al salón de música para tocar el piano antes que empiecen las clases*—. Karlita continúa su camino —. *Adiós hermana*— le grita mientras sigue bajando las gradas.

—*Que niña tan rara*— piensa la hermana Francisca. Dando un sobresalto recuerda que está buscando a la madre María —*Mejor voy a buscarla*— se dice a sí misma.

Al llegar a la puerta del cuarto de la madre María intenta abrirla. Se da cuenta de que no puede. Se inclina para hacer fuerza, pero sus intentos son fallidos. —*¡Madre María!*— grita y a golpea la puerta, pero no hay respuesta.

Los gritos y el forcejeo comienzan a atraer la atención de los niños y las demás hermanas que se encuentran cerca. Jaime, el jardinero, escucha desde el jardín los gritos y el forcejeo, deja tirada la tijera con la que está podando y sube a ver qué está ocurriendo.

Al llegar Jaime le pregunta a la hermana Francisca si necesita ayuda. Ella asienta con su cabeza. Jaime se aproxima a la puerta para verla con detenimiento. Le pide a la hermana que aleje a los niños para intentar abrir la puerta con fuerza.

Jaime empuja la puerta, su rostro se empieza a poner rojo hasta que se le ve caer para adelante al abrirse la puerta.

La hermana Francisca le pregunta si está bien, ella voltea a ver hacia la cama. Ve a la madre María —*¡Llamen al padre Gabriel!*— les grita. La hermana se levanta y le pide a Jaime que saque a todos los niños de la habitación.

—*¡Madre María!, ¡hábleme!*— le dice la hermana Francisca mientras le toma la mano. Los ojos de la madre María están fijados en el techo, tan sólo se escuchan pequeños tartamudeos —*essss ssssa mimimi ra ra dd*—. La hermana Francisca le pide que le diga qué es lo que le pasa. La hermana Francisca saca su crucifijo y empieza a pedirle a la virgencita que la ayude.

El padre Gabriel llega a la habitación con la respiración pausada y larga. Al ver a la madre María se pone de rodillas y comienza a orar por ella —*¡Esto es obra del demonio!*— pronuncia la hermana Francisca quien está dando vueltas en círculo.

Los balbuceos que no se pueden entender de la madre María aceleran el corazón de la hermana Francisca y del padre Gabriel.

El padre Gabriel le pide a la hermana Francisca que vaya a llamar al doctor José para que llegué lo antes posible. La hermana Francisca sale de la habitación y va corriendo hasta la oficina del padre Gabriel.

—*Madre María, ¡Madre María!*— le expresa con gran pesar el padre Gabriel —*Dígame, ¿Qué le pasó?*— le pregunta repetidas veces. La madre María solo balbucea.

El padre Gabriel no comprende lo que ella intenta decir. Las manos en posición de oración de la madre María le da a entender que su mente quiere hablar y que le está pidiendo a Dios por su auxilio.

Al llegar a la oficina del padre Gabriel, la hermana Francisca se encuentra con la hermana Verónica. Ella le cuenta lo que está sucediendo con la madre María, la hermana Verónica lleva su mano a la boca mientras la hermana Francisca marca el número del doctor José.

Los ojos de la hermana Verónica se empañan al pensar que tan sólo ayer por la noche estaban riendo mientras tomaban un poco de chocolate en una tacita de barro. Toma su crucifijo y se persigna pidiendo a Dios por su ayuda.

—*Con el doctor José, por favor. ¡Es una emergencia!*— La secretaria del doctor José aleja el auricular de su oído por el grito que la hermana Francisca le acaba de dar.

—*Él se encuentra atendiendo a un paciente en este momento. ¿Le quiere dejar un mensaje?*— le responde la secretaría, con un sonido como si estuviera masticando un chicle.

—*Esto es una emergencia. La madre María está agonizando ¡nos urge que venga el doctor!*—. El tono de angustia y al oírla llorar, motivan a la secretaria interrumpir la cita del doctor.

—*Soy el doctor José. Llama del Orfanato Nuestro Señor Jesús, ¿cierto?*— La hermana Francisca le dice que sí, y le cuenta lo que le está sucediendo a la madre María. El doctor José le dice que llegará lo más pronto posible. La hermana Francisca le da las gracias y le agrega que por favor se apresure.

—*¿Qué le dijo el doctor?*— le pregunta la hermana Verónica, quien se está secando los ojos.

—*Viene lo más pronto posible*— le responde la hermana Francisca mientras reposa su cabeza sobre el hombro de la hermana Verónica. Ambas lloran.

—*Hermana Francisca, hermana Verónica. ¿A qué hora comenzarán las clases?, todos andan apresurados. ¿Pasó algo?*— Ambas voltean a ver a la puerta, ahí está Karlita con su libro de matemáticas.

—*Karlita, ¿Qué haces aquí?, sabes que al padre Gabriel no le agrada que vengan acá a su oficina*—. Karlita sonríe —*Lo sé. Pero las vi entrar entonces quería preguntar. Bueno me voy a mi clase. Adiós*—. Karlita agita su mano diciendo adiós y se retira.

La hermana Francisca y la hermana Verónica, van a la habitación de la madre María para contarle al padre Gabriel que el doctor viene en camino. En los pasillos del orfanato se vuelve a sentir el mismo ambiente del reciente domingo, cuando Emily fue llevada al hospital. Las hermanas tienen una angustia horrible al pensar que la madre María podría morir esa misma semana, en la que falleció Emily.

La hermana Francisca y la hermana Verónica se dirigen al cuarto de la madre María. Al entrar ven al padre Gabriel quien sigue orando por ella. La hermana Francisca le comenta que el doctor está por llegar, él asienta con la cabeza, les pide que se queden con ella mientras él va con los profesores para pedirles que inicien las clases con normalidad, sin que le digan aún a los niños.

La hermana Verónica acaricia la frente de la madre María, ella mueve sus ojos intentando decirle algo, pero la hermana Verónica no entiende qué es lo que la madre María le quiere decir, tan sólo alcanza a escuchar —*mi, mi*— con mucha dificultad. La hermana Francisca toma la mano de la madre María, le dice que están con ella y que el doctor viene en camino.

Mientras tanto, el padre Gabriel va a conversar con los profesores para pedirles que inicien las clases con normalidad, pero él no sabe que los niños ya están enterados de que algo ocurrió con la madre María.

—*Fue un fantasma lo que vio la madre María*— decía un niño a otro niño en el salón de clases. —*¿Seguro? ¿Y sí lo que vio fue un platillo volador?*— le pregunta el otro niño.

A poco más de una hora, llega el doctor José al orfanato, se encuentra al padre Gabriel y juntos van a la habitación de la madre María.

—*Doctor, gracias al cielo que ya vino*— le dice la hermana Francisca.

—*¿Saben que sucedió antes de que entrara en este estado?*— pregunta mientras saca sus instrumentos para examinar a la madre María quien al ver al doctor trata de hablarle.

—*Me temo que pueda ser un derrame cerebral, ¡tenemos que llevarla al hospital ahora mismo!*— les dice el doctor mientras hace una llamada para que preparen una resonancia magnética y que le envíen una ambulancia con urgencia.

—*¿Estás seguro, José?*— le pregunta el padre Gabriel.

—*Es lo que parece, pero para asegurarlo necesito hacerle varios exámenes y consultarlo con el doctor Aroldo*— le responde el doctor José, mientras continúa hablando al hospital.

Al terminar de realizar la llamada, el padre Gabriel llama al doctor José para platicar con él en privado. Al estar a solas le pide que sea honesto con él y le diga lo que le pasa a la madre María, el padre Gabriel quiere que le hable claro sin tratar de hacerlo sentir bien.

El padre Gabriel también le expresa al doctor José que el orfanato no tiene fondos debido al entierro de Emily, y temía mucho no poder sufragar los gastos de la madre María. —*No te preocupes de eso por ahora*— le responde el doctor José —, *preocupémonos de estabilizarla primero*— le agrega. El padre Gabriel le da las gracias.

Las hermanas preparan algunos atuendos de la madre María para llevarlos al hospital. De la recepción, llaman al padre Gabriel para informarle que llegó la ambulancia, él pide que los dejen entrar. Al entrar los paramédicos, la hermana Francisca les hace señas de donde están. Los paramédicos alistan la camilla y recuestan a madre María.

—¡¿*Qué le sucedió a la madre María?!*— exclama Karlita desde la puerta del cuarto.

—*Karlita, regresa a tu clase*— le pide el padre Gabriel con tranquilidad.

—*Se pondrá bien la madre María, ¿verdad que sí?*— pregunta Karlita mientras lo ve con sus ojos como si quisiera llorar.

—*No te preocupes, Karlita, para eso la llevamos al hospital*— le dice el doctor José mientras se agacha y le toca la nariz.

—¿*Le puedo dar un beso a la madre María? Es para que se recupere*— les dice con ternura.

—*Claro que sí, Karlita, eso la ayudará a recuperarse más rápido*— le responde el doctor José.

Karlita se aproxima a la camilla donde está la madre María, le da un beso en la frente y le da otro en la mejilla —*Recupérese pronto, madre María*— le susurra.

—*Madre María, ¡está sudando!, ha de tener calor*— pronuncia la hermana Francisca aproximándose a ella para secarle el sudor mientras la van encaminando hacia la ambulancia. La hermana Francisca se ofrece para acompañarla, pero el doctor José le dice que no es necesario, luego se dirige al padre Gabriel para decirle que le llamará en un par de horas después de hacerle los exámenes. El padre Gabriel le agradece su ayuda en estos momentos tan difíciles para el orfanato.

El padre Gabriel acompaña a los paramédicos a la salida. Ve alejarse la ambulancia. Se da la vuelta para entrar al orfanato, en eso se detiene y voltea la mirada para darse cuenta de que esa es la misma ambulancia en la cual se llevaron a Emily hace tres días.

Entre tanto, Karlita está en el salón de música tocando el piano.

CAPÍTULO 7

UNA NUEVA FAMILIA

A la mañana siguiente, al despertarse, Enrique se sienta y se rasca la cabeza, da un bostezo y voltea a ver para ambos lados, se pregunta por qué Claudia se habrá levantado tan temprano.

Enrique se levanta y al caminar para el baño escucha sonidos que vienen del cuarto de huéspedes —*Ay Claudia, ¿Estarás arreglando el cuarto desde ya?, ¿Tan temprano?*— se pregunta Enrique al ver el reloj despertador, da un suspiro y entra al baño.

Susana sale de su cuarto arrastrando los pies, va con los ojos casi cerrados y el pelo alborotado. —*Pues… ¿Quién está haciendo tanto ruido?*— bosteza. Enrique sale de su habitación y se encuentra con ella en el pasillo.

Susana le pregunta a su papá qué es lo que está haciendo su mamá, pues se escucha mucho ruido. Enrique le responde que no tiene la menor idea, pero cree que está limpiando el cuarto, el padre Gabriel le dijo que quizá ese mismo día le permitiría a Karlita ir a vivir con ellos. Susana mueve sus ojos hacia un lado, Enrique con risas le pide que no se ponga celosa.

—*Papá, pero… no iba a venir tu empleado a arreglar el cuarto*— le pregunta Susana. Enrique la mira levantando los hombros como diciéndole «*¿Qué puedo hacer?*».

Claudia se despertó a las cuatro y media con la decisión que ese día dará un salto de fe. Se dijo a sí misma que limpiaría el cuarto de huéspedes y arreglarlo con las cosas que compró para Karlita. En una esquina están todos los adornos que Claudia solicitó a la tienda «*Somos Niñas*».

Enrique y Susana colocan su oído sobre la puerta para intentar escuchar qué es lo que está haciendo. Un taladro se escucha, luego un martillo, Enrique y Susana se ven como diciendo «*no lo puedo creer*».

Enrique toca la puerta con sigilo. Claudia les dice que aún tardará, que sería mejor que se bañen y que salgan a comer algo fuera de casa, pues ella está muy ocupada como para prepararles el desayuno. Susana le dice a su papá que mejor se irá a bañar; Enrique decide hacer lo mismo.

Después de algunos minutos, Enrique regresa al cuarto de huéspedes, desde afuera le pregunta a Claudia si necesita ayuda. Ella le dice que no se preocupe que mejor vaya con Susana a desayunar afuera, pero es muy clara en decirle que tiene que ser comida sana. Enrique ve al cielo pidiéndole a Dios le dé un poco de paciencia para con su esposa.

Susana sale de su habitación escuchando música, va colocándose un gancho en el pelo. Enrique sube sus hombros al verla como diciéndole «*No sé qué pasa*». Susana se quita los audífonos y le pregunta con señas si aún no ha salido su mamá de la habitación de huéspedes, Enrique le dice que no. Susana se acerca y toca la puerta para decirle que se quiere despedir —*pues… quiero ver qué está haciendo*— le susurra a su papá. Claudia abre la puerta, Enrique y Susana se quedan boquiabiertos al ver todo lo que ha hecho.

—*Sé que a Karlita le gusta el color celeste y por eso lo pinté de ese color*— les dice mientras muestra con sus manos toda la habitación —, *vean la cama también*—. Claudia se sienta mientras con sus palmas les muestra la sobrecama. Enrique y Susana se ven el uno al otro, ninguno de los dos la había visto actuar así antes.

—*Ah, y también ayer mandé a afinar el piano mientras tú trabajabas y Susana estaba en la universidad, le tuvieron que cambiar varias cosas pero ya está funcionando*—. Susana se quita el otro audífono y mira a su mamá, —*O sea... pero... A la madre... ¿Por qué?, o sea pues, mamá, cómo así que... le afinaste ¡MI! Piano*— dice Susana en una rabieta como de niña de cinco años. —*Tú nunca lo usaste Susana*— le responde Claudia sin prestarle mayor atención. Susana se cruza de brazos y se coloca sus audífonos.

Enrique se acerca con su esposa, le da un abrazo y un beso, le dice que el cuarto está precioso y que sabe que a Karlita le encantará porque ella lo está haciendo con mucho amor.

Enrique le expresa que lo único que le preocupa es que el padre Gabriel se niegue a dejar ir a Karlita a vivir con ellos, pero Claudia le dice que ella se encargó de eso, sabe que Karlita quiere una familia y que eso la ayudará para que la dejen ir a vivir con ellos. Claudia también le dice que ese mismo día tiene una llamada programada con el padre Gabriel a las diez de la mañana, ahí espera que le den la buena noticia. Enrique le sonríe y le desea que le vaya muy bien, aunque por dentro, él espera que el padre Gabriel no autorice la salida de Karlita.

Claudia se despide de ellos y les dice que ya le falta poco, solo las cortinas el librero y un par de cosas más; se voltea con Enrique para recordarle que no se le olvide pasar a desayunar con Susana y que sea a un restaurante formal, no a uno de comida rápida. Enrique se pone firmes y le hace la seña militar, con el mismo tono militar le dice a Susana que se retiren, ella se quita sus audífonos para poder despedirse de su mamá.

Mientras Enrique y Susana van en la camioneta, Susana le dice a su papá que hace tiempo no veía a su mamá así —*Pareciera que mi mamá, está bajo algo así como, no sé, pues, o sea, cómo te digo… está como en una clase de hechizo o algo por el estilo, pues… no sé—.* Enrique sólo ríe.

Enrique le dice que mejor aproveche que tienen carta libre para comer afuera y que le diga a dónde le gustaría ir a desayunar, Susana le dice que entonces vayan al restaurante *«Rapiditos».* Enrique y Susana se ven como dos niños que están a punto de hacer una travesura y se empiezan a reír.

En la casa, Claudia continúa limpiando la habitación. Al ver el reloj de la pared piensa que debe apresurarse, aunque aún tiene la duda si llamar o mejor llegar al orfanato, pero al final decide llamar después de ir a darse una ducha y comer algo. —*Espero que estos dos no se hayan ido a comer a «Rapiditos», fui clara con Enrique que nada de comida rápida—* piensa Claudia mientras saca las bolsas de basura.

En el orfanato, la hermana Francisca se aproxima con el padre Gabriel, quien está en su escritorio, llega para preguntarle si tiene alguna noticia sobre la madre María. Después de que se la llevaron el día anterior no han sabido nada sobre ella y la preocupación es tal que ni ella ni la hermana Verónica pudieron dormir bien anoche.

—*Por fortuna no fue un derrame cerebral—* le comenta el padre Gabriel, pero no le quiere decir la consternación de los médicos al no saber qué fue lo que le pasó en realidad.

La hermana Francisca suspira de alivio al saber que no había sido el derrame que tanto creía el doctor José. Le da las gracias al Padre por contarle, toma su crucifijo para darle las gracias a la Virgencita y a Jesús. Antes de que ella se retire, el padre Gabriel le pide que llame a Karlita, quiere aprovechar que están en su tiempo de receso para poder hablar unos minutos con ella. La hermana hace un gesto con la cabeza y se retira de la oficina.

La hermana Francisca ve a Karlita sentada en una de las bancas tomando su merienda mientras balancea sus pies, está viendo al cielo y tarareando una canción. La hermana Francisca se acerca con Karlita y le dice que el padre Gabriel le quiere hablar. —*Gracias, hermana Francisca*— le dice con seriedad. Ella guarda sus cosas en su pequeña lonchera y se la coloca cruzada para llevarla en la espalda.

Al llegar Karlita a la oficina del padre Gabriel, toca a la puerta.

—*Puedes pasar adelante, Karlita*— contesta el padre Gabriel.

—*Padre Gabriel, la hermana Francisca me dijo que quería hablarme. ¿Es por la madre María?*—. Él la mira por encima de sus anteojos.

—*La verdad, te quiero hablar de algo diferente, hija, siéntate*— Karlita va al sofá —*pero ya que mencionas a la madre María, vi que te acercaste a ella antes de que se la llevaran. ¿Qué le dijiste cuando la despediste con un beso ayer?*—. Karlita lo ve a los ojos —*Ah. Entonces me quiere hablar de Claudia. ¿Verdad?*— le responde. El padre Gabriel se levanta de la silla en su escritorio y va al sillón para quedar frente a ella.

—*Sí, Karlita. La razón por la que te llamé es para hablarte sobre la familia González*—. Karlita lo escucha sin mostrar ninguna expresión, pero puede verse un ligero brillo en sus ojos.

—*¿Es sobre que Claudia me quiere adoptar?*— El padre Gabriel vuelve a verla sobre sus anteojos.

—*¿Por qué dices que te quieren adoptar?*— le pregunta con cierta consternación.

—*Porque por eso ella quería pasar más tiempo conmigo, ¿No es así?, para conocerme mejor*—. El padre Gabriel se queda con los ojos abiertos, pasa su mano por la barbilla.

—*Eh, sí, en parte por eso fue que ella te invitó a salir, hija. El caso es Karlita, que te quería preguntar si te gustaría ir a vivir con ellos, aún no serías su hija legal, pero ellos comenzarían a trabajar en los tramites. Cosas de adultos*—. El sonido del timbre anuncia que deben iniciar las clases, Karlita se levanta y le dice al padre Gabriel que le encantaría ir a vivir con la familia González. Le da un abrazo y después un beso en la mejilla, luego se dirige a la puerta.

—*Padre Gabriel*— Karlita se detiene en la puerta y se da la vuelta para verlo —. *Lo que le dije a la madre María, fue «Cuídese de no enfermarse»*— Karlita le dice adiós con su mano y sale corriendo a su salón de clases.

El padre Gabriel se queda con la mirada fija en la puerta pensando en lo que le acaba de decir Karlita. Su celular comienza a sonar, al ver el reloj se percata que son las diez de la mañana, y al ver el número se da cuenta de que es Claudia quien lo está llamando —*vaya si es puntual*— piensa.

—*Señora Claudia, ¿qué tal está?*— le contesta el padre Gabriel.

—*Bien, padre. Lo llamaba como habíamos quedado, me gustaría que Karlita venga a vivir con nosotros. Ya le tengo preparado su cuarto, si lo viera, está muy bonito, ella se va a sentir muy bien aquí, así que espero que lo haya considerado bien*— Él escucha con atención y la interrumpe para decirle que está de acuerdo con que Karlita pueda ir a vivir con ellos. Le comenta que justo hace unos minutos acababa de hablar con ella, quien también está de acuerdo con la idea. Claudia se alegra y le pregunta si puede pasar a recoger a la pequeña ese mismo día.

El padre Gabriel suspira hondo, piensa en la madre María y en cómo no quiere más estrés, él accede y le dice que espere a que terminen las clases. —*Recuerde que el trato es que Karlita debe terminar el año en la escuela del orfanato y faltan casi dos meses para terminar el ciclo*— le enfatiza. Claudia le dice muchas gracias, el padre Gabriel aleja un poco el teléfono, ella se despide y cuelga.

El padre Gabriel coloca el teléfono de vuelta en el cajón, con su mano sobre su frente piensa en que espera no estar cometiendo un error al recordar las palabras de la madre María cuando le decía que Karlita no debe ser adoptada.

Al segundo de haber colgado, Claudia llama a Enrique para contarle que el padre Gabriel autorizó que Karlita pudiera llegar a la casa a vivir con ellos —*¡Estoy tan feliz!*— le expresa una y otra vez. Enrique le dice que le alegra la noticia y que por esa razón pasará comprando algo para que preparen de cena para darle la bienvenida, también le dice que tratará de salir temprano para que cuando Karlita llegue, él ya esté allí. Claudia da un leve brinco y con los brazos extendidos, grita un —*¡Sí!*—

Claudia busca unos maletines para tenerlos listos para llevarlos al orfanato, y así tener donde guardar las pertenencias de Karlita. —*¡Qué emoción!*— exclama Claudia, pero —*no he pensado en el colegio*— Claudia muerde su labio —*, lo buscaré ahorita que tengo tiempo*—. Claudia busca en internet algunos colegios que estén cerca de la casa, aunque también ha considerado con seriedad dejar que Karlita continúe estudiando en el orfanato el próximo año, pero algo la mueve a buscar otro colegio.

Un colegio que le llama la atención es el Liceo Monte María, se introdujo al sitio y llamó para averiguar sobre las clases del próximo año, en especial qué documentos necesitaría para poder inscribir a Karlita dado que los documentos de adopción estarían aún en trámite.

En el liceo le dan toda la información que ella necesita, de la cual toma nota para consultarla con el licenciado Ramírez. Al darse cuenta de que eran casi las once, sale para el orfanato calculando llegar ahí al mediodía.

Al llegar al orfanato la recibe la hermana Francisca; el padre Gabriel ya le había comentado sobre su llegada y que se llevaría a Karlita con ella. La hermana le ayuda a bajar las maletas y le dice que las clases aún no han terminado, pero que pueden empezar a empacar las cosas de Karlita. Claudia le dice que no hay inconveniente. La hermana Francisca chasquea los dedos al recordar que después necesita que ella firme una carta de responsabilidad que el abogado del orfanato acaba de preparar.

Claudia le da las gracias y suben a guardar las cosas de Karlita. En su cajón está la ropa que Claudia le compró, todo está en un orden impecable, la hermana Francisca le dice que ella la ha tratado poco, pero que la madre María le contó que Karlita es una niña diferente, siempre muy ordenada, muy seria y que a veces le daba miedo.

Claudia suelta una ligera carcajada —¿*Cómo puede dar miedo una niña?*— le comenta —*Al menos eso es lo que me dijo ella*— le responde riendo también —. *Aunque si le soy sincera lo que sí me ha dado miedo es que a Karlita a veces le gusta escuchar música pesada, uyyy*— la hermana se sacude un poco —*Esa sí que da miedo.*

Al terminar de empacar las cosas de Karlita, Claudia se da cuenta de que con una maleta hubiese sido suficiente, Karlita no tiene muchas pertenencias, tan solo un poco de ropa, unos libros y su muñeca que está peinada al igual que lo hace con ella. Claudia advierte que a Karlita le gusta tener siempre su ropa bien planchada y que le gustan mucho los vestidos.

La hermana Verónica llega al cuarto de las niñas para decirles que el abogado del orfanato está en la oficina del padre Gabriel. La hermana Francisca le dice a Claudia que deben bajar y firmar los documentos de responsabilidad. Claudia le da las gracias y baja en compañía de la hermana Francisca llevando las maletas.

En la oficina del padre Gabriel, el abogado le explica a Claudia que esos son solo los documentos de responsabilidad, y que no representan que ella ya sea su hija adoptiva de forma legal. El abogado le hace ver que es un protocolo que hay que llenar para efectos legales y administrativos. En el documento se específica que Claudia se hará cargo de Karlita durante un período indefinido de tiempo, que se compromete a darle un lugar seguro donde vivir, alimentación, diversión y por sobre todo estudio.

Claudia le pregunta si el próximo año la puede inscribir en otro colegio, ya que tiene el deseo que estudie en el liceo que está cerca de su casa, él le dice que no hay inconveniente sólo que el presente año lo tiene que terminar en el orfanato, lo que significa que tendrá que viajar todos los días para dejarla y también para recogerla.

Claudia llama al licenciado Ramírez para contarle los puntos del documento, él le indica que no se preocupe, que como le había dicho el abogado del orfanato es un protocolo y que puede firmarlo con tranquilidad.

Los tres: Claudia, el padre Gabriel y la hermana Francisca firman como testigo; con lo cual Claudia es la responsable de Karlita a partir de ese momento. El padre Gabriel le pide a

Claudia que espere a que terminen las clases del día y enviará por Karlita.

El padre Gabriel da un ligero brinco al ver que Claudia ya tiene las pertenencias de Karlita guardadas en las maletas. Él espera que Karlita acceda a irse de una vez sin haberle avisado.

El sonido de la campana anuncia que las clases concluyeron por ese día. Todos los niños salen corriendo y gritando por un día menos de clases. La hermana Verónica espera a Karlita a la salida de su salón de clase, al salir le pide que la acompañe a la oficina del padre Gabriel.

Al ver Karlita a Claudia, sale corriendo y le da un abrazo, ella se agacha para abrazarla también y le dice que pueden irse a casa. Karlita ve al padre Gabriel y él asiente con su cabeza.

Karlita la abraza de nuevo, luego le pregunta por sus cosas y Claudia le muestra la maleta donde está todo guardado. Le dice que las colocaron con el mismo orden que ella las tenía en su cajón. Karlita sonríe.

Claudia y Karlita se despiden diciéndoles que los verán al día siguiente. Ambas suben a la camioneta y se retiran. La hermana Francisca le pregunta al padre Gabriel cómo se siente por la partida de Karlita, él sólo le dice que espera haber tomado la decisión correcta y que no se cumpla lo que tanto teme la madre María —*¿Y qué es a lo que ella teme?*— le pregunta. El padre Gabriel le responde que eso es otra cosa que a él le preocupa porque no lo sabe con certeza.

Entre tanto, Claudia llama a Enrique para contarle que Karlita está con ella, pasarán a buscar a Susana para ir a comer algo antes de llegar a la casa. Él le dice que dejará al ingeniero Estrada a cargo de la obra en la que están trabajando, de modo que puedan estar todos juntos por la noche para dar la bienvenida a Karlita. Enrique le pregunta si estará bien que lleve pescado para prepararlo, Claudia le dice que le parece la idea.

Claudia guarda su teléfono y mira a Karlita —*Bienvenida a tu nueva familia, hija.*

CAPÍTULO 8

LA BIENVENIDA

En el área de jardines de la Universidad San Pablo, se encuentra Susana esperando por su mamá. Está sentada en una de las bancas con su amiga Rocío. Susana le había contado sobre la idea de su mamá de adoptar a una niña, ahora le está contando que lo consiguió.

—¿*En serio tu mamá adoptó a una niña?*— Rocío hace una pausa —*Bueno, mi hermanito también es adoptado*— le confiesa.

—¿*En serio?*— Susana hace una pausa —*va «what ever» o sea, así como que… vas a ver que mi mamá se mandó con el cuarto y con todas las cosas que le compró. ¡Hasta le mandó a afinar MÍ piano!*—. Susana le muestra una foto que le tomó con su celular al cuarto sin que su mamá se diera cuenta. Rocío toma el celular y al ver la foto abre por completo los ojos y la boca.

—¡*No te creo…!* Pues, *te juro que mis papás nunca me dieron algo así a mí, ¡ni en toda mi vida, ni existencia!*— Rocío hace una pausa —*Pero tú tranquis Susy*— le dice devolviéndole el celular.

—¿*Y cómo es esa niña?*, ¿*Cómo se llama?*— le pregunta Rocío con mucha curiosidad.

—*Ash, se llama... ¿Cómo es que se llama?*— Susana baja y sube la cabeza haciendo memoria.

—*Ah, sí, se llama Karla, pero le dicen «Karlita». ¡Todos le dicen así! ¡¿Podes creer?! O sea pues, ash, la cosa es que la niña es pequeña, siempre anda con el pelo suelto, así todo liso, que por cierto, a la madre... le envidio su pelo, es toda seria y tiene una mirada que para que te cuento. Es una niña bien rara*—. Susana mira hacia la distancia y ve que su mamá está cerca.

Susana busca en su celular una foto que tomó mientras Karlita estaba distraída. Rocío le dice que le encantaría tener el pelo así. Susana le continua contando sobre Karlita, sobre cómo no aceptó la ayuda de su mamá cuando una niña derramó su espagueti sobre el vestido. Susana voltea a ver al escuchar la bocina de la camioneta de su mamá, se despide de Rocío con un beso en la mejilla, agarra su mochila, se coloca sus audífonos y se dirige a la camioneta.

Mientras va caminando se da cuenta de que alguien está al lado de su mamá en el asiento del copiloto, pero no alcanza a distinguir por el vidrio polarizado. Al llegar ve que es Karlita, quien al mirarla acercarse, baja el vidrio para ver a Susana. Claudia le levanta los hombros a Susana como diciéndole *«te toca ir atrás»*. De mal gusto, Susana se sube.

Claudia ve a Susana y Karlita, con una sonrisa —*Bueno niñas, ¿Qué les gustaría comer?*— les pregunta.

—*Ash, pues, yo ya no soy una niña, tengo dieciocho años... vamos a comer pizza*—. Claudia voltea a ver a Karlita para ver si está de acuerdo —*¿Te gustaría eso, Karlita?*— le pregunta Claudia con tono maternal.

—*¿Ahí venden también algo que no sea pizza?, preferiría pollo y fruta*— le dice Karlita mientras sube el vidrio. Claudia se queda observando el camino —*No lo puedo creer, ¡ahora* *tengo que pensar en mis dos hijas!, ¡ay! Gracias Dios mío*— piensa por un instante.

—*¿Saben qué?, para que todas podamos comer algo que nos guste y estemos contentas iremos al centro comercial al área de comida, así cada quien escoge lo que más le guste. ¿Les parece?*— Karlita sonríe con un gesto de afirmación. —*Sí mamá, lo que sea, «what ever»*— le responde Susana.

Claudia les dice —*Bien, allá iremos entonces. ¿Quieres escuchar un poco de...?*— Karlita la interrumpe —*Wagner estaría bien*—. Claudia piensa en lo bien que hizo al comprar una colección completa de música clásica para su reproductor —*Wagner será*— le dice mientras coloca la obra *«Siegfried Idyll»*. Karlita cierra los ojos mientras disfruta la música y le dice que ella sabe tocar esa melodía en el piano. Susana le sube volumen a su reproductor y recuesta su cabeza hacia atrás del sillón viendo hacia la calle.

Al llegar al centro comercial las tres suben al patio de comidas que está en el último nivel. Claudia busca efectivo en su bolso para darle a Susana y que pueda comprar lo que ella desea comer. —*Me traes el cambio*— le pide. Susana le dice que está bien.

Karlita le dice que ella puede quedarse apartando una mesa mientras ellas van a comprar la comida. Claudia se siente incómoda ante eso, por su mente pasan las historias sobre niños desaparecidos y no quisiera que en el primer día que ella está bajo su cargo le pudiera pasar algo. Sin darse cuenta Karlita ya había ido a buscar una mesa. Karlita le da pequeño grito indicándole que encontró un lugar para las tres. Claudia se acerca y Karlita le pide que le traiga un emparedado de pollo, un poco de fruta y agua embotellada. Claudia ríe y le dice que regresa en unos minutos.

Susana por su parte está pidiendo una pizza en El Italiano, mientras hace la cola piensa en lo rara que es Karlita. Claudia pensaba pedir sólo una ensalada, pero para no perder más tiempo en ir a dos lugares distintos, prefiere comprar algo en el mismo lugar en el que pedirá la comida de Karlita. Al llegar al mostrador, ordena el menú de Karlita y se alegra al ver que también venden ensaladas, así que pide una para ella, junto con una soda de dieta. —*Son cincuenta*— le dice el cajero, Claudia saca de su bolso y le paga, el cajero le entrega una figura de un pollo donde tiene el número 66, con el cual le irán a entregar la comida a la mesa. Claudia les da las gracias y guarda el cambio, se lleva el número y va a la mesa para no dejar sola por más tiempo a Karlita.

Al estar cerca se da cuenta de que dos hombres están hablándole a Karlita, ella se apresura a ir creyendo que quieran hacerle algún daño.

—*Karlita, hija, ¿con quienes estás hablando?*— Claudia coloca su mano sobre el hombro de Karlita y dirige su mirada hacia los dos hombres con los que está hablando.

—*No se preocupe señora, somos oficiales de seguridad, esta es nuestra identificación*— le extienden la identificación para que pueda verla, luego continúa —. *Con mi compañero la vimos sola y queríamos verificar que ella estuviera bien. Le recomendamos no dejarla sola. Por cierto, señora, tiene una niña muy inteligente, estábamos hablando de música clásica y sobre cómo se parece al rock, es la primera niña que conozco que me puede dar una cátedra completa sobre eso. Cuídela*—. Los oficiales se retiran y Claudia se siente aliviada de que sólo fue un mal susto.

Susana llega con sus pizzas y pregunta qué había sucedido porque la vio platicando con unas personas. Claudia le dice que nada importante. Susana se disculpa y dice que muere de hambre, así que empieza a comer, mientras su mamá y Karlita esperan a que les lleven su pedido.

—*¡Susy!, O sea, así como que tanto tiempo «sin vernos»*—
. Susana se levanta y ve a Rocío, ambas comienzan a reír porque tan solo pasó una hora y se vuelven a encontrar.

—*¡Hola, señora Claudia!*— Rocío la saluda. Al ver a Karlita titubea en cómo saludarla. —*Me llamo Karla, pero me dicen Karlita*—. Karlita le extiende la mano. —*Hola Karlita*— le responde Rocío dándole la mano y se agacha para darle un beso en la mejilla.

Rocío se despide y quedan con Susana de verse al día siguiente en la universidad. Al retirarse Rocío se aproxima un joven con la comida que les faltaba. Karlita aplaude diciendo que ya muere del hambre.

—*¿Está completa su orden?*— pregunta el mesero.

—*Sí, gra...*

—*Podría traerme una botella de agua que esté sellada, por favor, esta está abierta*— interrumpe Karlita.

—*Cierto, nena, déjame te traigo otra*—. El mesero toma la botella y va a cambiarla.

—*¡Qué niña tan rara!*— piensa Susana mientras le da una mordida a su pizza y se queda observando a Karlita, pero voltea la mirada cuando Karlita cruza la suya con la de ella.

—*Quieres que oremos por los alimentos, Karlita*— propone Claudia.

—*Ustedes oren yo ya empecé*— les dice Susana con un toque de burla. Claudia la ve con su mirada fulminante, Susana tira su pizza al plato y junta sus manos para orar.

—*Si tú quieres, a mí me da lo mismo*— le responde Karlita sin dejar de arreglar sus cubiertos para empezar a comer.

—*¿El padre Gabriel nunca te enseñó a orar?*— le pregunta Claudia con una mirada de preocupación.

—*Todas las mañanas nos ponen a orar, yo sólo hago como que oro, pero la verdad no me gusta*— le dice mientras corta su emparedado por la mitad. Claudia le dice que no se preocupe, pero que a ella sí le gustaría hacer una oración por los alimentos. Ella y Susana inclinan la cabeza para orar por la bendición de la comida. —¡*Buen provecho!*— les dice para que puedan disfrutar. Susana toma su pizza para devorarla.

—*A la madre... o sea... ¿Siempre comes así? Tan... no sé... ¿formal?*— Susana da un sorbo a su soda para bajarse la pizza.

—*¿Y tú siempre hablas con la boca llena?*— Karlita levanta su mirada para observarla mientras limpia sus manos para tomar la mitad de su emparedado. Susana coloca su soda sobre la mesa y toma su pizza para voltear a ver para otro lado.

Al ver la escena, Claudia se preocupa —*Bueno niñas. Creo que... necesitamos ir conociéndonos mejor. Ya verán que poco a poco nos iremos integrando, nos llevaremos bien... veremos cuando nos vamos las tres al salón para hacernos las uñas, una pedicura o manicura*— les dice Claudia tratando de animarlas. Karlita asienta con su cabeza y una sonrisa mientras come de su emparedado.

—*O sea... pero... nunca hemos ido nosotras dos... pues*— le reclama Susana mientras continúa masticando su pizza.

—*Hija, creo que tiene razón Karlita... hablas con la boca llena*—. Karlita dice que sí con su cabeza mientras mastica. Susana voltea a ver a Karlita. —*Además, Susana fuimos la semana antes de tu cumpleaños, ¿Ya lo olvidaste?*— Susana mira hacia arriba para recordar —*Ahh... sí... ya me acordé... ji, ji, ji.*

Después de una hora, Claudia había tratado de hacer que Karlita y Susana platicaran, pero ella siente que tomará más tiempo para que ellas se empiecen a agradar.

Mientras Claudia continua tratando de que Karlita y Susana conversen, el teléfono de Claudia comienza a sonar —*Permítanme niñas, es su papá. Aló, hola mi amor. Sí, ya vamos para allá*— le responde —. *Niñas ya vámonos, su papá va para la casa*—. Karlita le pregunta si puede llevarse su botella de agua, Claudia le dice que sí. Karlita se levanta y recoge su bandeja para ir a tirar la basura. Claudia mira a Susana y mueve la cabeza señalando los botes de basura, Susana le hace una mirada —*ash*— le dice. Susana se levanta recogiendo su bandeja para tirar la basura —*Todo por culpa de esa niña rara*— se queja al tirar la basura.

Mientras van caminando por el estacionamiento, Enrique llama otra vez para decirles que ya se encuentra en la casa. Claudia le dice que llegarán en unos treinta minutos, mira a las niñas y les dice que tienen que apresurarse para poder llegar a la casa porque su papá ya está ahí.

Al llegar a la garita de la salida, Claudia se da cuenta de que olvidó pagar el parqueo, el oficial le dice que puede pagar ahí mismo, sólo que le costará cinco más. Claudia ve el reloj y le dice que no hay problema, le paga y las deja salir.

Al llegar a la casa ven a Enrique que está parado frente a la puerta esperándolas. Claudia estaciona la camioneta y abre el baúl para poder recoger la maleta de Karlita.

Karlita baja de la camioneta y se apresura hacia el baúl, pero Enrique le dice que lo deje ayudarla. Ella le pide que sólo la ayude bajándola y que después ella se la llevará. Enrique le dice que está bien pero que antes le quiere dar un abrazo de bienvenida. Enrique se agacha para darle un abrazo a Karlita.

Enrique baja la maleta y se la entrega. Claudia se aproxima y Enrique le da un beso en los labios. Susana se acerca a su papá para abrazarlo. Enrique se vuelve con Karlita y le pide que lo acompañe porque irán a conocer su habitación —*Sólo que al llegar a las gradas yo te ayudo a subirla*— le agrega dándole una pequeña caricia sobre la cabeza.

Al llegar a las gradas, Enrique toma la maleta de Karlita para subir hacia el segundo nivel, Claudia le dice a Karlita que está segura de que reconocerá cuál es su habitación con tan solo ver la puerta.

Karlita camina despacio, mira para todos lados conociendo su nueva casa, observa con mucha curiosidad cada mueble, cada cuadro y cada detalle. A pocos metros ve una puerta de color celeste que se encuentra medio abierta, Karlita voltea a ver con ilusión a Claudia y ella le mueve la cabeza diciéndole que sí, esa es su habitación.

Al entrar Karlita ve una habitación pintada de su color favorito, con algunas mariposas de adorno colgadas del techo. Un pequeño escritorio con una luz blanca para que pueda leer, ve que tiene su propio baño. Se acerca al librero y nota que hay un espacio, saca su muñeca y la coloca ahí.

—*Esta sí es habitación, y para mi solita*— les dice Karlita mientras los ve y deja reflejar una sonrisa que pocas veces expresa. Enrique coloca la maleta sobre la cama, Karlita le da las gracias y le dice que ella sacará sus cosas. Karlita se pasea por todo el cuarto, encuentra su guardarropa y se apresura a abrir la maleta para guardar sus pertenencias. Enrique le susurra a Claudia si no la va a ayudar, pero ella le dice que a ella le gusta ordenar sus propias cosas. —*¿En serio?*— vuelve a preguntar Enrique y Claudia le dice que sí —*Ojalá ya sabes quién aprenda algo*— le dice Enrique soltando una carcajada. Claudia sólo sonríe mientras ve a Karlita abriendo las gavetas.

Claudia le pide a Karlita que la acompañe para mostrarle la casa, le dice que después podrá regresar a ordenar sus cosas como ella guste.

—*Y a todo esto, ¿Susana?*— pregunta Enrique.

—*No sé qué se hizo*— le responde Claudia volteando a ver a la puerta.

—*Está en su habitación, oí cuando cerró la puerta*— les responde Karlita.

Enrique y Claudia le dan un recorrido a Karlita por el segundo nivel, le muestran la habitación donde ellos duermen y la de Susana, que está cerrada con llave. Le enseñan una pequeña sala de descanso donde hay una librera, Karlita se aproxima para ver qué libros tienen, toma un libro sobre la biografía de Beethoven y les pregunta si lo puede tomar prestado. Enrique le dice que sí, la única regla es siempre volver a ponerlo en su lugar, Karlita lo vuelve a colocar y les dice que regresará después a tomarlo.

Luego se aproximan al balcón desde donde tienen una vista que da hacia unas montañas. Claudia menciona que gracias a que Enrique es un buen arquitecto, supo muy bien qué terreno comprar para tener ese paisaje. —*Los amaneceres desde aquí son preciosos*— le dice a Karlita, quien se pone de puntillas para tratar de ver algo. Enrique acerca una silla y Karlita se para en ella para apreciar un poco aquello que le cuenta Claudia.

—*Vamos, te voy a enseñar la sala principal que está en el primer nivel*— le dice Claudia extendiéndole la mano para ayudarla a bajar de la silla. Karlita da un pequeño salto. Los tres bajan las gradas hacia el primer nivel. Al llegar a la parte baja de la casa, Karlita se queda admirando la enorme ventana que da hacia el jardín trasero de su nuevo hogar, todo está lleno de flores. Claudia le hace un llamado hacia una puerta blanca de madera que está detrás de la ventana.

Karlita se aproxima y al entrar se encuentra con un piano de color blanco que está colocado cerca de una de las esquinas. —*Recién lo mandamos a afinar y a limpiar*— le cuenta Claudia. Karlita la voltea a ver —*Siempre quise un piano*— le dice. Karlita se aproxima, pasa las manos sobre la cubierta de las teclas, al frente ve dos cuadros que adornan el lugar, sobre el piano está una foto de la familia; ella levanta la cubierta, acomoda la silla y presiona las teclas, los voltea a ver con una sonrisa y les dice que está bien afinado.

Karlita comienza a tocar una melodía, casi no se puede ver los dedos de lo rápido que se mueven por cada una de las diferentes octavas, Karlita se encorva sintiendo el sonido de la melodía.

Claudia y Enrique escuchan la interpretación abrazándose y sonriendo, murmuran entre ellos que la casa nunca ha estado llena con una música tan exquisita. Karlita repite la melodía, ahora con más intensidad, los sonidos de los acordes producen una sensación de calma hasta que concluye. Claudia y Enrique, le aplauden diciendo ¡bravo!

—¿*Cómo se llama esa melodía?*— le pregunta Enrique al aproximarse y presionar una tecla.

—*Se llama: «El canto de la alondra», es de Tchaikovsky*— le responde mientras cierra la cubierta del piano.

—¿*Quién te enseñó a tocar, Karlita?*— le pregunta Claudia.

Karlita pone su dedo sobre la barbilla —*Mmm… no recuerdo*— le dice colocando sus dedos sobre la cabeza para hacer memoria —*Voy a terminar de ordenar mis cosas*— agrega. Susana estuvo escuchando la melodía recostada en la puerta, Karlita al pasar enfrente de ella la ve de arriba para abajo y voltea la mirada para continuar hacia las gradas.

—*O sea, ahora resulta que es una «súper pianista» pues… como que es algo «rarita» la «nena», ¿no?*— refunfuña Susana.

—*No te pongas celosa hija, te quiero*— le dice Enrique mientras le da un beso en la frente —*Aunque más pareces ser tú la que tiene ocho años y Karlita la que tiene dieciocho*— le dice Enrique dando una carcajeada. Susana frunce el entrecejo y le dice con voz chillona que ella ya es una mujer madura. Enrique ríe aún más.

—*Amor, por cierto había olvidado comentarte algo*— le interrumpe Claudia —, *este... hoy van a venir a cenar mis... papás. Les conté de Karlita y la quieren conocer*— le dice y se muerde el labio como tratando de que no se enojara por el olvido.

Enrique da un fuerte suspiro y le dice que le alegra que lleguen sus suegros, y le agrega que Susana tiene tiempo de no saludar a sus abuelos.

Claudia le da un abrazo y le pide que suba a ver que Karlita esté bien mientras ella va a preparar la cena junto con Susana, quien de pronto se vuelve muy responsable porque le dice que tiene mucho que estudiar, pero Claudia le lanza una mirada. Susana va a la cocina.

Enrique le pregunta cómo van a preparar el pescado que trajo para la cena, ella le dice que preparará el róbalo con salsa de vino, además le agregará ensalada, arroz, fruta y que abrirá una botella de vino para los mayores de veintiún años, haciendo énfasis en *«veintiún años»* mientras mira a Susana que hace un gesto de inconformidad.

—*¿Y no será muy temprano para empezar a cocinar?*— pregunta Enrique. Claudia le dice que necesita por lo menos unas tres horas para que todo esté bien preparado.

Claudia y Susana se van a la cocina mientras Enrique sube al cuarto de Karlita para ver cómo está y si hay algo en lo que la pueda ayudar. Al entrar a su habitación puede ver a Karlita en su escritorio leyendo el libro de la biografía de Beethoven que le había llamado la atención desde que llegó.

—*Hola, Karlita. ¿Terminaste de guardar tus cosas?*— le pregunta Enrique mientras se sienta en una banca a la par de ella.

—*Sí, esa es la ventaja de tener pocas cosas, las guardas rápido*— le responde mientras cambia de página.

—*¿Siempre te ha gustado leer?*— Karlita despega por un momento la mirada del libro —*No lo recuerdo. Sólo sé que siempre me ha gustado leer*— vuelve su mirada al libro. Enrique la ve con extrañeza, le respondió lo mismo que cuando le preguntaron por el piano. —*Bueno, si quieres te dejo para que leas, nosotros estaremos abajo preparando la cena para cuando desees bajar*—. Karlita baja el libro —*¿No es muy temprano para empezar a cocinar la cena?*— le pregunta. Enrique le dice que eso mismo le preguntó él a Claudia. Karlita hace una expresión de *«está bien»* y continúa con su lectura.

Enrique baja al comedor y ayuda a preparar la mesa. Después de estar varias horas en la cocina, Claudia le dice a Susana que suba a cambiarse porque sus abuelos no tardarán en llegar. Claudia le pide a Enrique que cuide que la comida no se enfríe en lo que ella también sube para darse una ducha.

Después de poco más de media hora, Claudia regresa y pregunta si hay noticias de sus papás, en ese instante el sonido típico de la bocina de los padres de Claudia los hace ver el reloj.

—*Tus papás sí que son puntuales, amor. Vinieron justo a las siete en punto*—. Enrique se dirige a la puerta para recibirles.

Claudia le pide a Susana que antes de bajar pase por Karlita. Al pasar Susana a buscar a Karlita se da cuenta de que ella va bajando las escaleras recién bañada y con el vestido que le regalaron. Susana le dice a su mamá que Karlita ya va sola y que además se peinó sin ayuda. Susana va a su habitación para ver si está bien peinada y darle unos últimos toques a su maquillaje. Luego baja ella también.

Don Jorge y doña Leonor abrazan a Enrique y luego le reclaman que ya no han llegado a visitarlos —*Si no fuera porque nos llamó nuestra hija para contarnos sobre Karlita, y que nosotros somos los que venimos, nunca la habríamos conocido*— continuaron.

—*¡Abues...!*— les grita con suavidad Susana mientras extiende los brazos para darle un abrazo a sus abuelos. Ellos le dan un beso. Los abuelos le dicen lo mucho que ha crecido y que lamentan no haberlos podido acompañar el día del desayuno por su cumpleaños. Le hacen ver que su mamá les había dicho pero que ellos estaban fuera del país.

—*Doña Leonor, don Jorge*—. Ellos miran hacia abajo para ver a Karlita quien los saluda.

—*Tú debes ser... Karlita, ¡ven dame un abrazo!*— le pide doña Leonor —*Qué lindo tu vestido, y tu diadema... estás tan linda*—. Doña Leonor la abraza con delicadeza.

—*Eres toda una princesa*— le dice don Jorge mientras se agacha para darle un abrazo. —*¿Princesa? Esas son unas aburridas y mantenidas que siempre quieren que un «príncipe» las salve. Yo soy una niña inteligente que hace su propio destino*— responde Karlita con seriedad. Don Jorge y doña Leonor cruzan miradas, se extrañan de la respuesta, pero después Karlita les sonríe y les da otro abrazo dándoles las gracias por aceptarla en la familia.

Don Jorge le susurra a su hija que Karlita es una niña muy inteligente y muy diferente, es la primera vez que escuchaba que una niña de su edad le dijera que no es una princesa. —*Después te contaré más despacio*— le responde Claudia. Enrique les pide a todos que pasen a la sala y esperen unos minutos mientras sirven los alimentos para cenar.

Enrique le pregunta a Karlita si le gustaría tocar algo en el piano para los abuelos. Karlita sonríe y le dice que tocará una melodía de su propia inspiración. Al ver a Karlita acercarse al piano, don Jorge pregunta si ella sabe tocar; Enrique les dice que ya la escucharán y que quedarán impresionados. Doña Leonor le pregunta también si ya la han escuchado tocar antes y Enrique responde que sí, que Karlita tocó una melodía muy bonita, pero que no recuerda el nombre.

Karlita se sienta al piano y sin voltear a ver les dice que había tocado el «*Canto de la Alondra*» de *Tchaikovsky*. Enrique les susurra —*esa*—. Karlita respira hondo y comienza a tocar. Entre movimientos lentos y aligerados sus dedos comienzan a moverse en el piano, yendo con bajos lentos y altos rápidos, la melodía cobra vida en la mente de los abuelos, doña Leonor toma las manos de don Jorge y se recuesta en su pecho al escuchar la pieza musical.

Susana observa desde el marco de la puerta, Claudia se aproxima a ella para darle un abrazo. Karlita continúa ejecutando su obra, una parte lenta de bajos fuertes y una parte rápida con agudos que alegran el corazón de los abuelos, doña Leonor sonríe junto con don Jorge. Karlita les dice que escuchen el final.

—¡*Bravo!*— le aplauden todos. Karlita se da la vuelta para verlos.

—*Tocas hermoso Karlita, como si fuera una melodía de ángeles*— le dice don Jorge con una mirada inspiradora.

—*¿Crees en los ángeles, Karlita?*— le pregunta doña Leonor para poderle dar uno que ella lleva consigo en su bolso.

—*No, no creo en ángeles*— Karlita hace una pausa —*... y tampoco creo en demonios*— Karlita inclina su cabeza un poco hacia la izquierda —. *Para mí son historias viejas como la de Santa Claus o la del hada de los dientes*— le responde a doña Leonor —. V*amos a comer, tengo hambre*— agrega con una sonrisa que deja entrever un poco los dientes. Da un pequeño salto para bajar del asiento.

Don Jorge y doña Leonor voltean a ver con los ojos abiertos a Enrique y Claudia, ellos solo levantan los hombros, pues también han quedado impresionados con la respuesta de

Karlita, y no solo con ésa, sino también con las respuestas a muchas otras preguntas que le han hecho.

Doña Leonor le pregunta si es cierto que ella estaba en un orfanato católico. Claudia le dice que sí, pero que le preguntará al padre Gabriel por qué Karlita no cree en ángeles y de otras cosas que le llaman la atención.

Karlita se aproxima a ellos —*Tengo hambre. ¿Cenamos?*

CAPÍTULO 9

EL REGRESO

La alarma lleva cinco minutos sonando. Afuera en los árboles se posan varios pajaritos con un bello cantar. Claudia apaga la alarma y mueve a Enrique para despertarlo, le recuerda que le pidió que lo acompañara esa mañana para llevar a Karlita a la escuela del orfanato, y que tienen que manejar por una hora.

—*Amor, sólo recuérdame hasta cuándo tendremos que levantarnos tan temprano*— le pregunta Enrique con un gran bostezo.

—*Bueno, estamos a finales de septiembre... entonces sería*— Claudia hace una pausa mientras cuenta con sus dedos —. *Sí, en la segunda semana de octubre*—. Enrique bosteza de nuevo mientras se rasca la cabeza y ve el reloj despertador que marca las cinco menos quince de la mañana.

Claudia le recuerda a Enrique, que solo será este día que la acompañará a llevar a Karlita al colegio, después la llevará ella sola. Enrique se levanta diciéndole que irá a ver que Karlita se prepare para que se duche y pueda desayunar, Claudia le dice con una media sonrisa que no se va a tener que preocupar de eso.

Enrique sale de la habitación hacia el cuarto de Karlita, pasa primero por el de Susana tocando a su puerta, —*no seas malo… déjame dormir más*— le responde Susana cubriéndose con las sábanas. Se da cuenta en seguida que la puerta del cuarto de Karlita está abierta. —*¿Será que ya se levantó?*— murmura. Va hacia la puerta y toca sin hacer ruido pidiendo permiso para entrar, pero nota que la cama está tendida, la bolsa de útiles está colocada al pie de la cama y su muñeca está en medio de dos almohadas colocada como si lo estuviera viendo.

Enrique regresa a su cuarto para decirle a Claudia que Karlita no está en su habitación, Claudia le dice que baje a ver si está en la cocina porque cree que ella ya está allí. Enrique le dice que está bien, que ella vaya a ducharse mientras él va con Karlita. Enrique baja las gradas cuando empieza a escuchar música clásica.

—*¡Buen día, Karlita! Qué bonita música. ¿Qué escuchas?*— Saluda Enrique a Karlita quien está a la mesa con su desayuno.

—*¡Enrique!, hola, es música de Beethoven, se llama la Marcha Turca*— le responde Karlita mientras con una cuchara corta en rodajas un banano para su cereal.

—*Veo que ya sabes cómo usar el equipo de sonido*— le dice Enrique rascándose la cabeza. Karlita sonríe.

Claudia baja con bata y una toalla en el cabello, al ver a Karlita sentada desayunando le pregunta por qué no la deja que ella le prepare la comida. Karlita sin despegar la mirada de su comida le dice que eso solo es para los niños que no saben hacer nada. Claudia le dice que le asombra ver cómo ella solita se preparó toda su comida. Claudia sube a cambiarse. Enrique se sienta a la mesa para charlar un rato con ella.

En la plática, Karlita le cuenta lo mucho que le gusta la música clásica, y también sobre sus compositores favoritos.

Enrique la escucha asintiendo con la cabeza, demostrando que le está poniendo atención, aunque él está sintiendo que no comprende mucho lo que ella le está diciendo.

Al terminar Karlita su desayuno, le dice a Enrique que irá por sus cosas y a lavarse los dientes, pide permiso y sube al segundo nivel. Enrique también sube al minuto para ducharse y cambiarse rápido ya que deben salir en menos de media hora para poder llegar a tiempo a la escuela.

Al bajar Enrique y Claudia, ven a Karlita quien los está esperando con su mochila en el sofá. Susana también baja y le pregunta a su mamá por su comida, ella le dice que no tiene tiempo para prepararla, si Karlita puede prepararse su comida ella también puede hacerlo. Claudia mira a Karlita y le guiña el ojo. Susana ve a Karlita con una mirada de —*ash*—. Karlita le sonríe. Claudia le da un abrazo a Susana y le pide que no haga berrinche.

Susana entra a la cocina de tal forma que se escucha hasta el segundo nivel. Enrique va detrás de ella y le dice que no hay motivo por el cual enojarse. Le recuerda que al lunes siguiente él la llevará a comer y la pasará dejando a la universidad. Enrique le da un beso en la frente, —*Pues… como ahora ya tienen una «nena» a quien consentir*— le dice Susana con cejo fruncido. Enrique se ríe con sigilo —*Estás celosa*— le agrega. Antes de retirarse, Enrique le dice a Susana que le pidió un taxi para que la pase a recoger, así que debe estar lista en media hora.

—*¡Enrique!, ¿Nos vamos en tu camioneta o en la mía?*— le pregunta Claudia con fuerza para que él la escuche hasta la cocina. Enrique se despide de Susana y sale para la sala.

—*En la mía*— le responde Enrique, mientras la camioneta da el sonido de desconexión de la alarma.

—*Les gusta el color azul, ¿No es así?*— pregunta Karlita mientras abre la puerta de atrás de la camioneta.

—*Pues, no nos habíamos percatado*— le responde Enrique, mientras Claudia y él se acomodan. —*Karlita puedes ponerte el cin...*— Enrique se queda sin poder terminar al ver que Karlita ya se lo había puesto.

En cuestión de cuarenta y cinco minutos, los tres llegan al orfanato. Enrique manejó lo más rápido que pudo porque no se percataron que su reloj está atrasado quince minutos. —*A tiempo llegaron*— les dice la hermana Francisca. Luego le dice a Karlita que corra para llegar al sermón antes del inicio de clases. Claudia y Enrique la saludan y le preguntan si pueden platicar unos minutos con el padre Gabriel. Ella les dice que no habría inconveniente, solo que lo tendrían que esperar porque está dando el sermón de los viernes. Ellos aceptan esperar. La hermana Francisca les pide que la acompañen a la antesala de la oficina del padre Gabriel.

Media hora después llega el padre Gabriel, los saluda y se sienta frente a ellos. Claudia le comenta que le pidió a su esposo que la acompañara esa mañana para demostrarle que la familia está comprometida con lo acordado. Además, le menciona que trae consigo los documentos que servirán para dar trámite a la adopción de Karlita.

El padre Gabriel toma los documentos y comienza a tocar sus bolsillos en busca de los anteojos, se pone en pie y va a su escritorio preguntándose dónde los dejó; los encuentra y se los coloca. Al revisar los papeles se da cuenta de que ya están firmados por ambos, el padre Gabriel le pregunta cuál copia le queda a él; Claudia se pone en pie y le dice que es la que está en el cartapacio amarillo, pero también le dice que falta que los firme el abogado del orfanato.

Claudia le dice que también hay otro tema que quisieran platicar con él. Ella ve a Enrique y él le hace una seña con la cabeza como diciendo *«adelante, pregúntale»*. Claudia le cuenta que ella supo que Karlita puede tocar el piano, pero que quedó muy impresionada al escucharla tocar.

El padre Gabriel la escucha y le interrumpe para contarle que cuando ellos llegaron al orfanato los llevaron a dar una vuelta por todo el lugar, al llegar a la capilla Karlita vio el piano, sin decir nada se apresuró y comenzó a tocar; las hermanas y él se quedaron admirados de la forma en la que ejecuta el instrumento, y también lamentan que ella nunca ha querido tocar en las misas. Lo curioso es que siempre que le preguntaban dónde aprendió ella les decía que no recordaba, lo único que sabe es que puede tocar. Es algo que ha sido todo un misterio, al principio creían que tenía amnesia, pero el doctor la examinó y les dijo que todo estaba bien.

Mientras el padre Gabriel continua narrándoles la historia, coloca los documentos en su escritorio y regresa para sentarse a la par de ellos en el sillón. Claudia coloca su mano sobre la barbilla tiene miles de pensamientos por su mente, luego ella lo interrumpe —*Padre, usted dijo «Cuando llegaron», ¿Había alguien más?*— El padre Gabriel la mira por encima de los anteojos, da un suspiro y se los quita; se da cuenta de que mencionó algo que no debía.

—Eh... *Sí. Julián y Karlita vinieron el mismo día, él es el niño de quien les hablé adoptaron hace varios meses y que era muy amigo de Karlita*—. Claudia asiente con la cabeza conforme con la respuesta, el padre Gabriel está orando en su mente a la Virgen para que no le pregunten algo más sobre Julián.

Enrique se dirige al padre Gabriel para contarle lo del incidente de anoche antes que cenaran. Le explica cómo después de tocar el piano, la mamá de Claudia le preguntó si

ella creía en los ángeles y Karlita le respondió con un rotundo
¡no! —*La verdad, Padre, nos inquieta un poco eso*— le expone
Enrique.

El padre Gabriel da un suspiro mucho más profundo,
coloca las gafas en la mesita que tiene a la par, se pone en pie
y les comienza a relatar que a Karlita nunca le han gustado las
misas, ni le gusta orar —*Pero muchos niños son así a esa edad.*
Ustedes no tienen nada de qué preocuparse. Karlita es una
niña muy madura para su edad— les dice mientras los voltea
a ver con sus manos detrás de él.

Claudia le pregunta si habrá algo que puedan hacer por la
pequeña. —*Amor... hija, amor de padre y de madre*— les
contesta mientras los ve a ambos. Claudia y Enrique le dicen
que se sienten aliviados y se despiden de él. —*Vayan con Dios,*
hijos— les dice dándoles una bendición. El padre Gabriel se
siente aliviado que no hayan hecho más preguntas.

Al retirarse los González, el padre Gabriel recibe una
llamada a su celular, es del hospital donde se encuentra
internada la madre María. El doctor José lo llama para decirle
que dará de alta a la madre María. —*Ayer varios especialistas*
la examinaron pero no encuentran ninguna enfermedad que la
haya llevado a la situación en la que se encuentra— le relata
—. *Consideramos que con suficiente descanso y terapia puede*
regresar a ser ella misma— le agrega.

El padre Gabriel le pregunta sobre las sospechas que tuvo,
que podría tener algún tipo de tumor o derrame. El doctor José
le explica que le hicieron todos los exámenes recomendados y
que ninguno arrojó la posibilidad de que ella tuviera un
derrame o algún tumor —*Todo en su cerebro está bien*— le
responde —, *lo que sí le recomiendo es que consulte con algún*
buen terapeuta para que la ayuden a salir de su estado actual.

La hermana Francisca y la hermana Verónica llegan con el padre Gabriel, él les murmura, sin despegar el auricular de su oreja, que darán de alta a la madre María. La hermana Francisca le pide que le pregunte si ya puede hablar, él le realiza la pregunta, pero le responde que no. La hermana Francisca comienza a lanzar una serie de preguntas, el padre Gabriel la detiene para preguntarle al doctor José si no tiene inconveniente en ponerlo en altavoz para que las hermanas puedan escuchar la conversación y realizarle algunas preguntas, el doctor José le dice que no hay inconveniente.

La hermana Francisca le pide le dé una explicación de qué es lo que tiene la madre María. —*Ella se encuentra en un estado como «ido», por decirlo de alguna forma, está aquí pero al mismo tiempo no lo está, las pruebas que se le realizaron no señalan ninguna causa de tumor o derrame. Lo que sí es notable es su elevada ansiedad y depresión, pero no es algo que requiera mantenerla hospitalizada, esperamos que con el apoyo de ustedes, los medicamentos y la ayuda del terapeuta ella pueda salir de esto*— concluye el doctor.

La hermana Francisca escucha con atención mientras tiene en su mano el crucifijo. El padre Gabriel le agradece y le dice que buscará quién los lleve al hospital para recoger a la madre María, el doctor José lo interrumpe para explicarle que él ya arregló que los bomberos la lleven de regreso al orfanato —*Véalo como un regalo de Dios*— le agrega.

El padre Gabriel y la hermana Francisca le agradecen al doctor José por la información y por el buen gesto. Las hermanas colocan sus manos en señal de agradecimiento y ven hacia el cielo con una sonrisa en sus rostros.

La hermana Francisca se pone de acuerdo con la hermana Verónica para ir a arreglar el cuarto de la madre María antes de su llegada. El padre Gabriel las detiene y les pide que mejor la trasladen al cuarto que está libre en la parte de abajo, ya que por su condición podría no poder subir las gradas, ellas están de acuerdo y piden ayuda para ir a limpiar el cuarto y para bajar sus pertenencias.

El padre Gabriel se dirige a su escritorio, la pierna le está molestando de nuevo, se toma una de las pastillas contra el dolor. Con su pierna en agonía, el padre Gabriel se dirige al sofá. Al recostarse cierra los ojos, y se queda dormido.

En sus sueños recuerda cuando la madre María se opuso a que Karlita fuese adoptada. Sin darse cuenta, todo el ambiente cambia por completo, ahora escucha a la madre María que le pide auxilio —*Ayúdeme, ayúdeme, por favor padre Gabriel no la deje que se me acerque... por favor se lo suplico*— le pide con mucha agitación.

Poco a poco ve como el cuerpo de la madre María va quedándose inmóvil. Él siente que su piel se le eriza. Madre María solo puede mover sus ojos. En la oscuridad se escucha una risa infantil —*¿Quién está ahí?*— pregunta el padre Gabriel con el crucifijo en la mano. A lo lejos escucha — *¡Paaadreeee Gabrieeeel!*— en la misma tonada que usan los niños al jugar al escondite.

El padre Gabriel se despierta como si le hubieran tirado un balde de agua fría, su corazón palpita con rapidez, mira hacia todos lados pero no hay nadie en su oficina, comienza a pedir a Dios y a la Virgen por sabiduría para poder sobrellevar esta situación que lo comienza a incomodar. A pesar de que está acostumbrado a luchar con los demonios en los exorcismos, la pequeña risa lo aterra.

Las hermanas regresan con él para decirle que el cuarto ya está arreglado, él les pregunta cómo lo pudieron hacer tan rápido si se acaban de ir. Ellas extrañadas le dicen que les tomó casi dos horas la limpieza. Él se da cuenta de que había estado soñado durante ese tiempo. Ellas le preguntan si se siente bien o le gustaría que le preparen un té de manzanilla, él les dice que no se preocupen, y que mejor se vayan alistando porque en cualquier momento llegarán a dejar a la madre María.

Al salir de la oficina, los niños están jugando y el griterío se deja escuchar por todos lados. Un —*¡no corras, Josecito!*— se oye por un lado y un —*¡Bájate de ahí, Ximena!*— se oye por otro, la hermana Verónica le dice a la hermana Francisca que es una bendición que estos niños aún no estén contaminados por la tecnología, otros niños tendrían la mirada viendo una pantalla de teléfono en lugar de disfrutar su niñez. La hermana Francisca le dice que está de acuerdo, aunque a ella le gustaría mucho tener un teléfono de esos que tienen internet.

Un grupo de niños se acerca a Karlita quien está sentada leyendo el libro que trajo de la librera de Enrique. La hermana Francisca se da cuenta de ello y le da un ligero codazo a la hermana Verónica quién voltea a ver hacia donde están los niños.

Uno de los niños se acerca a Karlita para señalarla con el dedo, pero ella continúa con la mirada en el libro, pasa con tranquilidad hacia la siguiente página. Otro niño hace lo mismo poco a poco todos comienzan a señalarla. Karlita cierra el libro con fuerza, levanta la mirada hacia ellos. Los niños se agrupan para abrazarse. Karlita se aproxima, ellos empiezan a retroceder en la medida en la que ella se acerca. Karlita ve de reojo a las hermanas, regresa su mirada a los niños, se aproxima un poco más, les dice algo y se voltea para tomar su libro e irse.

Las hermanas se preguntan si vale la pena ir a averiguar qué sucedió, pero la llegada de la madre María las tiene con otra prioridad, así que dejan pasar ese incidente.

El sonido de la ambulancia de los bomberos alerta a las hermanas sobre la llegada de la madre María. Salen a la puerta para recibirla. Con mucho cuidado la descienden a una silla de ruedas, las hermanas se abalanzan hacia ella para abrazarla, besarla y expresarle el cariño que sienten; ella las ve y comienza a llorar, pero sin poder hablar.

El padre Gabriel se aproxima para darle la bienvenida y decirle lo mucho que han estado preocupados por ella. Le menciona también que hasta que mejore, le prepararon un lugar en la planta baja para evitar que tenga que subir las gradas. Los bomberos le dicen que con gusto la llevarán hasta su habitación.

Al dejar a la madre María, los bomberos le dicen al padre Gabriel que el hospital donó la silla de ruedas y que cualquier problema que tengan puede llamarlos. Él se los agradece y le pide a hermana Verónica los acompañe hasta donde está la ambulancia.

La hermana Francisca le da un abrazo y un beso a la madre María, le dice lo preocupadas que han estado, que aunque fue sólo un día que ella estuvo hospitalizada, les ha hecho mucha falta; en especial por la figura maternal que ella representa para todas las hermanas y para los niños.

La madre María toma con fuerza el brazo de hermana Francisca quien siente la está apretando, trata de decirle algo, pero solo logra un seseo. La hermana Francisca la tranquiliza y le dice que ahora la llevarán a su nueva habitación.

La hermana Francisca lleva a la madre María a su nueva habitación, la ayuda a acomodarse y le dice que necesita ir a hacer unas actividades pero que pronto regresará. La madre María se queda viendo hacia todos lados deseando poder decir lo que le había ocurrido el día en que estaba dormida, dentro de ella anhela poder contar los sueños que la atormentan cada noche, y cómo fue que quedó en el estado en que está.

—*Madre María, Madre María... ji, ji, ji*—. La pequeña vocecita vuelve a su mente, con dificultad la madre María trata de pedir ayuda, esperando que alguien la pueda escuchar. La risa juega con sus sentidos, revolotea de un lado a otro dentro de su cabeza. En ese instante entra la hermana Verónica, la ve temblando y con los ojos moviéndose sin razón, sale a llamar a la hermana Francisca para que regrese. La hermana Verónica no sabe qué hacer al verla en esa situación, al llegar la hermana Francisca, toma la mano de la madre María, poco a poco la logra calmar.

Después de algunos minutos, la madre María se queda dormida. Las hermanas van a buscar al padre Gabriel para comentarle lo sucedido, creen que la madre María se está volviendo loca, la dejaron sola por unos instantes y al regresar se dan cuenta de que está en pánico con temblores por todo el cuerpo.

El padre Gabriel les dice que si la situación prosigue de la misma forma durante el fin de semana, entonces llamaran al hospital psiquiátrico. Las hermanas se ven entre sí y agachan la cabeza, no quieren pensar en ello, pero saben que es lo mejor si ella no logra recuperarse.

El sonido de los niños gritando hace que la plática entre ellos termine. El día de clases terminó y por ser viernes los niños se sienten más eufóricos por los dos días de descanso que vienen por delante.

—*¡Padre Gabriel!, ¡hermanas!*— grita Karlita con una sonrisa de par en par.

—*Karlita... ¿Qué tal estás?, ¿ya lista para ir a casa?*— le pregunta el padre Gabriel. Karlita asienta con la cabeza mientras lleva su mochila y sostiene el libro en sus manos. Al ver hacia la puerta de salida puede ver a Claudia que la espera saludándola con la mano y pidiéndole que se apure.

—*Adiós, padre Gabriel*— se aproxima para darle un abrazo —*¡Hermanas!*— le da un abrazo a cada una de ellas— *Ah, casi lo olvido. Díganle a la madre María que le mando un saludo, que por favor cuide mucho su salud y le dicen que la* *quiero mucho*—. Karlita les sonríe y sale saltando de pie en pie hacia Claudia.

El padre Gabriel les pregunta a las hermanas si alguna de ellas le contó a Karlita que la madre María ya estaba con ellos. Las hermanas se ven entre sí y le responden que ninguna le ha mencionado algo a ella ni a los niños.

Al llegar Karlita a la puerta de la camioneta se da la vuelta para decirles adiós con su mano.

CAPÍTULO 10

UNA NUEVA ESCUELA

—¿*Qué hora es amor?*— pregunta Enrique sin abrir los ojos y tapándose la cabeza con las sábanas.

—*Son las seis de la mañaaaana*— le responde Claudia sin siquiera abrir los ojos y dando un largo bostezo.

—¿*Qué, esta niña no duerme?*— pregunta Enrique al escuchar que Karlita está tocando el piano. Al dejarse llevar por la melodía de las notas vuelve a quedarse dormido.

Claudia abre los ojos y se queda viendo al techo, se sienta y ve el reloj. Ella se pregunta si debería levantarse para cerciorarse que Karlita está bien, pero recuerda que a ella le gusta levantarse temprano y preparase su desayuno.

Claudia suspira, y recuerda lo mucho que anhela poder comportarse como madre con su pequeña niña, prepararle su comida, ayudarla a bañarse, pero Karlita le dice siempre que no necesita ayuda. Claudia vuelve suspirar y se da la vuelta, se pregunta si hizo lo correcto con adoptar a Karlita porque pareciera que ella no necesita de una madre, pero no le hace caso a su pensamiento y decide dormir unos minutos más. —*Ojalá Susana aprendiera un poco de Karlita*— piensa Claudia antes de quedarse dormida.

Karlita ejecuta una melodía que en alguna ocasión le dijo a la madre María, era de sus favoritas. —Yo *misma la compuse*— le dijo en ese entonces. La melodía es una tonada con un principio suave pero cuando agarra velocidad se siente la fuerza de la música. Karlita mece su cabeza al ritmo de las notas y sus manos se mueven por todas las teclas del piano. Pareciera que Karlita y el piano son uno solo.

—*Hola, Susana. Hoy te levantaste temprano, ni siquiera te has cambiado*— le dice Karlita mientras se inclina lo más que puede a la derecha para alcanzar las notas más agudas. Unos minutos antes, Susana escuchó la música y decidió bajar para ver si era cierto que Karlita estuviese despierta tan temprano.

—*O sea... ¿Cómo supiste que estaba aquí?*— le responde Susana desconcertada, ella trató de ser muy silenciosa al acercarse para ver qué estaba haciendo Karlita.

—*Lo correcto es: «¿Cómo supiste que estoy aquí?», y no: «O sea ¿Cómo supiste que estaba aquí?»*— le dice Karlita con un toque de sarcasmo, pero sin quitar su atención a la melodía que está ejecutando. Karlita se inclina a la izquierda para alcanzar las notas más bajas. Una corriente eléctrica recorre el cuerpo de Susana.

—*O sea pues, así como que... pues... ¿Siempre tan correcta la «nena»? Ash*— Susana cierra sus puños. Karlita frunce las cejas mientras le pone pasión al final de la melodía. Susana está impresionada al ver a Karlita ejecutando el final.

Karlita observa hacia la pared de enfrente, despacio baja el cobertor de las teclas, de un pequeño brinco desciende del asiento y pasa frente a Susana. —*Deberías tomar un libro, Susana. Así no hablarías así: «O sea pues»*— le expresa moviendo la cabeza de la misma manera en que lo hace Susana. Karlita sube al segundo nivel.

—*Pues... que feo siento el corazón*— piensa Susana mientras se toca el pecho después de ver a Karlita a los ojos —*Susana, Susana*— escucha dentro de su cabeza, es una voz que viene del vacío que hay en su corazón y al mismo tiempo de ninguna parte.

—*Ay no, no lo puedo resistir más*—. Susana sube las gradas de tal forma que deja tirada una sandalia y casi se resbala. Pasa frente a Karlita, pero Susana no quiere verla. Al llegar al cuarto de sus papás limpia con sus manos la nariz, entra al cuarto sin tocar, pero ellos están dormidos, al ver que no le responden se encierra en su habitación para enviarle un mensaje de texto a su amiga Rocío.

Al leer Rocío el mensaje que le envió Susana le responde con un «*ja, ja, ja*». Rocío le escribe que a su hermanito le gusta darle sustos, además Karlita apenas tiene una semana de estar con ellos y que quizá le esté costando adaptarse. Susana le contesta que si quiere se la puede llevar, ambas se ríen.

Rocío le escribe que no tiene nada de qué preocuparse, que así son los hermanitos menores. Susana le escribe que quizá tenga razón, pero que piensa que es una niña bien rara y que le da mucho miedo. Rocío le escribe que le contó a su mamá, quien es psicóloga, y que ella le dijo que tomaría tiempo para que Karlita se apegara con la familia, y que no con todos se apegaría al mismo tiempo. Rocío le escribe que ella lo ha vivido con su hermanito, porque como recordará él también es adoptado.

Susana le escribe que lo había olvidado, pero que por lo visto ellos se llevan muy bien. Rocío le escribe que se llevan de maravilla, él es un ángel, molesta mucho, pero que también es muy cariñoso.

Susana le cuenta a Rocío que a veces le da mucho miedo Karlita, la forma en la que ella la mira le da escalofríos, pero lo que le da más coraje es que siempre le está corrigiendo su forma de hablar. Rocío empieza a reír, le escribe que lo mismo hace su hermanito porque siempre le gusta estarle corrigiendo, pero que eso es lo que más adora de él.

En el cuarto de Claudia y Enrique, suena la alarma para despertarlos. Ella se levanta y se hace una cola, le dice a Enrique que se levante porque ya son las nueve de la mañana. Claudia baja para preparar algo para desayunar. Entre tanto Enrique enciende la televisión para ver un partido de fútbol, Claudia le pide que baje para ayudarla con la mesa, pero que antes pase tocando la puerta de Susana para que baje también y que le diga a Karlita que los acompañe.

Enrique imita la voz de Claudia —*Enrique deja de ver televisión y ven a ayudar*— Enrique apaga la televisión. —*¡Te escuché Enrique!*— le grita Claudia. Enrique abre los ojos y los mueve para ambos lados, se mira en el espejo y se hace una seña de guardar silencio. Enrique se levanta y va con Susana para decirle que es hora de bajar a desayunar. Susana abre la puerta, al verlo lo abraza tan fuerte que Enrique siente que le saca el aire. Él le pregunta que a qué se debe tanto cariño, ella le dice que es porque es el mejor papá del mundo.

Enrique le pregunta a Claudia si Karlita está abajo, ella le responde que sí, y que ya le está ayudando a poner la mesa que se suponía él iba a hacer. Susana se recuesta sobre el pecho de su papá —*lo siento papá, ya te regañaron*—, y ríe mientras le da un abrazo.

Mientras desayunan, Enrique se prepara para darles una noticia que tenía guardada como secreto. Como parte de la bienvenida a Karlita a la familia, y como ya desde hace tiempo no comparten juntos, compró un paquete familiar para irse de vacaciones a la playa. — *¡Todo está listo!, playa, hotel, carro, etc.*— les dice Enrique tirando un pedazo de pan al aire para agarrarlo con la boca.

Susana se le tira encima a su papá diciendo lo mucho que lo quiere y lo adora. Claudia, entre asombro y enojo porque no le había contado nada, le dice que se la tenía bien escondida porque ella no sospechó de esa sorpresa, pero al mismo tiempo le alegra saber que él quiera que pasen tiempo como familia.

Claudia se voltea con Karlita, la toma de las manos y moviendo las manos como si bailara le dice que irán a la playa. Karlita le sonríe y da las gracias mientras recuesta su cabeza sobre sus manos.

Claudia chasquea los dedos, le pregunta a Enrique cuándo es la fecha en la que se irán de vacaciones y por cuánto tiempo. Él le comenta que saldrán el primer lunes después de que Karlita y Susana terminen los estudios, ya que ambas terminarán de estudiar el mismo día. Ella se da cuenta de que tiene al menos diez días para arreglar el tema de la escuela a la cual quiere inscribir a Karlita —*Debo apresurarme si no, ya no encontraré cupo*— le dice a Enrique.

Susana le pregunta a su papá que si le comprará un traje de baño nuevo, porque el que tiene ya está viejo y no quiere que la vean en algo pasado de moda. Enrique solo ríe acariciando el pelo de Susana.

Todos comienzan a platicar sobre lo que harán en la playa:

—*Comeremos a la orilla del mar*— dice Claudia.

—*Piscina y mar*— intervino Susana —*con un traje de baño nuevo*— le agrega viendo a su papá.

—*Un viaje en motos de agua*— expresa Enrique.

Enrique le pregunta a Karlita qué le gustaría hacer en la playa, los ojos de Karlita brillan, algo que Claudia ve pocas veces; con una risa Karlita le dice que lo que más le gustaría es sentarse a la orilla de un muelle al atardecer para observar cómo se va oscureciendo el cielo, y así poder ver salir a la luna hermosa.

Susana, con su voz sarcástica, le pregunta a Karlita si llevará libros o quizá el piano. Karlita la observa —*¿Y tú llevarás a tu novio?, ése con el que hablas por las noches*— le dice. Susana se pone roja y baja la mirada mientras sus papás la observan. Karlita pide permiso para retirarse. Claudia y Enrique le preguntan a Susana si es cierto que tiene novio. Ella, de brazos cruzados, les responde que no sabe de dónde sacó Karlita semejante disparate; aunque por dentro Susana está imaginando que cuelga a Karlita por decir algo que no debía, y menos frente a ellos.

Enrique y Claudia entrecruzan miradas. Susana se queda callada mientras termina su desayuno y trata de no verlos. Al terminar Susana da las gracias y se retira de la mesa.

Susana sube corriendo al segundo nivel buscando a Karlita para decirle que no vuelva a mencionar ese tema frente a sus papás. Susana entra al cuarto de Karlita empujando con fuerza la puerta.

—*¡Karlita! Te voy a soma...*— le grita enfurecida con sus puños cerrados, pero no hay rastros de Karlita en la habitación. —*O sea pues... ahora ¿Dónde estará esa «nena» bien rara?*— Susana se pone las manos a la cintura y comienza a andar por el cuarto de Karlita, abre la puerta del baño y mira por debajo de la cama.

Una ráfaga de viento entra en la habitación, la puerta se cierra haciendo un ruido que hace saltar del susto a Susana. Al voltear a ver a la puerta, se da cuenta de que está sola. Poco a poco comienza a sentir frío y se abraza.

—*¿Karlita?, ¿eres tú? O sea, pues...*— pregunta con temblor mientras ve hacia todos lados —*¡Déjate de niñadas! Pues..., o sea, que rara esta niña*—. Susana camina despacio a la puerta, cuando escucha que la llaman —*Susana, Susana... ji, ji, ji*— Susana da un grito que llega hasta Claudia y Enrique.

Enrique sube corriendo por las gradas y acude a la habitación de Karlita para ver qué sucede.

Enrique abre la puerta del cuarto y ve a Susana como si la hubieran pintado de blanco, ella al ver a su papá lo abraza —*¿Qué te sucedió? ¿cómo te quedaste encerrada?*— le pregunta Enrique —*¿qué haces en el cuarto de Karlita?*— le agrega. Al ver a Susana en un mar de lágrimas, la toma en sus brazos y la lleva a la sala contigua para que se pueda calmar.

Entre sollozos, Susana levanta la mirada y ve a Karlita en el sofá con un libro en la mano y acompañada de su muñeca. Al llegar Claudia le pide favor a Karlita que vaya a la cocina para traerle un poco de agua a su hermana, ella le dice que con gusto, cierra su libro, acomoda a su muñeca y baja a traer lo que le pidieron.

Enrique y Claudia se sientan para preguntarle lo que había ocurrido. Susana casi no puede explicarlo. Enrique le pide que trate de calmarse porque está temblando mucho. Susana les cuenta que de pronto sintió que la observaban y ya no pudo abrir la puerta. Enrique le dice que la puerta no estaba con llave, quizá fue el susto que no la dejó pensar con tranquilidad en ese instante.

Karlita sube con el vaso con agua para Susana, Claudia le da las gracias y se lo entrega para que Susana beba un poco. Karlita les dice que estará en la parte de abajo por si la necesitan. Claudia le pregunta a Susana si todo tiene que ver con Karlita, Susana asienta con la cabeza. Claudia le dice que sabe que es un poco complicado aceptar a una nueva persona en la familia, pero que con el tiempo se irá encariñando con Karlita y la verá como su hermanita, porque ahora ella es su hermana mayor. Susana ya más calmada le responde —*Ash. Lo que sea, mamá*—. Susana no les quiere decir que andaba buscando a Karlita para darle una buena arrastrada por andar diciendo lo que no debe.

Después de unos minutos Susana logra calmarse y se retira a su habitación.

Claudia tiene presente que debe inscribir a Karlita en la nueva escuela, ya por la tarde van al centro comercial para que le tomen algunas fotografías para llevar al día siguiente, y así poder inscribirla.

Al llegar al centro fotográfico, el fotógrafo toma los datos de Karlita y las invita a pasar para tomarle las fotografías. El fotógrafo le pide a Karlita que no sea muy seria, que ría un poco. Karlita sonríe mientras le toman varias fotos.

Al terminar la sesión de fotos, ambas van a tomar una merienda. En la plática Claudia le pide a Karlita que trate de no perder ninguna clase, así podrá disfrutar sus vacaciones en la playa sin ningún problema. Karlita la ve y le dice que no hay de qué preocuparse —*Nunca he perdido una clase*— le responde.

Durante el paseo por el centro comercial, Claudia aprovecha para comprarle unos vestidos a Karlita y algunos accesorios para las vacaciones. Mientras van de regreso hacia el estacionamiento, Karlita se detiene en una tienda de instrumentos musicales y ve que tienen a la venta unas partituras que son una colección de grandes compositores clásicos, Karlita las toma y se voltea con Claudia, mostrando su sonrisa que la insta a que se las compre. —*Susana, a su edad, me pedía vestidos, zapatos, joyas y pinturas*— piensa mientras va con ella a la caja para pagar.

—*Muy buena elección señora, ¿usted toca el piano?*— le pregunta el señor que atiende la caja al ver que llevaba una de las colecciones más cotizadas en la tienda, —*De hecho, es ella la que sabe tocar*— le responde viendo hacia abajo señalando con la mirada a Karlita, quien de puntillas trata de ver sobre el mostrador.

—*¡Qué bien, nena! Espero lo disfrutes*— Karlita le da las gracias y toma la bolsa donde guardaron sus partituras. —*¿Algo más, señorita?*— pregunta Claudia con una sonrisa. Karlita le dice que con eso la ha hecho muy feliz.

Esa noche Claudia y Enrique platican sobre los preparativos para las vacaciones, aunque Enrique ya tiene apartado el hotel, los boletos de avión y el alquiler del carro, aún deben ver algunos temas como quién cuidará la casa. Claudia le comenta que se adelantó sobre eso y conversó con su mamá quien accedió a mudarse junto con su papá por esos días. Enrique ve hacia el techo y baja la mirada, le dice que está de acuerdo.

A la mañana siguiente, Claudia pasa dejando a Karlita al orfanato. Al entrar se queda asombrada de ver los adornos. La hermana Francisca le comenta que en la última semana de clases adornan la escuela y que ese viernes se realiza una fiesta para cerrar el ciclo escolar.

—*¿Fin de clases?*— pregunta Claudia —*Yo pensaba que faltaba todavía dos semanas más de clase*— agrega. La hermana Francisca preocupada le dice que ya estaba programado el final de clases para esa semana —*lo dice la circular, ¿la recibió?*— le pregunta la hermana Francisca.

—*Ay Dios mío, eso significa que hay exámenes y creo que Karlita... ¡no ha estudiado, nada!*— le dice Claudia con la mano sobre la boca y recordando que no la ha visto estudiar para los mismos —*Quizá Karlita no sabe sobre las evaluaciones que tendrá esta semana*— le agrega con un tono de mucha preocupación.

—*No se preocupe, doña Claudia. Mire, le parecerá extraño, pero*— la hermana Francisca se inclina un poco como contando un secreto —*Karlita nunca ha perdido una clase, y la verdad no sé cómo le hace porque nunca pregunta cuándo son los exámenes sólo se presenta, los hace y siempre gana*—.

La hermana Francisca continua colocando uno de los adornos —*Todos aquí creemos que es una nerdita*— le dice con tono de envidia.

Claudia se siente un poco intranquila, pero la hermana Francisca se escuchó muy segura, así que se retira con un poco de calma. Al dar unos pocos pasos, recuerda a madre María. Claudia se da la vuelta y regresa con la hermana Francisca.

—*Por cierto, ¿qué tal siguió la madre María?*—

—*Sigue sin poder hablar. Estamos rezando a la Santísima Virgen por su pronta recuperación*—. Le responde la hermana Francisca.

—*Yo también rezaré por su pronta recuperación*—. La hermana Francisca le agradece el gesto.

Claudia sale del orfanato un poco preocupada, pero contenta al mismo tiempo porque Karlita sale en una semana de clases y podrán pasar tiempo juntas para conocerse más.

Claudia llama a Enrique y le comenta sobre lo que se acaba de enterar, le dice que está tranquila por Karlita, su preocupación es Susana, quien siempre deja alguna materia y siempre la tienen que llevar a clases de refuerzo, así ha sido desde que estaba en primaria. Enrique le dice a Claudia que lo mejor es no anticiparse a las cosas y esperar dos semanas. —*Al menos sabemos que Karlita sí estudia. Susana… bueno… creo que iré a depositar de una vez lo de los exámenes de retrasadas*— le dice Enrique.

Al colgar se dirige hacia la nueva escuela de Karlita llevando en un sobre de papel todos los documentos que le solicitaron por teléfono.

La señorita del liceo revisa los documentos, llena la ficha de inscripción y le dice que esperan a Karlita en la segunda semana de enero. Claudia agradece que el licenciado Ramírez había dejado todo en perfecto orden porque no tuvo problemas con la inscripción.

Al mediodía Claudia va de regreso al orfanato para recoger a Karlita, con ella lleva un sobre donde consta la inscripción y que el inicio de clase es la segunda semana de enero del siguiente año.

Al llegar a la escuela, ve a Karlita que la espera en una banca, le hace señas y Karlita va a la camioneta.

Ya estando con Karlita, Claudia le pregunta por qué no le había contado de los exámenes, ella la podría haber ayudado a estudiar o le hubieran pedido ayuda a Enrique con matemáticas. Karlita lleva en sus brazos su muñeca, sin voltear a ver a Claudia, inclina su cabeza y le dice que ella nunca sabe cuándo habrá un examen, —*No sé. Sólo los irresponsables estudian de un día para otro*— Karlita la voltea a ver con una sonrisa que calma a Claudia quien al escuchar: «*Solo los irresponsables estudian de un día para otro»,* la imagen de Susana vino a su mente.

Pero Claudia vuelve a preocuparse. Para sentirse segura le realiza algunas preguntas que obtuvo de la hermana Francisca, Karlita responde bien a cada una de ellas con lo cual se queda más tranquila y asombrada al mismo tiempo —*No te he visto estudiar*— le dice Claudia. —*Yo siempre estudio*— le responde Karlita —, *pero nadie se da cuenta. Las personas creen que una niña piensa solo en jugar*— agrega. Claudia piensa en lo mucho que le gustaría que Susana fuese así también.

Durante el transcurso de la semana, Claudia le iba preguntando a Karlita sobre las evaluaciones y le hacía preguntas que la hermana Francisca le indicaba habían venido en los exámenes, Karlita siempre respondía a cada una de las preguntas.

Esta fue la ocasión en la que Claudia terminó de aceptar que Karlita no es una niña como cualquier otra, hay algo en ella que no es propio de una niña de su edad. Claudia está con la incógnita de qué podría ser —*¿Acaso habrá algo que el padre Gabriel me debería haber dicho desde el inicio?*— piensa Claudia —*¿Y si Susana tiene razón que es una niña rara? Ah, Claudia, no seas boba*— se dice a sí misma.

A pesar de que no puede ser el tipo de madre que ella soñó con Karlita, está contenta de tenerla en casa, Claudia ve en Karlita a una niña madura pero al mismo tiempo una niña muy dulce que se gana el cariño de todos los que la conocen.

El último día de clases los adornos del orfanato ya están incompletos o rotos. Todos los niños y niñas en el orfanato celebran el final de las clases, aunque hay algunos que saben que tendrán que regresar en un par de semanas a clases de refuerzo, y los demás a clases de manualidades.

Las niñas murmuran acerca de la noticia que Karlita ya no regresará al siguiente año a la escuela del orfanato, y que tampoco va a asistir a los cursos de vacaciones. Las amigas más cercanas a Emily dan gracias a Dios por eso. Unos niños se acercan a ellas para que les cuenten de qué están hablando. Una de ellas les dice sobre la noticia de Karlita, los niños no lo pueden creer. Todos se ven entre sí mientras hablan en voz baja. Karlita ya no estará estudiando con ellos y algunos chocan las manos.

—*Ella siempre ha sido rara*— dice una de las niñas. Otra del grupo les menciona que a ella Karlita siempre le ha dado miedo porque es muy seria y se les queda viendo feo. Uno de los niños les dice que Karlita los está viendo y todos comienzan a disimular e irse para no tener problema con ella.

Karlita entra a su salón de clases para sacar sus últimas pertenencias, entre ellas está una foto que le tomaron junto a Julián un mes antes de que lo adoptaran. Karlita voltea a ver a la hermana Francisca, para decirle que también a Julián lo debieron haber obligado a que terminara el año escolar en el orfanato. Karlita guarda la fotografía en su mochila.

La hermana Francisca la abraza y le dice que la extrañará; Karlita le da las gracias y al mismo tiempo le pide que quiere ver a la madre María, ya tenía semanas de no saber de ella y le gustaría pasar a ver cómo sigue. La hermana Francisca le dice que vaya con ella para verla.

La madre María ha estado durante las últimas semanas en su silla de ruedas sin poder hablar, sólo se levantaba cuando necesitaba ir al aseo o para comer.

—¡*Madre María!*— le dice Karlita. Ella abre los ojos al ver a Karlita entrar con hermana Francisca, quien le explica que Karlita insistía en que quería verla antes de retirarse. Karlita mira a la hermana Francisca y voltea a ver a la madre María quien intenta hablar, pero solo se escuchan mugidos. La hermana Francisca le dice que necesita ir a atender a los niños, le pide a Karlita que al salir deje cerrada la puerta del cuarto ya que la madre María necesita descansar mucho. Karlita le dice que no se preocupe ya que sólo la quería saludar, así que le pide que la espere y así dejarle cerrado su cuarto.

Karlita se aproxima, le da un abrazo a la madre María y le susurra al oído. Karlita se acerca a la hermana Francisca para despedirse de ella —*Adiós hermana Francisca*—. Karlita se voltea para ver por última vez a la madre María, no le dice palabra alguna, solo la mira, le dice adiós con la mano y los labios. Karlita se da la vuelta y sale del cuarto.

Al llegar a la puerta de salida ve a Claudia hablando con el padre Gabriel. Ella le está agradeciendo por haberle dado la oportunidad de tener a Karlita con ellos, le comenta sobre la inscripción en la nueva escuela y que pronto se irán de vacaciones toda la familia a Panamá.

El padre Gabriel le dice que le alegra escuchar tan buenas noticias, y que espera que Karlita tenga un buen hogar y que eso la ayude a no ser tan apartada. Claudia le vuelve a dar las gracias. Karlita llega en ese instante.

El padre Gabriel llama a Karlita, y se agacha para estar a su altura, —*Karlita, hija. Disfruta tu nueva familia. Dios te bendiga... en el nombre del Padre, del Hijo y del Espíritu Santo*—. Las manos del padre Gabriel tienen un ligero temblor mientras le da la bendición a Karlita. Claudia se acerca con el padre Gabriel y le pide una bendición también. El padre Gabriel se pone en pie, y le da una bendición para ella y toda la familia.

—*Gracias, padre Gabriel. No se hubiera molestado por la bendición*— le dice Karlita. Claudia le da la mano para que se retiren.

La algarabía en el orfanato continúa, las hermanas corren para preparar la comida. Un benefactor les donó tres pavos al horno, otro les llevó tres piñatas y un tercero les llevó sodas. Todo aquello para que pudieran realizar una celebración por el final de las clases.

La hermana Verónica llega con un pastel enorme. El padre Gabriel le pregunta quién donó ese pastel que se ve muy rico. La hermana Verónica le responde que es un regalo de la familia González, Claudia lo había preparado para los niños.

El padre Gabriel y las hermanas van al comedor donde todos los niños al ver el pastel piden un pedazo. El padre Gabriel les dice que cada uno tendrá un pedazo grande porque alcanza para todos. Los niños gritan de emoción.

Todo transcurre con alegría, pero... nadie se ha dado cuenta de que en su cuarto, yace inmóvil la madre María.

—*Ji, ji, ji...*

CAPÍTULO 11

LA PESADILLA

Es lunes por la mañana, Claudia se levanta temprano para preparar el desayuno para la familia. Enrique le cuenta que ya platicó con el ingeniero Estrada para que se quede a cargo de la empresa mientras la familia está de vacaciones. Claudia le suplica que por favor no vaya a llevar su celular, le recuerda que él siempre anda pendiente de todas las llamadas y mensajes, —*Por dos semanas confía en tu gente, en especial confía en el ingeniero Estrada, me parece una buena persona*— le suplica mientras tiene sus manos juntas sobre las piernas —, *dedícanos tiempo a nosotras*—. Claudia muerde sus labios.

Susana pregunta dónde está Karlita, pues se imagina que por estar de vacaciones ha de seguir dormida. Claudia le dice que está en su habitación y que ella bajó a desayunar mucho antes que ellos. Susana se recuesta sobre el respaldo de la silla. —*O sea pues, así como, hellooo estás de vacacionesss*— menciona Susana con su tono particular.

Claudia no le hace caso a lo que acaba de decir Susana. Se voltea a ver a Enrique recordándole que aún no le ha prometido no llevar su celular o por lo menos no usarlo durante el día. Enrique mueve la cabeza de un lado a otro, Claudia le pide que piense rápido. Enrique accede a su petición, le dice que hablará con el ingeniero Estrada para que, a menos que sea algo muy urgente, lo trate de localizar, pues no tendrá acceso a internet ni a su celular durante el día. Claudia se le tira encima para abrazarlo dándole las gracias por ser comprensivo; Enrique con risas le dice que con cuidado porque lo está desarmando.

Enrique le dice a Claudia que ya se tienen que retirar. Enrique apura a Susana diciéndole que ya va tarde para la Universidad. Claudia los saca a los dos y les pide que corran. Claudia los ve y suspira pensando en que los dos son tal para cual, después sube a su habitación para darse una ducha para después salir con Karlita.

Al salir de la ducha se escucha una melodía de piano, Claudia ya sabe que es Karlita quien en la sala, mientras ella va bajando las gradas recibe una llamada a su celular —*¿El orfanato?*— piensa cuando ve el identificador de llamada —*¿Para qué me llamaran hoy?, creí que me llamarían al terminar la semana*—. Claudia contesta la llamada, es la hermana Francisca.

Claudia frunce las cejas y agacha la cabeza con lo que le están diciendo, comienza a subir despacio las gradas, alejándose de donde está Karlita. —*No puede ser ¿Cómo sucedió eso?*— pregunta Claudia. La hermana Francisca le relata que se dieron cuenta al momento de llevarle su cena, al entrar la encontraron en su silla con los ojos abiertos. —*¡Qué descuido el nuestro!, no la habíamos visto durante toda la tarde*— le relata la hermana Francisca entre sollozos —. *El médico nos dijo que fue un ataque al corazón, y bueno, por indicaciones de él hasta el día martes la enterraremos, doña Claudia*— le explica la hermana Francisca.

La hermana Francisca le dice que por favor no le cuente nada a Karlita, se pospuso la entrega de calificaciones una semana, dado que el martes enterrarán a la madre María. —

Karlita ganó todos sus cursos. No se vaya a preocupar por eso, doña Claudia— le agrega.

Claudia le da las gracias por la llamada y les da su sentido pésame, al colgar trata de imaginar qué es lo que le pudo haber sucedido a madre María *—¿Por qué murió tan de repente?, ¿de un ataque al corazón? Primero Emily a quien no pude conocer, y en pocos días... la madre María... ¿qué habrá ocurrido?—* medita Claudia con el celular en la mano.

—¡Claudia!— El celular sale volando y se lleva las manos a la cara. Siente como si tuviera el corazón en la mano, al darse la vuelta ve que es Karlita quien está ahí.

—¡Karlita, no me asustes así!— le pide aún con la mano sobre el pecho.

—¿Con quién hablabas?, ¿verdad que era del orfanato?, ¿qué quería la hermana Francisca?, ¿te dijeron algo sobre la madre María?,¿dijeron algo sobre mis notas?, ¿gané las clases?— le pregunta Karlita como si fuera una ametralladora de preguntas. Claudia la mira queriendo responder, pero está tratando de organizar sus pensamientos.

*—¿Cómo sabes que era del orfanato y que era la hermana Francisca?—*le pregunta. Karlita sonríe y le da un abrazo —*¿Vamos a salir?—* pregunta Karlita sin responder a la pregunta. Claudia le dice que sí, que van a ir a hacer unas diligencias al centro comercial antes de salir de vacaciones el próximo lunes—*En serio Karlita, no vuelvas a asustarme así—* le recalca.

Claudia le dice que vaya a preparar sus cosas para ir al centro comercial mientras ella va a sacar la camioneta del garaje. Karlita sube a su habitación para colocarse un sombrerito y baja saltando grada por grada hasta llegar al primer nivel, luego se va a la camioneta.

Al llegar al Centro Comercial ambas caminan y buscan en diferentes tiendas algo de ropa adicional para utilizar durante sus vacaciones. Al caminar por el centro comercial, Karlita se detiene a observar algo que le llama la atención en un aparador de instrumentos musicales que está en la tienda contigua a la que se dirigen. Karlita se aproxima y lee en la descripción que es una pequeña estatua de Mozart que el dueño de la tienda ganó como trofeo.

Claudia no se percata de que Karlita se ha quedado detrás, y entra en la tienda de ropa, toma un vestido y unos zapatos especiales para andar en la playa que había visto con anterioridad.

Karlita aún está en el aparador de la tienda de música, viendo cada uno de los diferentes instrumentos que ahí venden. —*¡Hola, nena! ¿Cómo te llamas?*— le pregunta un hombre de voz suave, que lleva una playera que parece falda por el sobrepeso que tiene. Karlita lo ve de reojo de pies a cabeza, no le presta atención, y continúa con su mirada hacia al frente. El hombre se acerca más a ella, colocándose a la par, con la mano sobre la barbilla la mira sin pestañear. Karlita lo mira a través del reflejo del aparador.

Mientras Claudia se prueba el vestido que había elegido, sale del probador —*¿Qué te parece, Karlita?... ¡¿Karlita?!*— El corazón de Claudia comienza a latir a prisa al no verla cerca, sale corriendo con uno de los vendedores para preguntarle por ella, Claudia le dice que es una pequeña niña de cabello largo y liso, de tez blanca y ojos negros; el vendedor le pide que se calme, él llamará a seguridad para que la localicen.

—*¡Apúrese por favor! Es sólo una niña*— le suplica mientras piensa en lo descuidada que ha sido al no darse cuenta de que Karlita no está con ella. El vendedor llama a seguridad para dar el aviso que una niña de ocho años de edad se extravió, —*Lleva puesto un pantalón de lona color celeste, blusa blanca* *y lleva un sombrerito. Su nombre es Karla González, pero responde al nombre de Karlita*— termina de explicar el vendedor.

El oficial de seguridad le responde que está enterado y que iniciarán a buscarla, también le pide que le digan a la señora que se quede ahí. Claudia va a quitarse el vestido, con mucha dificultad logra cambiarse, su mente es un mar de escenas de lo que le podría estar pasando a Karlita. Al salir le dicen que aún no les han reportado nada. Claudia comienza a caminar de un lado para otro sin saber qué hacer —*¡Peor si algo le sucedió! o ¡¿y si la secuestraron?!*— piensa mientras está tratando de calmarse. Muchos son los pensamientos que vienen a su mente, lo único que hace es tronarse los nudillos en la eterna espera.

—*Señor, ¡¿qué hago?! Mejor voy a buscarla*— le dice desesperada al vendedor. Él le responde que lo recomendable es que ella espere en ese lugar, ya que vigilancia la está buscando a través de las cámaras. Claudia comienza a sentir como si el tiempo transcurriera con mucha lentitud. Claudia le pregunta al vendedor que desde hace cuánto tiempo llamó a seguridad, él le responde que fue hace diez minutos.

—*¡Ahhhhhh! ¡Qué alguien llame a una ambulancia!*— Claudia se detiene al escuchar varios gritos que provienen de afuera de la tienda. Una multitud se comienza a aglomerar en la baranda, las personas están viendo hacia abajo.

—*Señor, ¿Qué está pasando?, ¿por qué todo ese relajo ahí afuera?, ¿qué pasó?*— pregunta Claudia. Varias personas dejan lo que están viendo en el local para salir a ver qué está pasado.

—*¡Alguien saltó la baranda!, ¡alguien saltó la baranda!*— grita un señor que viene entrando de regreso a la tienda. Los oficiales de seguridad corren al lugar con sus silbatos para dispersar a las personas.

—*¡Llama a una ambulancia!, ¡y a algún doctor de las clínicas!*— le ordena uno de los oficiales a su compañero. Claudia se lleva ambas manos a la boca al escuchar todo el griterío, piensa en que algo le ha pasado a Karlita.

—*¿Qué pasó, Claudia?*— Claudia voltea a ver y ve a Karlita parada a su lado izquierdo —*¡Niña!, que me has tenido con el alma en la mano*— le dice con lágrimas en los ojos. Se agacha para poder abrazarla con fuerza para no dejarla ir.

—*No te preocupes por mí, sé cuidarme. ¿Nos vamos?*— Karlita le sonríe y le extiende la mano. Claudia la ve como diciendo *«qué traviesa»*, se seca los ojos y respira aliviada por haberla encontrado. Claudia le pide que se quede ahí, por curiosidad quiere ir a ver qué ocurrió.

Al asomarse un poco a la baranda, Claudia ve que fue un hombre quien se lanzó —*Pobre hombre*— piensa Claudia con la mano sobre la boca. Varias personas murmuran que el hombre de pronto comenzó a gritar —*¡Aléjate! ¡No me mires!*—, y después salió corriendo hacia la baranda y saltó.

Claudia prefiere no seguir viendo la escena. Al darse la vuelta, ve que unos médicos de las clínicas del centro comercial, están llegando a la tienda de instrumentos —*¡Aquí!, ¡Aquí!*— les dice una de las vendedoras. Claudia ve que hay una mujer arrodillada meciéndose de forma circular y balbuceando.

Claudia siente una pequeña mano que la sujeta, es Karlita. Claudia le dice que le había pedido que la esperara en la tienda, pero que es mejor que se retiren. Al pasar por la tienda, Karlita ve hacia adentro, sonríe y dice adiós con su mano. Los médicos comienzan a gritar que necesitan un desfibrilador. Claudia voltea la mirada y tapa con su mano los ojos de Karlita, le dice que es mejor que se apresuren a retirarse.

Esa noche al llegar Enrique a la casa, Claudia le cuenta lo ocurrido en el centro comercial, las penas que pasó al darse cuenta de que Karlita no estaba con ella; pero lo que más la angustia es que Karlita haya tenido que ver algo tan horrible como ese incidente. *—No sé si hablarle algo sobre la muerte… ese hombre pudo haber estado loco o a la mejor quería suicidarse—* le dice mientras ella recuesta su cabeza sobre el hombro de Enrique.

Enrique calma a Claudia diciéndole que si Karlita llega a realizar preguntas sobre lo sucedido en el centro comercial entonces le explicarán de acuerdo con su edad, de lo contrario no debe preocuparse.

Claudia se siente más calmada después de contar lo sucedido. Para cambiar de tema, Enrique le comenta que ya compró las maletas que se llevarán en el viaje para que empiecen a empacar ya que solo les falta una semana para salir. Enrique no le dice pero piensa que las mujeres necesitan mucho tiempo para decidir que llevar, por eso se las dará con una semana de anticipación.

Cinco días después del incidente en el centro comercial, Karlita ha estado muy tranquila durante toda la semana. Todos los días se despierta muy temprano para tocar el piano. Susana ha aprendido a no molestarla desde la vez en la que se quedó encerrada en la recamara.

Susana le tiene un poco de temor a Karlita, muy dentro de ella piensa en que es absurdo temerle a una niña pequeña, después de todo, qué le podría hacer; aun así, Susana prefiere tomar sus precauciones para no molestar a Karlita.

Cada vez que Susana pasa frente a la habitación donde se encuentra el piano, se limita a decirle buenos días, mientras Karlita le responde de regreso con un *—Buenos días, Susana—*

y continúa tocando la melodía que está en las partituras que le compró Claudia hacía un par de semanas.

Susana se ríe a escondidas de Karlita, ella va con sus papás para decirles que es una niña bien rara y muy seria que se cree más grande. Aunque Susana en realidad le tiene envidia a Karlita por la forma en la que ejecuta el piano. Susana recuerda lo mucho que intentó aprender, pero nunca pudo; también les oculta el temor que siente cuando Karlita la observa. Enrique ríe al escuchar a Susana diciéndole eso, le recuerda que ella es la mayor y por eso debe poner de su parte para llevarse bien con Karlita.

Conforme pasan los días de la semana, Enrique se percata de que Karlita es una virtuosa del piano, y que también devora libros. Durante el tiempo que Karlita lleva con ellos ha leído por lo menos diez libros de los que él tiene en el estante de la sala del segundo nivel, algo que desde el inicio lo tenía con la boca abierta.

Enrique creyó que por el hecho que Karlita estaría de vacaciones, se enfocaría en ver televisión o en hacer amistad y salir a jugar con Anna y Nancy, unas niñas que viven enfrente de ellos, pero al llegar en las noches siempre la ve en la sala leyendo o tocando el piano. Enrique le ha preguntado varias veces a Claudia si ha intentado que Karlita haga amistad con las niñas de enfrente, pero ella le dice que quiso presentarlas, pero al parecer a Karlita le gusta mucho estar sola.

El día viernes de esa semana, Enrique llega temprano a la casa con las maletas de viaje, una color rosa para Susana, una azul para Claudia, una negra para él y una de color celeste para Karlita.

—*Para mañana tenemos que tener todo listo para empacar*— les dijo a todas —*, porque las mujeres necesitan mucho tiempo para escoger lo que quieren llevar*—. Claudia y Susana le avientan unos papeles que tienen en la mano al escuchar lo que acaba de decir. Enrique comienza a reír porque creyó que no se le escaparía lo que pensaba.

Karlita les dice que ella ya tiene lista su ropa y que la tiene doblada esperando poder guardarla. Enrique les dice que aprendan de Karlita. Claudia y Susana toman unas servilletas, las hacen una bola y se la lanzan.

—*Por poco lo olvidaba*— pronuncia Enrique —, *ten Karlita. Aquí está lo que pediste*—. Enrique le pasa una mochila de hombros que Karlita le pidió a Claudia hace unos días.

—*Gracias. Así podré llevar unos libros para leer*— le responde Karlita. Susana frunce el ceño y levanta las manos — *¡¿Qué... te pasa?! A la... madre... pues o sea, son va-ca-cio-nes*—. Karlita la mira con indiferencia. Enrique le pregunta a Susana con una risa de burla si ella ya tiene apartados los libros que llevará para leer durante el camino. Susana le responde con un —*ash*— mientras cruza los brazos.

Esa misma tarde, Enrique aprovecha para llamar a la agencia de vehículos para confirmar la reserva de la camioneta que rentó y así, cuando arriben, los estén esperando al salir del aeropuerto para entregársela. La señorita que le está atendiendo le informa que todo está listo y que no debe de preocuparse, cuando salgan de migración estará una persona con un letrero que dirá: «*Familia González. RDV Alec*», Enrique le pregunta qué significa RDV a lo cual la señorita le dice que son las siglas de Renta de Vehículos Alec.

Después Enrique llama al hotel para confirmar la reservación del apartamento con dos habitaciones, una para él y Claudia, y la otra para Susana y Karlita; el representante del hotel le confirma las habitaciones y le recuerda que podrá registrarse a partir de las dos de la tarde.

Enrique reúne a la familia para decirles que todo está preparado, el vehículo y el hotel están confirmados para que el día domingo que salgan estén tranquilos. Susana lleva su mano al pecho... —*O sea... pues... Voy a tener que dormir en el mismo cuarto con... ¿Karlita?*— Susana le pide a su mamá que le den una habitación para ella sola, pero Claudia le dice que es una buena oportunidad para que ella y Karlita se conozcan mejor, y que recuerde que —*Ella es solo una niña*— dicen las dos al mismo tiempo.

Susana se encuentra con mucho miedo al saber que compartirá la habitación con Karlita, no puede olvidar lo sucedido el día en el que Karlita estaba tocando el piano y el día del incidente en la recamara.

Susana se sienta en la esquina de su cama, su mente imagina muchas cosas. Un ligero temblor le recorre el cuerpo —*¿Por qué estoy tan nerviosa?*— se pregunta —, *ella tan solo es una niña, no veo por qué me deba sentir así... pues*—. Susana trata de afirmarse esas palabras mientras se acomoda en la cama, a los pocos minutos se queda dormida y sueña que va con su papá en un auto:

—*Enrique... Susana... ji, ji, ji*— una voz se escucha en el asiento trasero. Susana voltea a ver, Enrique mira a través del espejo retrovisor.

—*¿Oíste eso papá?*— le pregunta Susana. Él le pregunta qué es lo que oyó, ya que él no oyó nada.

—*Susanaaaaa... Susanaaaaa*—. Es una voz infantil. Susana grita preguntando quién la está llamando.

—*¡Papá!, me estoy volviendo loca, papá*— grita Susana. Enrique no le presta atención, tan solo sigue conduciendo. La voz que la llama se va haciendo poco a poco cada vez más fuerte. Susana ve a su papá, pero él no la voltea a ver. Susana se abraza y comienza a temblar, un vapor surge de su aliento.

—*¡SUSANA!*— le dice una voz tajante, y luego con suavidad —*¿Conoces la oscuridad?*— Un fuerte sonido y una luz brillante atrae la atención de Susana. Es un cabezal que se aproxima hacia ellos, ella trata de gritarle lo más fuerte que puede a su papá.

—*¡Papá!, ¡Papá!*— Enrique no le presta atención…

—*¡Susana! ¡Abre la puerta, Susana!*— Enrique tira de un golpe la puerta de la habitación de Susana. Él y Claudia escucharon gritos que provenían dentro del cuarto, los dos se acercan a Susana quien está cubierta de sudor.

—*Calma hija sólo fue un sueño*—. Enrique la abraza para calmarla. Susana casi no puede respirar, con lágrimas y dificultad les comienza a contar el sueño que acaba de tener, le pide a su papá que retrasen el viaje porque tiene miedo de que se vuelva una realidad. Susana abraza a su papá y le dice que sintió mucho miedo porque creyó que sería el último día en el que estarían con vida.

En la puerta está Karlita, Susana la mira y Karlita le sonríe y se retira. Susana le dice a su papá que tiene miedo de que Karlita esté tramando algo, ella es muy rara y puede ser que tenga algún espíritu y que mejor le echen agua bendita. Enrique mira a Claudia y regresa la mirada a Susana, le pide que se calme y que descanse un poco más.

Enrique le pide a Claudia que llame al doctor José para contarle lo sucedido, quizá Susana tenga algún tipo de fiebre o infección que la pueda estar haciendo alucinar. Claudia le dice que irá a llamarlo en ese instante, y que mientras tanto él se quede otro rato más con ella.

Claudia se dirige a la sala, Karlita está recostada en el sillón leyendo.

—*¿Qué le pasó a Susana?*— pregunta Karlita con tranquilidad pasando una página, mientras Claudia busca su celular.

—*Creo que se siente mal*— le responde —. *¿Has visto mi celular?*— le pregunta mientras mueve los cojines del sofá.

—*Está ahí*— le señala a una esquina del mueble de libros. Claudia le da las gracias —*Susana se comporta como una niña pequeña*— le dice Karlita dando un suspiro profundo mientras retoma su lectura.

Claudia llama al doctor José para contarle lo sucedido con Susana, él le dice que sería bueno darle unos calmantes para que pueda relajarse y si sigue sintiéndose mal entonces que él la examinaría. El doctor José también le comenta que puede ser por el cambio que está atravesando la familia con la llegada de Karlita, ya que puede estarle ocasionando estrés y un poco de ansiedad.

Enrique se aproxima a la sala, al escuchar lo que dijo el doctor se queda tranquilo. Enrique le dice a Claudia que Susana está dormida.

Mientras tanto, Susana vuelve a quedarse atrapada en sus sueños...

—*Suuusaaanaaa...*

CAPÍTULO 12

LAS VACACIONES

Seis horas antes de salir para el aeropuerto, Enrique se despierta, para revisar sus correos. —*Será mejor que aproveche ahora que Claudia no se ha despertado*— piensa Enrique mientras baja de la cama. Descalzo, baja al primer nivel con su portátil bajo el brazo. Enrique quiere permanecer fiel a su promesa que no estará con temas de trabajo mientras estén esa semana en la playa.

Enrique va con pasos pequeños hacia la mesa de la sala donde está el piano, coloca su portátil, mientras la enciende, se limpia los ojos y ve hacia una de las ventanas que da al jardín para escuchar el sonido de los grillos.

—*Vamos a ver, son las*— Enrique da un bostezo y se estira —*cuatro, será mejor que antes de iniciar me prepare una taza de café*—. Enrique va a la cocina a calentar un poco de agua en el microondas, mientras espera silba su canción favorita y juega a que está tocando la batería con unos cubiertos. Al escuchar el sonido del microondas tira los cubiertos sobre la mesa y se prepara un poco del café que trajo de Colombia. Enrique acerca la taza a su nariz y respira.

Sin hacer ruido, se dirige hacia la computadora, se frota las manos para ingresar su contraseña, un sonido y un paisaje de fondo es lo que le da la bienvenida. Enrique da un sorbo de café y lo retira soplando para calmar su boca —*Mejor que se enfríe un poco*— coloca la tasa al lado de la computadora.

—*Vamos a ver, acá está, mail... aja bandeja de entrada, actualizar*—. Sopla su café y le da un sorbo con cuidado para no quemarse —*Mmm ahora sí... ¡Uf! ¡Qué buen aroma!*— dice con un tono de experto en café.

Enrique se frota la cabeza al ver que tiene cincuenta correos sin leer —*No quiero pensar en los que tendré cuando regrese*— piensa al ver como uno a uno van bajando.

Algunos mensajes son de ofertas de la agencia de viajes que le vendieron el paquete, otros ofreciéndole ofertas de casas, inclusive recibe un correo de una persona de oriente medio donde le dice que necesita su ayuda para realizar una transferencia de un millón de dólares, de los cuales le darán doscientos mil a él. Enrique le saca el dedo de en medio y lo borra.

Al quedarse con los mensajes importantes, Enrique responde a cada uno. Enrique le dedica tiempo a un correo del ingeniero Estrada donde le solicita le deje por escrito el estado de los proyectos en curso. En especial sobre el proyecto para España.

Enrique ha estado emocionado por la idea de abrir una oficina en España desde hace cinco años, por eso envió desde hace más de tres meses la respuesta a una licitación para construir un edificio en Madrid.

Enrique comienza a sentir presión por el hecho de que aún no le ha comentado nada a Claudia, no sabe cómo reaccionará al decirle que la familia entera se tendría que ir a vivir a España, si el proyecto es aprobado. Enrique sacude su cabeza, no quiere pensar en ello; ahora tiene que pensar no solo en la universidad de Susana sino también en la escuela y papeles de Karlita.

Enrique da un sorbo a su café y con un suspiro se dice a sí mismo que se preocupará de las niñas después.

—*Propuesta... propuesta... ¿Dónde te puse propuesta de España?... ah sí, aquí está. Adjuntar... vamos a ver... «Ingeniero Estrada acá te mando la propuesta de España...» y enviar—*. Enrique suspira al ver el mensaje enviado. Enrique sacude su pelo, alborotándolo aún más. Enrique necesita enviar el cronograma de trabajo del proyecto para un local del centro comercial, pero antes quiere un poco más de café, al tomar la taza se da cuenta de que ya se lo terminó. Enrique ríe y arrastrando los pies va de nuevo a la cocina para calentar un poco de agua. Enrique coloca la taza en el microondas y vuelve a tomar los cubiertos para simular que toca la batería. Cuando su agua está caliente prepara su café.

—*Mmm... ¡Qué delicia!*— Enrique va removiendo su café al son de su silbido, piensa en que le falta poco para terminar, solo le falta enviar la información pendiente al ingeniero Estrada. Al abrir la puerta de la sala ve una pequeña cabecita que apenas y sobresale de la silla, está viendo sus viendo sus correos.

—*Karlita. ¿Qué haces despierta?*— Enrique coloca su taza sobre la mesa, mirando a Karlita sin pestañear.

—*Siempre me levanto a esta hora*— le responde mientras voltea a ver el reloj que está en la pared y regresa la mirada a la pantalla.

—*Son las cinco treinta... Pero... ¡¿Hasta estás bañada?!*— le pregunta rascando su cabeza.

—*¿Por qué nos quieres llevar a vivir a España?*— Enrique coloca su mano en el pecho, siente que su corazón se va a detener. Enrique piensa en cómo se dio cuenta, pero lo que más lo agobia es que piensa que ella irá con Claudia para contarle. Enrique da un respiro profundo.

—*¿Por qué dices que las quiero llevar a vivir a España?*— Toma su café y le da un sorbo tratando de disimular su nerviosismo.

—*Supongo que no le has dicho a Claudia ni a Susana, ¿verdad?*— Karlita voltea a ver a Enrique, quien le tiembla la mano y trata de no botar su café.

—*Este... ¿por qué no vas a terminar de arreglarte?, ya en unas horas nos vamos para el aeropuerto*—. Karlita pestañea despacio, y le da una leve sonrisa —*Ya estoy arreglada. Iré a comer algo porque tengo hambre*—. Con un pequeño salto, Karlita baja de la silla, al estar en la puerta se detiene y voltea a ver a Enrique —*No te preocupes, Enrique, no les diré nada*—. Karlita abre la puerta de la cocina.

Enrique se sienta y se pasa las manos por la cabeza viendo hacia el cielo —*¡Cómo es posible que ella se diera cuenta de eso!, ¡tan sólo es una niña!, ¡qué bruto soy!, ¡soy bien... mula!*— se repite una y otra vez —*¡Qué bruto soy!... no... ¡soy un imbécil! ¡Por la gran...!*— Enrique se tapa la boca. Al ver la computadora se da cuenta de que el correo no estaba a la vista —, *pero, entonces... ¿cómo se dio cuenta?*— se pregunta golpeando las teclas con fuerza —*Creo que Susana tiene razón cuando dice que Karlita es una niña muy rara*— murmura. Enrique se recuesta en la silla frotando su frente.

Mientras tanto Karlita se está preparando algo para desayunar. Enrique se aproxima sin hacer ruido para observar qué es lo que está haciendo. Es la primera vez que Enrique la observa en la cocina, Claudia le había contado sobre lo independiente que es Karlita para todo, por eso quiere verla por la curiosidad que le da. Mientras Karlita se prepara unos huevos fritos y un poco de fruta, entona una canción. Enrique se queda con los ojos abiertos al escucharla cantar, unos segundos después cierra la puerta y se queda moviendo la cabeza con los ojos abiertos de lo bien que canta Karlita.

Enrique regresa a la computadora para terminar de revisar si aún tiene otro correo, al ver que ya ha respondido todos la apaga y se dirige hacia su cuarto, va silbando.

Al llegar al cuarto, Claudia va saliendo de darse una ducha, Enrique se sienta en la cama mientras Claudia va a su guardarropa. Enrique se tira hacia atrás con los brazos extendidos pasando sus manos sobre su cara —*Qué idiota soy*— murmura.

—*Acabas de escuchar cantar a Karlita, ¿Cierto?*— Claudia lo mira y le sonríe.

—*¿Cómo lo sabes?*— Enrique se sienta en la orilla de la cama.

—*Vienes silbando esa canción*— Claudia lo mira a través del reflejo del espejo —*, creo que te estás encariñando de ella*— le dice mientras toma su cepillo para peinarse.

Enrique ríe. No se había percatado de que venía silbando la misma tonada que Karlita estaba cantando. Claudia le pregunta si Karlita ya está desayunando, Enrique le dice que sí y además le agrega que está muy sorprendido de lo diferente que son con Susana.

Claudia arregla su cabello con cautela mientras lo ve desde el espejo, Enrique se tira a la cama riéndose como un niño que se está burlando de alguien más, ella le pregunta qué es lo que le causa gracia. —*Te estás peinando igual que lo hace Karlita*— le señala. Claudia se ve en el espejo y se tapa la boca para sonreír —*es verdad*— le responde.

—*Ash, pues... ahora ustedes están bien locos. O sea...*— Susana está en la puerta haciendo con su mano la seña de locos. Claudia se acerca a Susana y le da un beso de buenos días; luego le dice que en unos minutos desayunarán. Claudia le pide a Susana que la espere mientras termina de vestirse.

Enrique toma su toalla y se va a la ducha. Claudia sale a los diez minutos y le pide a Susana que la ayude con el desayuno. Al pasar por la sala, se encuentran a Karlita en el sillón con su libro.

—*¡Buenos días, Karlita!*— le saluda Claudia dándole un beso en la mejilla.

—*¡Buen día, Claudia!*— le responde colocando el libro sobre el sofá y levantándose para darle un abrazo.

—*¿Sabes?, me gustaría que me dijeras mamá*— le pide Claudia. Karlita le sonríe.

—*Buen día. Susana*— le dice Karlita acentuando el nombre y sin quitar la mirada de los ojos de Susana.

Susana le da un buen día apenas audible y se retira hacia la cocina evitando mirarla directo a los ojos. Claudia las ve a ambas y no sabe qué decirles. Claudia quisiera que Karlita y Susana se llevaran bien. A la par de Karlita está su equipaje y su mochila la cual ya tiene llena de libros. Claudia recuerda que cuando pensó en adoptar a una niña de la edad de Karlita, se imaginaba comprándole muñecas, vestidos, entre otras cosas; pero ya está aceptando que Karlita es diferente.

Claudia le dice a Karlita que irán a desayunar, y si ella quiere puede bajar cuando guste para estar un rato con la familia. Karlita le da las gracias.

Al llegar a la cocina, Susana está con los brazos cruzados y su cabeza inclinada. Claudia le dice que se anime un poco y que preparen la comida.

—*¡Enrique!, Ya está servido*— le grita Claudia. Susana le dice que no es necesario gritar, que use el teléfono. Claudia no le presta atención.

—*¡Voy bajando!*— Se escucha como si estuvieran brincando sobre las gradas.

Al llegar Enrique, Susana lo ve de pies a cabeza dos veces. Él le pregunta por qué lo mira así. Ella le dice que es porque nunca lo ha visto vestido tan relajado, siempre está medio formal para ir a trabajar. Él sonríe y le acaricia el cabello.

—*Por cierto amor. ¿Me llamaste varias veces?, escuché que me llamaron mientras estaba en la ducha*—. Claudia le dice que solo cuando le grito que bajara, de ahí no lo ha llamado. Susana bota el tenedor al suelo, respira con rapidez, y recoge el cubierto.

—*¿Qué raro...? Hubiera jurado que me estuviste llamando*— le comenta Enrique. Al ver de reojo a Susana, le recuerda que le pidió que hiciera lo posible por llevarse bien con Karlita. Susana asienta con la cabeza mientras con la mirada ve hacia otro lado.

—*Muy bien familia. Dentro de unas pocas horas ya estaremos en ¡la playa!*— Enrique levanta los brazos en señal de libertad.

Enrique siente que algo se mueve en la bolsa de su pantaloneta —*Ah, es mi celular*— exclama —*¡el taxi ya está afuera!*— Enrique se pone en pie arrastrando la silla para atrás. Claudia y Susana quitan los vasos y platos para lavarlos. Enrique sube al segundo nivel para cerciorarse de que todo esté cerrado.

Susana bota un vaso que estaba lavando, se agacha para recoger los pedazos para tirarlos a la basura; se secan las manos y salen para la sala.

Enrique baja las gradas y les pregunta si todas están listas, Claudia y Susana le dicen que sí. Al ver a todos lados, Claudia exclama que Karlita no está.

Enrique sube al segundo nivel para buscar a Karlita, va a la sala, pero ella no está allí. Claudia va al cuarto donde está el piano mientras que Susana va a buscar a los baños, pero ninguno logra encontrar a Karlita. Todos se reúnen en la sala diciendo que no está en ninguna parte. —*¡¿Dónde se habrá metido?!*— pregunta Claudia con la mano sobre la boca.

En ese instante tocan el timbre de la puerta. Enrique va a abrir, es el piloto de la camioneta, les dice que si ya están listos porque su hija ya está en el bus. Enrique y Claudia comienzan a reír, Susana agacha la cabeza para voltear a ver a otro lado y arruga la nariz. El piloto les ayuda con las maletas para llevarlas hacia el bus.

—*¡Qué susto el que nos acabas de dar!*— le dice Enrique por la ventana delantera mientras suben las maletas a la camioneta.

El piloto cierra la cajuela y le pregunta a Enrique si ya tienen todo listo, él le dice que todo está listo para que partan. Claudia le pide a Karlita que siempre los espere para salir, uno nunca sabe lo que puede suceder y más a una niña pequeña. Karlita sonríe y le dice que no aguantaba las ganas de salir para la playa, pero que a la próxima los va a esperar. Karlita ajusta su cinturón.

Enrique les dice que ¡ya están de vacaciones! Dando un grito que hasta el piloto se tapa los oídos. —*¡Sí!*— Gritan Claudia y Susana levantando las manos y sonriendo. Susana les dice que ya se está imaginando sentada a la orilla de la playa, viendo a los hombres pasar; Claudia y Enrique la voltean a ver y ella les dice que sólo estaba bromeando que no se alteren.

Claudia le dice a Karlita que al llegar al hotel se irán a las piscinas para que pueda nadar un rato. —*Pos claro*— le responde con acento español. Claudia voltea a ver a Enrique quien mira hacia todos lados, en eso ve la hora en la radio del bus. Enrique le pide al piloto que conduzca rápido porque en casi dos horas sale su vuelo.

—*Ash.... Pues... Y todo por estarte buscando. Nos vamos iendo bien tarde*— le dice Susana a Karlita. Claudia voltea a ver a Susana con una mirada que la deja callada. Karlita voltea a ver a Susana —*Se dice «nos estamos yendo muy tarde»*—

159

Susana arruga la nariz y se cruza de brazos. Enrique empieza a reír hasta el punto en que se toca el estómago y se tiene que secar los ojos.

Después de media hora por fin llegan al aeropuerto. Todos salen corriendo. Enrique les pide que se apresuren al mostrador de la aerolínea, él se quedará pagándole a piloto.

Claudia sale con las niñas corriendo hacia el área de mostradores cuando al llegar se da cuenta de que hay una fila muy larga para poder entrar. Claudia se acerca con la persona encargada y le pide que las deje pasar ya que van tarde y pueden perder el vuelo; con tono autoritario, les dice que tienen que hacer la fila. Claudia regresa con Susana y Karlita quienes se quedaron haciendo la fila.

Enrique las alcanza y se jala el cabello al ver la fila. Después de media hora llegan al mostrador y se dan cuenta de que tienen solo cuarenta y cinco minutos para llegar a la puerta de abordaje.

Al revisar los pasaportes la señorita de la aerolínea les pide la carta que hace constar que Karlita está bajo su tutela, ya que por ser menor de edad, y en proceso de adopción, deben mostrar las pruebas. El rostro de Enrique se pone blanco, no pensó en esa situación. Claudia le dice a la señorita que no hay ningún problema, y saca el acta del proceso de adopción de Karlita.

Enrique la voltea a ver y ella le dice —*tan sólo llame antes para saber si habría un problema*— ambos comienzan a reír. La señorita les entrega sus pases de abordar y les dice que deben salir *«volados»* hacia la puerta de abordar. La señorita les ofrece dar el aviso para que les den prioridad para pasar seguridad, dado que su vuelo sale en poco tiempo.

La familia sale con velocidad, pasan migración, en rayos X se detienen, pero por fortuna no los detuvieron para otra revisión. Agitados logran llegar a la puerta de embarque, la señorita de la puerta les pide que pasen rápido y se acomoden en sus asientos. Solo a ellos los estaban esperando. Al entrar los cuatro, cierran la puerta del avión.

Enrique les da a Karlita y Susana su número de asiento para que viajen juntas. Karlita toma el asiento de la ventana, se quita la mochila y la coloca debajo del asiento de adelante.

Al sentarse Enrique y Claudia se ríen por la aventura que acaban de tener ese día, desde que por la mañana creyeron que Karlita había desaparecido, la larga fila para de la aerolínea y lo apresurados que tuvieron que correr para llegar a tiempo a la puerta de abordaje.

El capitán da el aviso de abrocharse los cinturones de seguridad, las aeromozas dan las instrucciones de qué hacer en caso de tener una emergencia y que sea necesaria una ruta de evacuación.

El avión se coloca en posición de salida. Al iniciar el sonido de los motores, el capitán da el aviso que está a punto de despegar con destino hacia el aeropuerto internacional de Panamá. Karlita ve hacia afuera del avión, ve el cielo y con el destello de una sonrisa, murmura algo.

Susana entierra las uñas en su asiento y cierra los ojos. Karlita la ve de reojo de arriba para abajo, da un suspiro y saca los audífonos que Enrique le prestó para que fuera escuchando música. Karlita se agacha para tomar su mochila y sacar una novela de misterio llamada: *«El camino de Mónica»*.

Claudia sujeta la mano de Susana diciéndole que todo va a estar bien que no debe ponerse nerviosa. Susana cierra los ojos al sentir que el avión comienza a tomar velocidad. El avión sale de la pista y toma vuelo. El piloto da el anuncio que habrá un poco de turbulencia. El avión comienza a «temblar», Susana traga saliva y aprieta la mano de su mamá, quien le dice que solo no le entierre las uñas, Susana le pide perdón. Karlita va escuchando su música y leyendo, mientras da vueltas a las páginas murmura —*Esta Mónica*— y ríe.

—*Ves que no hay nada de que temer, Susana*— le dice Claudia acariciando su mano. Susana, sin pronunciar palabra, asiente con la cabeza recostada en el asiento, al rato vuelve a sentirse otro poco de turbulencia. Claudia se inclina un poco para ver a Karlita, la ve leyendo. Claudia le pregunta si se siente bien. Karlita se quita los audífonos. Claudia le vuelve a preguntar si se siente bien, Karlita asiente con la cabeza —*Solo te tienes que preocupar por...*— le dice viendo de reojo a Susana quien intenta levantarle la mano, pero la vuelve a poner en el asiento al sentir la turbulencia.

A la media hora de vuelo, Susana se empieza a abrazar, Claudia le pregunta si tiene frío. Ella le dice que sí. Claudia llama a una de las aeromozas y le pide que le dé un poncho para Susana, la aeromoza le lleva una manta de color azul. Susana rompe la bolsa para sacar la manta y se cubre. A los pocos minutos Susana se queda dormida.

—*Susana, hija*— le dice Claudia mientras toca su brazo para despertarla. Claudia está preocupada porque Susana se está agitando demasiado. Susana se levanta con la respiración a toda prisa y bañada en sudor.

—*¿Qué tienes, hija?, ¿Otra pesadilla como la de hace una noche?*— Claudia le pide a una aeromoza si puede traerle un poco de agua, ella le responde que ya pasarán la merienda y que con gusto le darán un poco para beber. Karlita continua con la mirada fija en su libro sin atender a Susana.

A los pocos minutos pasa el carro de la merienda, le dan un vaso con agua a Susana. La aeromoza se dirige a ellos y le pregunta a Enrique y Claudia que les gustaría para merendar, tienen un sándwich de pollo o de carne. Claudia pide el de pollo y Enrique el de carne. Al preguntarle a Susana le dice que no tiene hambre. Al dirigirse a Karlita y le preguntan si ella se llama Karla González, ella les dice que sí, y le dan una comida especial de frutas para niños; la aeromoza le pregunta qué quisiera tomar, ella le responde que agua sin hielo.

—*Qué niña tan lista la que tienen*— les dice la aeromoza.

Claudia y Enrique se inclinan al mismo tiempo, con entrecejos fruncidos, para ver a Karlita quien está abriendo el paquete de frutas.

—*Karlita, ¿Cómo te dieron esa comida?*— le pregunta Claudia mientras rompe el papel de su sándwich.

—*Fácil, al saber que saldríamos, vi que el boleto decía que se podía cambiar de comida, así llamé al número que indicaba y pedí que me la cambiaran*—. Karlita continúa con su lectura mientras de un bocado a un pedazo de piña.

Claudia y Enrique se ven como diciendo «*no me extraña*». Enrique piensa en que si Karlita hizo una llamada de larga distancia la factura del teléfono vendrá muy alta.

Después de dos horas de vuelo, el capitán anuncia que están próximos a aterrizar. Las aeromozas pasan por cada uno de los lugares recogiendo la basura.

Durante el descenso Susana vuelve a enterrar las uñas en el asiento y hace su cabeza hacia atrás. Claudia toma su mano. Karlita la mira de reojo moviendo su cabeza en señal de negación. Susana cierra los ojos al sentir el golpe del aterrizaje y escuchar los motores deteniendo el avión.

El capitán les da la bienvenida a la ciudad de Panamá, les pide que sigan con sus cinturones abrochados que en unos minutos llegarán a la puerta para que puedan bajar. Los demás pasajeros comienzan a aplaudir. Claudia se inclina para ver a Karlita quien también está aplaudiendo con los demás.

Al bajar del avión, preguntan dónde queda migración, el personal les dice que tienen que seguir las flechas y bajar un nivel. Al llegar a migración, el oficial les da la bienvenida a la ciudad de Panamá, al revisar los pasaportes, les solicita los papeles de adopción de Karlita. El oficial revisa los documentos, después de unos minutos les dice que espera disfruten su estadía.

Al salir de la revisión de aduanas ven a una persona con un letrero que dice: *«Familia González RDV Alec»*. Enrique se dirige con la persona y se presenta. El piloto les da la bienvenida y les dice que su vehículo está casi listo, y que en unos minutos llegarán a la central de vehículos.

Enrique le da las gracias cuando nota que algo comienza a temblar dentro de su maletín.

—*¡Lo prometiste!, nada de celulares*—. Claudia tira su maleta. Enrique había encendido el celular para ver si tenía algún mensaje sobre el proyecto de España. Claudia le arrebata el maletín a Enrique y registra para buscar el teléfono.

—*¿Cuál es la clave?*— le pide Claudia moviendo el pie. Enrique le dice que no le preste importancia.

—*Enrique, te lo vuelvo a pedir una vez más… ¡¿Cuál es la clave MALDITA SEA?!*— Claudia lo ve a los ojos. Susana abraza a Karlita, pero al darse cuenta la vuelve a soltar. Enrique le dice que la clave es *«confianza»*.

—*¡Qué hipócrita esa tu clave!*— le dice. Claudia se da la vuelta, al ver el teléfono llama a Karlita. Claudia se agacha y le pide a Karlita que la ayude a ver el mensaje. Karlita toma el celular, y luego se lo devuelve.

Claudia se pone en pie para leer un correo que tiene una marca de importancia alta, viene escrito inglés: *«Mr. González: Good news. Prepare to live in Spain with all your family. The project has been approved»* [*Sr. González: Buenas noticias. Prepárese para vivir en España con toda su familia. El proyecto ha sido aprobado.*]

CAPÍTULO 13

EL ANCIANO

—*¡Cuándo tenías pensado decirme esto!*— Claudia alza sus manos y se aproxima para tenerlo cara a cara, su rostro está enrojecido con una mirada que hasta a Susana hace temblar. Enrique voltea a ver a un grupo de mujeres que está al frente, ellas lo están viendo y murmuran entre ellas. Enrique le pone las manos sobre los hombros a Claudia, pero ella lo empuja viéndolo sin pestañear.

—*¡Te exijo una explicación! Faltaste a lo que prometiste y me ocultaste algo ¡muy importante!*— Claudia le hace énfasis con el dedo. Claudia baja las manos y la mirada, sus ojos están humedecidos —, *han sido más de dieciocho años juntos. ¿Así me pagas, Enrique?*— Claudia se da la vuelta para alejarse de él.

Enrique le dice a Susana y Karlita que esperen mientras él va por ella. —*Creo que esto sí es una sorpresa para ustedes*—. Susana y Karlita voltean a ver a la persona del alquiler de autos.

—*Todo esto es por tu culpa. Ash... Eres una niña bien rara*—. Susana deja sola a Karlita con las maletas mientras ella sube al auto limpiándose los ojos con sus manos. Karlita observa a Enrique cuando alcanza a Claudia cerca de una de las puertas de la entrada al aeropuerto. Claudia continúa levantando las manos y señalando hacia donde están ellas. El piloto del bus trata de hacerse el desentendido. Susana grita desde el auto que dejen de estar gritando. Enrique está con sus manos pidiendo perdón, pero Claudia le da la espalda.

—*Joaquín, suba las maletas por favor*—. Karlita mira al piloto del bus, quien le pregunta cómo sabe su nombre si él no se lo había dicho. Karlita le responde que está escrito en su tarjeta de identificación en la bolsa de su camisa.

Limpiándose los ojos y la nariz, Susana fuerza la vista para tratar de leer el nombre en la tarjeta, piensa en cómo se puede fijar esa niña rara en detalles que a ella se le pasan por alto. A lo lejos se ve que Claudia deja a Enrique solo y viene directo al bus.

—*Karlita, hazme un favor pls... ¿te podrías ir atrás?*— Karlita se pasa hacia los asientos de atrás. Al llegar Enrique, Claudia sube el vidrio para que él no le hable, Enrique ve a Susana secándose el rostro con su blusa. Karlita lo ve y sube sus hombros. Enrique las ve suspirando y sube al bus.

Don Joaquín con mucha pena les pregunta si están listos para partir. Claudia lo mira —*Pregúntele al magnífico planificador de cómo ocultar algo a su familia y a su esposa de más de ¡dieciocho años! Ahh Y sin contar los tres años que fueron novios*—. Enrique suspira y le dice que sí, pueden seguir. Enrique baja la cabeza hacia sus rodillas.

—*Estas serán unas vacaciones muy largas*— murmura Susana. Karlita toma su mochila y saca su reproductor de música. Susana se aproxima un poco a ella para escuchar la música que Karlita está escuchando.

—*A la madre... Esa tu música da miedo, o sea pues, ¿Por qué no escuchas algo de niños? Como las ardillas o algo así...*— Karlita la mira mientras sube el volumen.

El viaje hacia la central de autos está tomando tiempo, en parte porque ese día llegó un vuelo de turistas y todos están buscando taxis. Joaquín les comenta que por lo regular ese viaje no demora más de diez minutos. Al fin Joaquín puede cambiarse de carril y logra avanzar.

Al llegar a las oficinas de RDV Alec, Joaquín va con su supervisor para que le entregue el contrato de arrendamiento. Enrique va a una de las cajas para que corroboren el número de tarjeta de crédito. Joaquín le da el contrato a Enrique para que lo firme y le dice que el auto está casi listo, sólo están verificando la calibración de las llantas. Claudia y las niñas están sentadas esperando, Karlita continúa con su reproductor de música cantando e imitando los movimientos como si estuviera tocando el piano.

Joaquín recibe un llamado a su radio indicándole que el vehículo de la familia González está listo. Joaquín le pide a Enrique que lo siga con su familia para que le entreguen en el auto. Claudia y las niñas lo siguen. Susana camina con su boca tensa y los ojos rojos. Claudia por su parte va caminando adelante cargando sus maletas sin dejar que Enrique la ayude. Karlita va caminando arrastrando su equipaje y haciendo los movimientos de piano con la otra mano.

—*Vaya, vaya, vaya… Veo que lo pediste del color de tu consciencia*—. Claudia sube a la parte de atrás del auto —*Vengan niñas que su papá suba las maletas*—. Susana ve a su papá y le susurra que lo siente por él. Enrique le da las gracias a Joaquín. Enrique le pide a Susana que se vaya adelante con él, y Karlita se vaya con Claudia.

Enrique sube las maletas a la cajuela. Al subir al auto mira por el espejo retrovisor a Claudia quien va con la mirada hacia uno de los costados sin querer verlo ni hablarle. Sin mucho ánimo enciende el auto cuando una música estridente se comienza a escuchar.

—¡¿*Qué es esa música tan horripilante y espantosa?! O sea, pues… es igual a la de…*— Susana voltea a ver Karlita quien va moviendo la cabeza al ritmo y moviendo sus manos. Enrique mueve el botón del radio para bajarle volumen cuando se da cuenta de que estaba conectado al modo de intercambio, están escuchando el reproductor de Karlita. Enrique voltea a ver Karlita para decirle que lo quitará porque a los demás no les gusta eso.

Claudia se inclina un poco diciéndole de forma pausada —*Deja la música de Karlita*— luego le dice rápido y con fuerte tono —. *Al menos ella es honesta en lo que le gusta y no anda ocultando las cosas a su familia como otros individuos de cuyo nombre no quiero ni mencionar*— de un golpe Claudia se recuesta en su asiento con los brazos cruzados y la mirada hacia la calle. Karlita pareciera que no se ha percatado de lo que ocurre. Enrique deja la música, pero le baja un poco el volumen, Susana lo ve y cruza los brazos —*O sea, pues… Así como que… creo que estás en problemas muyyy serios, papá*—. Susana voltea a ver a su mamá, pero ella continua con la mirada hacia la calle.

Después de una hora, la familia había escuchado bandas de metal y de orquestas sinfónicas, así hasta llegar al hotel.

—¡*Al fin llegamos! Así ya no soportamos esa música toda rara. Ash*—. Susana pone sus manos como si hubiera orado. Durante el viaje venía deseando llegar para no seguir escuchando la música de Karlita.

Al llegar al hotel le dan a Enrique las indicaciones de donde está el parqueadero, al dirigirse ahí, ven que ya los están esperando los anfitriones quienes los reciben con un cordial saludo y les ayudan a sacar las maletas de su cajuela.

Karlita baja y va a tomar su equipaje, el botones le dice que él la ayudará, pero ella le dice que puede sola. Claudia lo ve y le dice que la deje que ella se lleve su maleta. Enrique se dirige hacia la recepción y le indican que le consiguieron el apartamento que había solicitado. Claudia lo ve y le dice que tampoco eso le pudo haber dicho. Enrique le dice que es un apartamento que tiene dos habitaciones, lo pidió porque tiene una sala y cocina.

La señorita de la recepción voltea a ver a una de sus compañeras que está en la parte de atrás, la mira moviendo sus manos como lo hacen los boxeadores y señala con disimulo a Enrique y Claudia.

La señorita se da la vuelta y les sonríe, llama uno de los botones quien trae un carruaje para llevar todas las maletas al apartamento en el piso veinticuatro.

El botones les da la bienvenida y los lleva hacia el ascensor. —*Que silencio está todo*— les dice el botones viendo hacia los lados. Los González ven de reojo al botones, quién está deseando que lleguen lo antes posible al piso veinticuatro. Claudia mira a la playa, —*¡Qué bien! Se puede escuchar la playa*— comenta Enrique. Susana le hace señas a su papá diciéndole se defiende mejor callado.

—*Llegamos, vamos a ver... este es su apartamento. Las habitaciones están enfrente una a la otra*— el botones los invita a pasar —. *Con cuidado no se vayan a golpear con el carrito. Como pueden ver esta es la sala, allá está la cocina, el televisor y desde aquí pueden ver la piscina*— el botones va señalando lo que tienen dentro de la habitación.

—*Yo tomo el cuarto de la derecha*— les dice Claudia dirigiéndose a una de las habitaciones —*Karlita tú y yo nos quedamos juntas*—. Karlita, está parada frente a una habitación, le dice que mejor en esa porque tiene dos camas y la otra solo una. Claudia ve a Enrique y a Karlita. Claudia le pide al botones que lleve las maletas de ellas dos a esa habitación, el botones las lleva. —*Gracias*— le dice Claudia —*La propina se la da ese hombre que está ahí*— le dice mientras cierra la puerta de la habitación, el botones siente que por poco le destrozan la nariz. Claudia vuelve a abrir la puerta —*Ah, y no deje que sea tacaño con la propina, porque siempre oculta algo, así que es posible que tenga más dinero del que le diga que tiene*—. Vuelve a cerrar la puerta como si la estuviera destrozando.

—*O sea, papá, hoy sí te mandaste, uyyy*— Enrique suspira y le paga al botones dándole las gracias. El botones se retira deseándoles una buena estadía. Enrique le dice a Susana que entren para desempacar. Enrique saca las cosas de su maleta, no pronuncia ninguna palabra, él quiere saber cómo hacer las paces con su esposa. Susana le pregunta cómo se van a quedar ya que la habitación tiene sólo una cama. Enrique no presta atención.

Karlita desempaca sus cosas y toma una de las gavetas del armario, mientras Claudia se sienta en la orilla de una de las camas para llorar. Al ver a Karlita sacando sus cosas con cuidado, se dice a sí misma que sin importar sus problemas con Enrique, ella va a disfrutar su estadía. Claudia recuerda como ha deseado este momento desde hace tiempo, pasa su mano sobre sus ojos y trata de sacar una sonrisa.

—*Oye, Karlita, estás de vacaciones. Nadie se dará cuenta de que tu ropa esté un poquito arrugada*—. Claudia se mueve para estar más cerca de Karlita. —*Pero yo si me daré cuenta*— Karlita aplana con sus manos su ropa para quitarle las arrugas. Karlita cierra la gaveta dejando su traje de baño afuera, lo toma y va al baño para cambiarse.

Al salir toma una de las toallas de la habitación y le dice a Claudia que irá a la piscina. —*Karlita, me preocupa que vayas sola, porque no le dices a Susana que vayan juntas*—. Karlita coloca su toalla alrededor de ella —*No te preocupes, estaré bien. Susana es muy aburrida*— Karlita le da un abrazo —. *Ya nos quitaremos esta pena*— le dice dándole un beso en la mejilla.

A los cinco minutos que Karlita salió, Susana toca la puerta. Claudia ve a través de la rendija y le abre. Llega para decirle que dice su papá que si quieren comer algo o prefieren esperar a la cena. Claudia le dice que es mejor para la cena ya que Karlita acaba de bajar a la piscina y prefiere que estén todos. Claudia le pide a Susana que baje con Karlita para hacerle compañía.

—¿*Ahh? O sea, esa niña bien rara se puede cuidar sola pues..., por qué no mejor se contentan los dos con papá, qué feo verlos pelear en vacaciones*— Susana arruga la boca. Claudia le dice que ya hablarán con su papá, pero que eso es cosa de esposos. Claudia vuelve a pedir favor que baje a la piscina, sólo para ver que Karlita esté bien porque le da miedo de que esté sola.

Susana le dice que está bien, pero que hablen los dos, le pide que le dé una media hora mientras se cambia y le pasará avisando cuando vaya a bajar para que ella pueda hablar con su papá.

Pasados poco más de treinta minutos Susana le pasa tocando la puerta a su mamá. —*Ya voy a bajar mamá*— Susana entra al cuarto —. *Acuérdate de que tienen que hablar con papá*— Susana le guiña un ojo.

Al bajar a la piscina, Susana ve a Karlita caminando en la piscina de niños. —*Bueno ya la vi, ahí esa niña bien rara. Misión cumplida. Ahora... me voy a una silla*—. Susana va a un lugar de descanso para recostarse y observar desde ahí a Karlita. —*Ash... de verdad que como envidio su pelo*— Susana se recuesta.

De vuelta en el apartamento, Claudia está en la cama, aún no puede dejar de pensar por qué Enrique le estuvo ocultando lo del proyecto de España; ella siempre había creído que entre ellos hay confianza, pero ahora no está segura, piensa en cuántas cosas más él le esté ocultando.

—*Será que cuando me dice que me ama... ¿dice la verdad?*— inclina su rostro sobre sus manos. Ella quisiera poder dejar esa situación en el pasado, pero ella sabe que debe enfrentarlo y mejor si es lo antes posible. Claudia se dirige al cuarto donde está Enrique para platicar.

Entre tanto, en la piscina pequeña un grupo de niños están platicando para ver quién se atreve para ir a hablarle a Karlita. Susana se da cuenta de ello. Le da risa ver a los niños queriendo actuar como si fueran más grandes. Karlita nada en la piscina. Karlita se da cuenta de que la observan, pero no les hace caso. Al salir del agua un niño va detrás de ella, voltea a ver a sus amigos que le hacen señas para que le hable. Susana observa desde su lugar.

—*Hola, ¿Cómo te llamas?*— El niño se arregla su pelo y levanta un poco el mentón. Karlita continúa caminando como si no lo hubiera oído. Él se da la vuelta encogiendo los hombros y sacando el labio. Sus amigos le hacen señas para que vaya otra vez.

—*¡Hola...! ¿Cómo te llamas?*— le pregunta intentando hacer una voz más madura. Karlita se da la vuelta y lo observa a los ojos. Susana reconoce esa mirada, es la misma que vio el día que tuvo su pesadilla. Los recuerdos del sueño que tuvo comienza a repetirse, uno a uno dentro de su cabeza, recuerda ver aquellas luces de un camión que venía sobre ellos y cómo su papá parecía que estaba desconectado de la realidad.

Susana reacciona, cuando voltea a ver, mira a Karlita dirigiéndose a su banca. Susana busca al niño que le quería hablar, lo ve corriendo, va pasando frente a sus amigos sin decirles nada. Un hombre lo detiene y le pregunta qué le ocurrió porque lo ve muy pálido. El niño sólo le grita —*¡Karlita!*— mientras unas lágrimas comienzan a salir de sus ojos. El niño sigue corriendo y gritando —*¡Se llama Karlita!*— hasta encontrarse con sus papás. El pequeño cae desmayado.

Karlita se seca con su toalla, después se recuesta en la silla, se coloca su reproductor de música y cierra los ojos. Susana sacude su cabeza para esparcir sus pensamientos, está con los ojos abiertos por lo que acaba de ver —*¿Por qué había salido corriendo un niño de esa manera?*— se pregunta una y otra vez.

—*¿Usted viene con aquella niña?*— Un anciano se acerca a Susana señalando con su dedo a Karlita. Susana voltea a verlo, —*Sí, bueno no mucho... O sea pues, es algo así como si ella fuera mi hermana o pues va... mi hermanita*—. Susana se pregunta quién será ese hombre.

—*Ella se llama Karlita, ¿Cierto?*— Susana asienta con la cabeza —*Su familia la adoptó, ¿no es así?*— Susana se inclina hacia él —*¿Cómo lo sabe?*— le pregunta. El anciano solo le dice —*Lo siento mucho por su familia, nunca la hubieran adoptado*— el anciano se retira —. *Nunca la hubieran adoptado*— le repite hasta que se aleja por completo.

Susana se queda con el entrecejo fruncido, por lo que aquel hombre le acababa de decir. Al meditar por unos minutos, recuerda que lo había visto desde el momento en que llegaron al hotel, él los ha estado siguiendo.

Susana reconoce la mirada que Karlita le hizo al niño. Las palabras del hombre comenzaron a producir una tormenta en la mente de Susana, quien vuelve a escuchar que susurran su nombre —*Susana, Susana...*

Susana se tapa los oídos, pero continúa escuchando su nombre —*Susana... Susana*— cada vez más fuerte. Da un grito que todas las personas que están en la piscina la voltean a ver.

Una pareja la observa desde su banca y murmura preguntándose qué le pasará.

En el apartamento, Claudia y Enrique continúan con la discusión. Claudia le dice que se siente muy defraudada por él, por su deshonestidad en no decirle lo que estaba planificando. Le recrimina los dieciocho años de matrimonio diciéndole que deberían significar algo para él. Claudia alza la mano para impedir que Enrique se aproxime. Enrique trata de explicarle que no le dijo nada porque el viaje no era seguro.

Claudia se cruza de brazos tratando de escucharlo. Claudia se cubre los oídos y mueve la cabeza en señal de negación — *¡¿Cómo es posible que no me lo dijeras?!—* Claudia golpea el pecho de Enrique. Enrique la abraza tratando de calmarla. Claudia llora golpeando a Enrique en el pecho —*Eres un infiel Enrique.*

Enrique se pone de rodillas con las manos en señal de súplica, él le dice que ese ha sido su único error porque no le ha ocultado nada más. Claudia le dice que le tomará mucho tiempo para poder perdonarlo, pero que al mismo tiempo no quiere arruinar las vacaciones, en especial para Susana y Karlita.

Claudia guarda silencio, y sale de la habitación. Susana viene corriendo por el pasillo llamando a su mamá, la puerta del apartamento se abre de un golpe —*¡Mamá! ¡¿Dónde estás?!—*. Los ojos de Susana casi no pueden verse por lo mucho que ha llorado.

Claudia llama a Enrique para que salga a la sala. Susana no puede mantenerse quieta, su cuerpo se mueve sin control, trata de dar unos pasos pero le está costando. Claudia y Enrique se acercan a ella, le preguntan qué es lo que le sucedió, Susana trata de hablar, pero sus palabras se ahogan, quiere contarles sobre el encuentro con el anciano y de lo que le dijo sobre que no debieron haber adoptado a Karlita.

Enrique les dice que llamará al vestíbulo del hotel para que envíen un médico. Claudia lo ve y trata de alejar sus pensamientos, le dice que vaya y ella se quedará con Susana.

Enrique llega al ascensor y presiona el botón varias veces, hasta que este llega. Al llegar a la recepción del hotel les pide que llamen a un médico porque su hija está muy mal. En la recepción le dicen que no se preocupe porque hay un médico de guardia en el hotel.

A los pocos minutos llega el médico a la recepción, Enrique le dice que necesitan ir de prisa. Al llegar al cuarto ven a Susana quien aún no puede controlar su cuerpo, está sobre el regazo de Claudia quien le había preparado un agua de manzanilla para tratar de calmarla.

Al examinarla, el doctor les pide aprobación para poder darle un calmante, les recomienda que es lo mejor que pueden hacer por ella en ese momento. Enrique y Claudia cruzan miradas, Claudia se recuesta sobre el hombro de Enrique mientras él asienta con la cabeza.

El doctor le pide a Susana que trate de relajarse para que no le vaya a doler la inyección. Susana se pone como una tabla, da un grito al sentir la aguja entrando en la vena. Claudia corre con ella para abrazarla, le acaricia la cabeza diciéndole que todo estará bien.

A los pocos minutos Susana se queda dormida. Claudia le comenta al doctor que Susana le decía que había escuchado que alguien la llamó, que era una voz como de una niña, y que había estado hablando con una persona que le dijo unas cosas, pero que no le pudo entender bien.

El doctor se detiene un segundo para pensar. Dando un suspiro les dice que lo recomendable es que le realicen un chequeo médico, y si todo está bien, entonces es mejor que vayan con un psiquiatra para que la examine.

Claudia se tapa la boca con ambas manos, sus ojos se empañan al escuchar la palabra psiquiatra —*Mi hija. ¡No está loca, doctor!*— Enrique la abraza y le da las gracias al doctor. Antes de salir el doctor les dice que con la inyección ella dormirá durante toda la noche, que la dejen descansar y ellos podrían salir si así lo quisieran.

Enrique le dice a Claudia que deberían bajar a cenar, Susana estará dormida y tienen que buscar a Karlita. Claudia se muestra indispuesta a dejar sola a Susana, pero Enrique la convence, le recuerda que tienen que comer algo y además también tienen que pensar en Karlita.

Mientras Susana está dormida, se pierde en un mundo de sueños donde sus pesadillas se vuelven a hacer realidad.

—*Susana... Susana...*

CAPÍTULO 14

EL ACCIDENTE

Mientras esperan el ascensor, Claudia está de brazos cruzados viendo hacia el suelo, Enrique le da un abrazo. Al abrirse la puerta, sale un anciano, le dan el saludo de buenas noches. Claudia reposa su cabeza sobre el pecho de Enrique, quien la toma en sus brazos. Enrique y Claudia voltean a ver hacia afuera del ascensor, el anciano aún está ahí viéndolos —*Nunca la hubieran adoptado*— les dice. La puerta se cierra.

Sus miradas se cruzan y dan una fuerte carcajada. —*De qué estará hablando ese loco*— pregunta Enrique colocando la frente sobre Claudia. Ella cierra sus ojos y a su mente regresa el mensaje que leyó en el celular, empuja a Enrique y lo mira con frialdad; se da la vuelta para ver hacia la playa. Enrique trata de decirle algo, pero ella no le presta atención.

Al llegar al vestíbulo Claudia se da la vuelta y lo pasa empujando. Le pregunta al botones si ha visto a una niña de ocho años, se llama Karlita, él le dice que hay muchos niños en el hotel, le pide que le dé una descripción de cómo es ella. Claudia le dice que tiene el pelo negro y largo, es blanca y tiene ojos negros. El botones le dice que podría ser varias niñas que están en el hotel, pero le hace ver que vio a una pequeña en el restorán que está cenando sola. Claudia ve a Enrique y le dice

—*ella es*—. El botones les dice que es una niña muy bonita y lista. Claudia sonríe y le da las gracias.

Al llegar al restorán Karlita les hace señas para que la vean, hay un pequeño letrero de reservado en la mesa. —*¿Crees que ella llamó para apartar mesa?*— Enrique se da la vuelta para ver a Claudia. —*No me asombraría*— le dice levantando los hombros y una ceja.

Al aproximarse Claudia y Enrique, Karlita coloca un separador de páginas en el libro.

—*Hola, Karlita. Veo que apartaste mesa. ¿Qué estás leyendo?*— Enrique se acerca para tratar de ver mejor —*¿Es la Biblia?*— le pregunta con curiosidad.

—*No, ese libro solo le gusta al padre Gabriel. Siempre trató de obligarme a leerlo. A veces lo leía, pero nunca me gustó*— Karlita coloca el libro sobre la silla. Enrique voltea a ver a Claudia quien le hace una seña de «*qué te puedo decir*». —*Entonces, ¿cuál es?*— le pregunta Enrique tratando de ver el libro.

—*Es una novela que se llama «El libro negro», trata de un libro que cuando una persona lo lee y llega a una página en blanco, se muere*— Karlita recuesta su barbilla sobre sus manos y los ve a ambos con una sonrisa —. *En el avión vine leyendo una novela que se llama «El camino de Mónica»*— les comenta mientras recuesta su cabeza sobre su brazo —, *esa novela trataba sobre dos amigas, una de ellas esquizofrénica*— les cuenta.

Claudia voltea a ver a Enrique y le susurra que ella le había dicho que se deshiciera de ese libro negro porque nunca le gustó esa historia por ser demoniaca. Enrique mira para un lado para evitar otro regaño más.

Karlita inclina su cabeza hacia Claudia y le pregunta por Susana. Claudia traga saliva, le dice que Susana está muy cansada y que prefirió dormir. Mientras conversan el mesero le lleva la comida a Karlita. —*Aquí tienes nena. Veo que ya llegaron tus papás. Que niña tan inteligente tienen*— les dice el mesero antes de retirarse. —*Gracias, Eduardo*— le agradece Karlita con una sonrisa mientras frota sus manos y saca un poco la lengua.

Enrique le pregunta qué pidió para cenar. Karlita le responde que tienen un bufete, pero no alcanzaba a ver lo que había en cada plato, entonces uno de los meseros le ofreció llevarle lo que ella quisiera a la mesa. Karlita se coloca la servilleta como si fuese un babero, ordena los cubiertos y da un sorbo de agua.

Enrique y Claudia van a servirse. Karlita ve que Enrique le está hablando a Claudia, ellos se dan la mano. Después de servirse, regresan a la mesa. Los tres disfrutan de la comida charlando y riendo.

Al terminar su cena, Karlita se queda observando al piano que está en la esquina. Karlita les dice que siempre ha querido tocar en uno de esos pianos de cola, en el orfanato le gustaba tocar en el piano de la capilla, pero siempre le pedían que tocara en las misas y eso no le gusta. Enrique le pregunta si no le gusta el piano de la casa, Karlita le dice que le encanta, pero la sensación de un piano de cola es diferente.

Karlita levanta su mano para llamar a uno de los meseros.

—*Eduardo. ¿A qué hora viene el pianista?*— Karlita recuesta su mentón sobre sus manos.

—*No tardará en venir, nena. En una media hora tal vez*— . Karlita le da las gracias y Eduardo se retira.

Karlita voltea a ver a Claudia y Enrique, quienes están conversando. Karlita se dirige al piano. Camina a su alrededor sintiendo la madera con sus manos, lo ve con tranquilidad. Claudia se da cuenta y le hace señas a Enrique para que vea a Karlita.

Karlita con un poco de dificultad se sienta en la banca, abre despacio la tapa que recubre las teclas y comienza a tocar.

Poco a poco cada una de las personas deja su comida para voltear a ver quién está tocando. Varías personas se tapan la boca y murmuran entre ellas. —*Que bien toca esa nena*— murmura una señora.

Aquella melodía trae recuerdos de juventud a una pareja de abuelitos, quienes se ponen en pie para bailar aquella melodía. Una lágrima de alegría recorre el rostro de la señora, mientras se puede leer los labios de su esposo que le dice —*Te amo*— ella da una vuelta al ritmo de la música.

El sonido de la melodía se escucha hasta la parte de afuera del restorán, algunas personas entran solo para ver a Karlita tocar el piano. Una pareja de recién casados se levanta para bailar al compás de las notas del piano uniéndose a la pareja de abuelitos.

La música continua y otras parejas comenzaron a unirse para bailar. Una niña de tres años se mueve al ritmo de las notas que Karlita ejecuta. La mirada de Karlita está en cada conjunto de teclas de negro con blanco que presionadas en una forma majestuosa produce una melodía inigualable.

Karlita hace una pausa ligera, las notas van a un ritmo lento. Las parejas bailan despacio. Karlita da un respiro profundo y vuelve a tocar con velocidad. Las parejas de baile ríen, los recién casados se ven a los ojos diciéndose —*te amo*— cada vez que se acercan. Karlita hace un movimiento y de un toque termina la melodía.

Las parejas se detienen y aplauden a Karlita. La pareja de abuelitos se aproxima a Karlita para darle las gracias —*No has traído bellos recuerdos, nena*—. La señora le da un beso en la mejilla y Karlita le sonríe diciéndole que fue un gusto que haya disfrutado de la melodía. Karlita voltea a ver a Claudia y Enrique, les sonríe mostrando los dientes y les hace un saludo con la mano. Claudia tiene los ojos brillantes acompañados de una gran sonrisa.

La pareja pasa frente a la mesa donde está Enrique y Claudia, le dicen que tienen una niña muy talentosa, Enrique se pone en pie para darle las gracias.

El pianista había llegado cuando Karlita estaba a la mitad de su ejecución, es la primera vez que él ve a una niña tocar de esa manera. Uno de los meseros le había dicho en broma que si no se cuidaba ella le quitaría el trabajo.

El pianista se acerca a Karlita para felicitarla, le dice que si sabe improvisar para que puedan tocar alguna pieza para cuatro manos, Karlita le dice que sí. El pianista la invita a que juntos toquen una melodía. Karlita accede. Él le pregunta cuántos años tiene, Karlita le dice que ocho.

El pianista hace un llamado a la audiencia. Les dice que es la primera vez que conoce a una pianista tan virtuosa y que tan solo tenga ocho años. Luego los invita a escuchar una melodía que improvisarán.

Todas las personas del restorán se quedan observando. Muchos niños se sientan en el piso lo más cerca que pueden. Llevan otro asiento para el pianista. Karlita voltea a ver al pianista —*Mejor algo de foxtrot. ¿Katinka y Nunca Jamás?*—. El pianista sonríe —*Hecho*—. Los que están cerca se ven entre sí, y voltean a ver a Karlita tocando en compañía del pianista. Claudia y Enrique se voltean a ver diciéndose que no lo pueden creer.

La pareja de abuelitos se ven entre sí —*¿Recuerdas que esa fue la primera que bailamos juntos?*— le dice la señora. Él recuerda que esa melodía la bailaban los viernes y que fue cuando terminó la melodía que le pidió matrimonio.

El gerente del hotel llega para ver qué es lo que está pasando. Con las manos en la cintura y los ojos abiertos, se queda observando el ambiente, nunca había visto el restorán del hotel así, varías personas bailando pasando una experiencia agradable.

Al terminar la melodía todos aplauden con fuerza. El pianista se pone en pie y se inclina para saludar, señala a Karlita quien también se pone en pie encima de la silla para saludar. Karlita se despide del pianista y da un pequeño salto de la silla.

Karlita regresa a la mesa con Claudia y Enrique quienes la felicitan. El gerente del hotel se acerca a la mesa para felicitar a Karlita y les dice a Claudia y Enrique que el hotel invita la cena. Claudia mira a Karlita guiñándole el ojo y le sonríe. Enrique le da las gracias al gerente quien vuelve a felicitar a Karlita. Enrique le dice a Karlita que debería de hacer eso todos los días así comen gratis, Claudia le da un codazo a Enrique.

Mientras van caminando de regreso al apartamento, Enrique le dice a Karlita que le sorprende mucho su talento. —*Gracias, Enrique. Tengo muchos más y algunos te sorprenderían*— Karlita ve de reojo hacia un lado.

Enrique abre la puerta del apartamento, —*¿Cómo cual otro?*— le pregunta Enrique mientras la invita a pasar.

—*Bueno... pues*— Karlita pone su dedo sobre la barbilla —, *siempre logro lo que quiero*—. Karlita se da la vuelta para darle un abrazo y le dice que lo quiere mucho, con una sonrisa sale saltando de pie en pie dirigiéndose al baño.

—*¿Escuchaste lo que dijo?*— pregunta Enrique a Claudia. —*Sí, dijo que te quiere mucho*— le responde —. *Y la verdad no sé por qué. Porque cuando se dé cuenta de que ocultas cosas...*— Claudia mira inexpresiva a Enrique, luego le dice que ella se quedará con Susana esa noche y que él se quede con Karlita. Enrique suspira y le responde que no habrá problema.

Al salir Karlita del baño, Claudia le pide que se quede con Enrique ya que Susana está un poco enferma y quiere cuidarla durante la noche. Karlita se termina de peinar y le dice a Claudia que está bien. Karlita les da las buenas noches.

Una pequeña luz es la única que dejó encendida Claudia esa noche para poder estar al tanto de Susana. El medicamento le hizo efecto y Susana dormía sin interrupción.

Al ver el reloj Claudia se da cuenta de lo tarde que es y decide dormir. Deja la pequeña luz que alumbra —*Creo que fue buena idea haberla traído*— Claudia ve la pequeña lámpara —. *Después de todo Karlita nunca la quiso porque no le gusta el color rosado y la oscuridad no le da miedo. Hasta le gusta estar cuando todo está oscuro*— Claudia devuelve la mirada hacia Susana.

Muchos pensamientos transitan en la mente de Claudia. Ella se pregunta por qué estará sucediendo esto con su hija y si esto será algún castigo de Dios. Al ver el reloj siente que los minutos pasan uno por uno como si cada uno fuese una hora.

Claudia recuerda la primera ocasión en la que fueron al restaurante de don Chepe, donde ella le dijo a Enrique que sería papá. También recuerda cuando fueron para el cumpleaños de Susana para que tuviera la oportunidad de conocer a don Chepe, quien fue el primero en saber que ella nacería.

Al ver a su hija dormida, Claudia no puede más que esperar que pase la noche sin problema. Susana empieza a temblar. Claudia se pone en pie para arreglarle la sabana que la cubre, Susana murmura sin que se pueda entender lo que dice.

El celular de Claudia tiene una luz que está parpadeando, Claudia lo toma para leer el mensaje que le manda Enrique preguntando cómo va la noche de Susana. Claudia le cuenta que está sudando mucho y que por momentos comienza a hablar cosas sin sentido y cosas que no sabe lo que quieren decir —*Creo delira*— le escribe.

Le cuenta de sus preocupaciones por la salud de Susana, y de cómo le gustaría poder ingresar a su mente para ver qué es lo que está pasando. Por la mente de Claudia pasan las palabras que les dijo el doctor del hotel sobre consultar a un psiquiatra.

Enrique trata de calmar a Claudia escribiéndole que todo va estar bien y que están en esto juntos. Claudia le pregunta por Karlita, Enrique le dice que ella está dormida, y que pasó la última hora leyendo el famoso *«Libro Negro»* que había traído. También le cuenta que después fue a darse una ducha, y se puso otra pijama. Enrique le expresa que aún le llama la atención lo cuidadosa que es con ella misma.

Claudia le dice que ella ya se ha acostumbrado a que Karlita es así. Claudia dirige su mirada a Susana, la ve como si le estuviera costando respirar, Susana comienza a gritar —*Por favor, por favor... te lo suplico no me hagas daño, pues*—. Claudia se aproxima a ella. —*¡No me veas! ¡No me veas con esos ojos!*— una lágrima sale de los ojos de Susana.

Claudia ve al cielo y le ruega a Dios por su hija. Ella ve hacia todos lados y con fuerza arroja el teléfono al piso para salir corriendo hacia la otra habitación.

—*¡Enrique!, ¡Enrique!*— Claudia golpea con fuerza la puerta —*Sal, Susana está muy mal.*

Enrique abre la puerta, Claudia casi no puede hablar de lo agitada que está. Enrique le dice que llevará a Susana al hospital más cercano. Entra a la habitación y ve a su hija hablando cosas sin sentido y gritando que no quiere ver más esa mirada.

Enrique se tapa la boca y ve hacia todos lados. Toma a Susana en los brazos, ella está ardiendo en fiebre. Karlita se despierta y camina hasta la puerta de la habitación, va limpiándose los ojos. Observa todo lo que está ocurriendo. Claudia al verla, va con ella y la alza en sus brazos. Karlita le pregunta por qué está llorando, pero Claudia no sabe qué decirle. —*Tu hermana está enferma, Karlita. Se la llevarán al hospital*—. Karlita la abraza.

Enrique les dice que irán al vestíbulo para pedir por una ambulancia. Karlita voltea a ver a Susana y le pide a Claudia que la acerque a ella. Karlita le da un beso en la frente y acaricia el cabello de Susana. Enrique les dice que se tienen que ir. Karlita le dice adiós con su mano mientras mira a Enrique llevar en brazos a Susana.

Claudia baja a Karlita pidiéndole que espere en el cuarto para ir detrás de Enrique. Al bajar Enrique con Susana, pregunta por el hospital más cercano, le dicen que está a una hora de camino, y que es mejor que la lleve él y no pedir una ambulancia ya que se tardarían en llegar.

Enrique va corriendo hacia el parqueadero del hotel, Claudia lo ayuda a abrir la puerta del copiloto para que pueda recostar a Susana.

Susana se despierta, mira hacia todos lados como si no pudiera reconocerlos. Comienza a gritar y a decir que alejen a los ojos negros y que todos se deben cuidar porque el ángel de la muerte viene para entonarle la canción de la muerte y llevarse su alma.

Claudia se aleja un poco del carro con sus manos sobre la boca y empieza a llorar sin consuelo. Enrique le dice a Susana que se clame, que irán a dar un paseo para que los ojos negros y el ángel de la muerte no puedan seguirla, le da un beso en la frente. Susana le dice que se deben ir lejos de dónde están.

Enrique se despide de Claudia, y le pide que vaya a dormir un poco, que se haga cargo de Karlita mientras él lleva a Susana al hospital para que la puedan calmar. Claudia está de acuerdo, pero le pide que por favor se comunique con ella, que la mantenga al tanto porque si no estará muy preocupada, Enrique asienta con la cabeza y le da un beso.

Enrique sube al auto y se da cuenta de que el reloj está pulsando. —*¿Qué habrá pasado?*— piensa. Enrique necesita conocer la hora. Susana le pide a su papá que no vaya a poner la radio ni música, porque a los ojos negros del ángel de la muerte le encanta escuchar la música. Enrique apaga la radio.

Enrique toma la vía para llegar al hospital, pone las luces altas para ver mejor el camino. Enrique aprovecha para platicar con Susana y tratar de descubrir qué es lo que ella llama los ojos negros.

Un gato se atraviesa en la carretera, Enrique frena, el auto colea dejando pintado de negro el pavimento, pasan un túmulo haciendo que el auto por poco vaya a estrellarse frente a un poste eléctrico. Enrique trata de calmar su respiración, su corazón late con rapidez. Susana tiene las manos en la cara para no ver. Enrique trata de calmarse, sonríe y le dice en tono machista, sigamos.

—*Susana... Susana*— Susana siente que el tiempo se detiene y voltea a ver a todos lados.

«*Sueña, sueña... con un mundo irreal.*
Despierta, despierta... en el más allá.
Sueña, sueña... aquí nunca volverás.
Despierta, despierta... en la oscuridad.»

Susana ve a su papá quien está con la mirada fija hacia adelante, el tiempo pareciera que vuelve a correr —*¡Esos son!, ¡Ahí está!*— Susana señala hacia el frente, Enrique ve a Susana y luego voltea a ver al camino.

Una luz se aproxima a ellos…

CAPÍTULO 15

EL AVISO

Claudia se mueve de un lado a otro en la cama, al mirar al techo ve la imagen de Susana gritando que no le hagan daño. Claudia trata de respirar con normalidad. —*Si tan sólo Enrique me llamara, quizá estaría más tranquila*—. Claudia cierra los ojos.

—*Claudia... Claudia*— la pequeña voz retumba en su mente. Claudia cubre sus ojos con la mano, y voltea a ver a la par de ella, recuerda que Karlita está en la otra habitación —. *¿Cuándo dejaré de escuchar esa voz?*— se pregunta volviendo a cubrir sus ojos. Claudia se pregunta si quizás estará soñando, se quita las manos de los ojos, con su mirada al techo cuenta las veces que ha escuchado esa pequeña voz que poco a poco la va aterrando.

Claudia trata de dormir, pero continúa dando vueltas en la cama. Después de una hora, decide ir con Karlita. Con mucho cuidado abre la puerta de la habitación y se aproxima para recostarse, cuando mira la cama contigua se da cuenta de que está vacía. —*¿Dónde estará Karlita?*— se pregunta.

Claudia ve la luz del baño encendida y piensa que Karlita está dentro, se dispone a ir, pero se detiene al escuchar que la llaman por teléfono, Claudia piensa que es Enrique y va corriendo a contestar.

—*Aló, ¿señora González?*— una voz de mujer la saluda.

—*Sí, ella habla.*

—*¿Es usted pariente del señor Enrique y la señorita Susana?*

—*Sí, él es mi esposo y ella es mi hija. ¿Qué pasó? ¿De dónde me llama?*

—*Señora González. Le hablo del hospital Herrera. Lamento tener que ser yo quien haga esta llamada y tener que decirle...*— el corazón de Claudia comienza a latir más aprisa —*... su esposo, el Sr. Enrique González y la señorita Susana González, sufrieron un terrible accidente*—. Claudia deja caer el teléfono y cae al piso de rodillas, sus ojos ven hacia todos lados como si estuviese perdida, coloca sus manos sobre su boca y comienza a llorar.

—*¿Señora? ¿Sigue ahí?*— sin poder controlar su mano, Claudia recoge el teléfono.

—*Dígame que están bien los dos por favor, dígame que están bien por Dios*— Claudia no puede respirar bien.

—*Señora.... No quisiera ser yo quien se lo diga, pero... tengo que decirle que su esposo falleció en el accidente*—. El corazón de Claudia comienza a latir aún más, pareciera que una laguna de lágrimas se forma en el suelo. Con furia comienza a golpear el piso.

—*... ¿y Susana...?*— Claudia trata de calmarse preguntándole entre sollozos.

—*Ella está muy delicada señora, ahorita está en el intensivo y está en estado de coma*—. Claudia da gracias a Dios porque Susana esté viva, pero al mismo tiempo le comienza a recriminar el no haber resguardado la vida de Enrique.

Claudia cuelga y sale del apartamento, va a prisa a la recepción del hotel para pedir un taxi. La recepcionista al verla, le pregunta si todo está bien —*Mi familia tuvo un accidente*—. Claudia se tira al piso. La recepcionista se aproxima a ella, y levanta la mano llamando al conserje, le cuenta la situación y le pregunta cómo la podrían ayudar. El conserje se dirige a Claudia y le pregunta en qué hospital está su familia, ella les dice que es en el hospital Herrera.

El conserje le pide que lo acompañe y la lleva con uno de los pilotos de la furgoneta del hotel, Luis un hombre de más de sesenta y cinco años. El conserje le da las instrucciones a Luís de llevarla al hospital y esperarla todo el día si es necesario, Luís asienta con la cabeza y le pide a Claudia que espere mientras él va por la furgoneta.

Al llegar Luis, Claudia se va en los asientos de atrás, va con sus ojos rojos y con su rostro sobre las piernas; Luís le extiende un paquete de pañuelos desechables. Con un tono calmo, Luis le dice que tenga paciencia porque por la hora podrían encontrar un poco de tráfico y les podría tomar hasta una hora y media en llegar, pero Claudia apenas lo escucha. Mientras Luís va manejando ella se queda dormida.

—*Claudia…, Claudia… él ya no está…*

—*Señora González, señora González*— Luís toca el hombro de Claudia —*Ya llegamos señora.*

Claudia se despierta viendo para todos lados, tratando de creer que todo ha sido un sueño. Luís acaba de parquear la furgoneta cerca de la puerta de emergencias. Claudia baja sin voltear a ver a Luís, cuando va al mitad del parqueadero recuerda que ya no encontró a Karlita, se da la vuelta y regresa corriendo hacia Luís; le pide que avise en el hotel que olvidó a Karlita, le suplica que por favor no le digan nada de lo que pasó, solo que le lleven lo que pida por si quiere comer algo y que la vigilen pero sin decirle nada. Luís le dice que no se preocupe que así lo hará, y que vaya tranquila porque él la esperara.

Claudia entra corriendo al hospital. Al llegar a la recepción pregunta por Enrique y Susana, la enfermera Doris llega a recibirla. Le dice que antes de que pueda ver a su esposo, y por principios del hospital, primero tiene que hablar con la psicóloga. Claudia le dice que no tiene tiempo para eso, pero Doris conoce estas situaciones y le dice que será de ayuda tanto para ella como para su hija. Claudia entre llantos accede. Doris llama a la psicóloga de turno del hospital, quien le pide le escriba para decirle cuál es el caso y así poder ayudar de mejor forma. Doris le envía un correo explicándole la situación.

La licenciada Paola llega a los pocos minutos, se presenta como la psicología del hospital y toma de la mano a Claudia para llevarla a un lugar apartado para poder conversar con ella.

La licenciada Paola le indica la importancia que pueda hablar dada la situación crítica por la que está atravesando. Claudia con su cabeza entre las piernas le dice que ella no puede perdonarse el hecho que recién habían peleado, y de cómo le dijo a Enrique que desconfiaba de él, —*El tan solo buscaba darnos un mejor futuro*— le dice entre sollozos.

Una hora después de estar conversando, la licenciada Paola le pide a Claudia que espere mientras va a buscar al doctor que está a cargo de Susana para que le explique su estado, y después necesitan que reconozca el cuerpo de Enrique.

Claudia se da la vuelta para llorar. La licenciada Paola le pregunta si hay algo que quiera hacer antes de hablar con el doctor, Claudia le pide realizar una llamada a sus papás, la licenciada Paola le pide que la acompañe para que pueda realizar su llamada.

Claudia llama a sus papás, don Jorge y doña Leonor no pueden entenderle bien, le piden que trate de calmarse para comprenderla. Claudia les comenta del accidente y del fallecimiento de Enrique. Doña Leonor, va al sillón y se quita las gafas; de un salto vuelve a ponerse en pie y le pide a su esposo que le pregunte por su nieta. Don Jorge ve a doña Leonor y solo mueve su cabeza. Doña Leonor vuelve a sentarse, toma en sus manos la pequeña cruz que tiene como cadena y empieza a rezar.

Don Jorge le dice a Claudia que colgando comprará un boleto de avión para llegar con ellas lo antes posible, también llamará al abogado de la familia para que lo asesore en qué hacer en esta situación. Don Jorge le pide que averigüe en cuánto tiempo estará bien Susana para que pueda retornar a casa.

Doña Leonor, se levanta y le pide que pregunte por Karlita. Claudia les dice que por un descuido la olvidó en el hotel, pero que ya mandó a avisar que la cuiden. Doña Leonor le pide que no le cuente nada todavía, es muy pequeña para estas cosas y apenas se está afianzando con la familia.

Mientras conversan, el doctor Pozuelos llega con Claudia. Ella le dice a su papá que los llamará luego y sin dejar que el doctor se presente ella le pregunta por el estado de Susana. Él le dice que su estado es delicado y que por el momento está en cuidado intensivo, —*Poco a poco se ha ido estabilizando, pero no puedo darle falsas esperanzas, señora*— le indica el doctor.

El doctor le cuenta que cuando llegaron los paramédicos al lugar del accidente, todavía pudieron ver consiente a Susana. Le comenta que a ellos les llamó la atención de que en su delirio repitió varias veces el nombre Karlita. Claudia se queda inmóvil con los ojos abiertos, el doctor Pozuelos le pregunta si ella sabe a quién se refería Susana. Claudia sacude su cabeza y traga saliva, le dice que se trata de su hija menor.

El doctor guarda silencio, luego le dice que espere unos minutos y podrá entrar a ver a su hija.

Al retirarse el doctor Pozuelos unas personas se acercan a Claudia. Son parte del grupo de investigadores que están a cargo del caso.

—*¿Señora González?*— le preguntan mientras se quitan las gorras.

—*Sí, soy yo*— los mira con desconfianza.

—*Sabemos que es una situación difícil, pero necesitamos hacerle unas preguntas. No serán muchas, y ayudarán a agilizar los trámites de su esposo*— le indica la oficial de policía.

Los oficiales le realizan varias preguntas desde el motivo de su viaje, por qué iban de madrugada su esposo e hija, y al igual que el doctor Pozuelos, le preguntan por Karlita ya que Susana no paraba de mencionarla. Claudia les explica que es su hija menor a quien adoptaron hace pocos meses y que ellas dos no se llevan muy bien.

Los oficiales le preguntan dónde está Karlita. Claudia les dice que la dejó en el hotel por descuido. Uno de los oficiales le muestra una diadema que habían encontrado en el lugar del accidente. Claudia la reconoce, es de Karlita.

Claudia toma la diadema y se pregunta cómo llegó al auto. Piensa en que Karlita es muy cuidadosa. La oficial le extiende un pañuelo. Claudia no sabe si preguntar, pero al final decide preguntarles cómo ocurrió el accidente.

Los oficiales se ven entre sí, la oficial le explica que fue un cabezal que los impactó de frente. Todo parecía indicar que al principio algo los hizo detener sin razón y que eso provocó que patinara el auto quedando en el carril contrario. Claudia quiebra la diadema, dentro de ella le reclama a Dios por haberse llevado al hombre que ella amaba y por tener a su hija al borde de la muerte.

Uno de los oficiales recibe un llamado a su radio, le avisan que Claudia puede bajar a reconocer el cuerpo de su esposo. Al escuchar aquellas palabras las piernas se le vuelven como si fueran unos palillos finos que se resquebrajan con facilidad haciéndola caer al suelo, no quiere bajar, no después de haber estado casada por más de dieciocho años con el hombre que había sido el padre de su hija y el amor de toda su vida; los oficiales se ponen encuclillas para tratar de consolar a Claudia.

La licenciada Paola se acerca a ella para tomarla de la mano, le dice que bajará con ella para hacerle compañía ya que su familia no está a su lado. Claudia baja de la mano de la licenciada al lugar donde tienen a Enrique.

Al bajar, Claudia puede ver una camilla de metal en medio de la sala. Varios instrumentos al rededor y rastros de sangre. Una sábana cubre el cuerpo de Enrique. El forense yace junto a la camilla. Al ver entrar a Claudia con la licenciada Paola, el forense se aproxima a ellas y les dice que pueden tomarse el tiempo que consideren necesario.

Claudia se aproxima a la camilla. Sus manos tiemblan al intentar descubrir el cuerpo de su esposo. El forense se aproxima, le dice que podrá ser impactante, Claudia asienta con su cabeza. El forense retira la sábana de la cara de Enrique. Claudia se tapa la boca y cae al piso.

—¡*Te fuiste mi amor!*— Claudia se levanta —¡*Más de dieciocho años juntos!*— la licenciada Paola se aproxima para colocar la mano sobre el hombro de Claudia —¿*Qué voy a hacer sin ti, mi amor? Susana te necesita, eres como su mejor amigo, ella solo le gusta pasar tiempo contigo. Karlita necesita un papá, tú eras su papá, mi amor.*

Claudia se arrodilla frente al cuerpo de Enrique, con sus manos en señal de oración, ella clama porque ocurra un milagro; por momentos coloca su oído en el pecho de Enrique tratando de escuchar su corazón latir. Las imágenes de los momentos en que Enrique le pidió que fueran novios y cuando le propuso matrimonio se transmiten como si fueran películas en su mente. Claudia toma la sabana con fuerza reclamando por qué se fue su esposo.

Claudia continúa de rodillas hasta que pide la lleven a ver a su hija, se seca los ojos y le da un beso en la frente a Enrique, le pide que las cuide desde el cielo. La licenciada Paola ayuda a Claudia a salir de la morgue y llevarla a la sala de espera para que pueda ver a Susana.

Mientras espera en la sala, el doctor Pozuelos se acerca a Claudia para contarle que recibieron la llamada de don Jorge para hacer de su conocimiento que él se hará cargo de los gastos y tramites del traslado del cuerpo de Enrique; también le dice que con Susana deberán esperar un poco más hasta que esté en un estado para poder ser trasladada.

Claudia mira al cielo y choca su mano sobre su frente al recordarse de Karlita, le dice a la licenciada Paola que sólo necesita saber que Karlita está bien y que irá a preguntarle a Luis si logró comunicarse al hotel. Al salir al parqueo ve al Luís recostado sobre el carro, Claudia va corriendo para preguntarle si ha sabido algo de Karlita, él le dice que sí, la vieron en el restaurante desayunando y después la vieron en la piscina. Claudia da un respiro al saber que Karlita está bien. Luís le dice que Karlita no sabe nada de lo sucedido.

Claudia le da las gracias por la paciencia que está teniendo, le pide que espere un par de horas más; él le dice que no se preocupe que la esperará todo el tiempo que sea necesario. Al regresar Claudia a la recepción, la licenciada Paola le dice que ya puede pasar a ver a Susana a la sala de cuidados intensivos. La enfermera a cargo le advierte a Claudia que no será fácil lo que va a ver, le pide que esté calmada antes de entrar.

Al entrar a la sala de cuidados intensivos, Claudia se da la vuelta al ver el cuerpo de Susana lleno de cables y aparatos, mira al cielo y con un respiro se vuelve a Susana para aproximarse a ella. Le susurra al oído que todo estará bien y que su mamá está allí con ella. Por dentro, Claudia le ora a Dios y a la Virgen por un milagro, les pide que no se lleven a su hija de la misma manera que lo hizo con Enrique.

—*Claudia... Claudia... ji, ji, ji*— Claudia se pone derecha y mueve los ojos de lado a lado.

—*No otra vez no, déjame en paz*— murmura.

—*Claaaudia, Claudia*— Claudia se tapa los oídos y mueve la cabeza de un lado a otro.

Claudia ve hacia cada rincón del cuarto, como si estuviese buscando de donde proviene esa pequeña vocecita que se repite en su mente. Claudia pregunta —*¿Quién eres?*— pero no hay respuesta —*Dios mío, ¡me estoy volviendo loca!*— Claudia se aproxima a la puerta y sale corriendo.

La licenciada Paola al ver la reacción de Claudia, llama al doctor Pozuelos para comentarle lo que acaba de ocurrir. El doctor Pozuelos le dice que le llevará un calmante, y le pide que le diga a Claudia que es mejor que vaya a su hotel.

Claudia está en una de las sillas del área de espera, su mirada al piso, y con las lágrimas cayendo. La licenciada Paola llega con el calmante que le dio el doctor Pozuelos. Le explica que es importante que tome el calmante, la ayudará a relajarse y a pensar con tranquilidad. La licenciada Paola le dice que es lo mejor que puede hacer en este momento por su hija Susana. Claudia acepta el calmante.

La licenciada Paola la convence de ir al hotel, ya que por ahora no hay nada que ella pueda arreglar. Le comenta que su papá ya se está haciendo cargo de los trámites y que además tiene que ir a ver su hija pequeña. —*Karlita*— le dice Claudia. —*Sí, tiene que estar al cuidado de Karlita*— le acentúa la licenciada Paola.

La licenciada Paola le dice que vaya con tranquilidad que le estarán informando de cualquier avance con Susana, la estarán llamando a su hotel.

La licenciada Paola acompaña a Claudia con Luís, el medicamento le está empezando a hacer efecto. La licenciada Paola le pide a Luís que la lleve directo al hotel, le entrega su número de teléfono por si algo ocurriera en el camino. Luís le asiente con su cabeza y le dice que ya ha visto casos similares en sus más de cuarenta años en el hotel. Luis ayuda a Claudia a subir a la furgoneta, quien al sentarse agacha la cabeza, en medio de sus lágrimas, poco a poco, se queda dormida.

En sus sueños comienza a ver a Susana que la llama y le pide ayuda, ella trata de alcanzarla pero no puede —*¡No te vayas, hija!*— le grita. Susana le dice que tenga cuidado de Karlita. Claudia le pregunta por qué debe cuidarse de ella, pero una nube oscura oculta a Susana.

—*Claudia... Claudia... ji, ji, ji*—. Claudia grita buscando a Susana, pero la oscuridad domina el lugar sin dejar ver ni siquiera sus propias manos.

Después de una hora, llegan al hotel. Luís ve por el espejo retrovisor y ve a Claudia hablando dormida, con mucho cuidado él la despierta.

—*Señora Claudia, ya llegamos*— le dice Luís tocándole con suavidad el hombro hasta despertarla

—*Tuve un sueño...*— Claudia apenas puede abrir los ojos.

—*Necesita ir a descansar*— le dice con su voz calma.

Claudia le da las gracias por el tiempo que se tomó y por haberla esperado, ahora solo quiere ir a reposar un poco, llamar a sus papás y buscar a Karlita. Claudia sale de la furgoneta. Al entrar al hotel, la recepcionista le hace señas a los botones, quienes la ayudan a subir a su apartamento. Al llegar, cierra la puerta y se dirige a su habitación; va a la cama y se recuesta boca abajo llorando.

Los recuerdos de su boda, la visita a aquel lugar donde llevaron a Susana a conocer a don Chepe, el primer beso con Enrique, el día del nacimiento de Susana, el primer diente, las travesuras, la primera vez que fue al baño sola, su primer novio, la primera vez que con Enrique se escaparon solos; son muchos los recuerdos que vienen a la mente de Claudia.

—*¿Por qué estás llorando?*— pregunta Karlita quien está parada frente a la cama. Claudia se sienta y trata de secarse los ojos.

—*¿Algo le sucedió a Enrique y Susana?*— le pregunta Karlita inclinando su cabeza hacia la derecha. Claudia no sabe cómo explicarle a Karlita lo sucedido. Claudia comienza a llorar.

—*En el hotel dicen que tuvieron un accidente y que Enrique ya se fue con Dios*— le dice Karlita inclinando su cabeza hacia el lado izquierdo y viendo para arriba; baja su mirada para cruzarla con la de Claudia —*, pero no creo que esté con Dios*— le agrega con seriedad. Claudia abre los ojos, le pregunta por qué dice eso. —*Porque Dios no existe*— Karlita da una leve sonrisa —. *Al menos yo nunca lo he visto. ¿Tú sí?*— Karlita le aproxima un pañuelo.

Karlita se da la vuelta para retirarse, pero se detiene en la puerta —*Sólo esperemos que Susana salga de esto*— Karlita suspira mientras va cerrando la puerta —*no te preocupes Claudia, muy pronto dejarás de sentir tristeza. Yo estaré contigo y me ocuparé de ti*— le dice mientras la puerta está aún abierta, con suavidad Karlita la cierra.

Aquellas palabras de Karlita resuenan en lo profundo del corazón de Claudia, ahora no sólo sentía la tristeza por la pérdida de Enrique y el estado de Susana; ahora se siente incapacitada para atender a Karlita, pero lo último que le dijo la tiene inquieta.

—*Karlita... ¿No cree en Dios?*

CAPÍTULO 16

EL MUELLE

Muy temprano Claudia se despierta y se da cuenta de que durmió más de lo que acostumbra. Al voltear a ver a la otra cama ve que Karlita no está. Se levanta y mira que el teléfono tiene una luz que está pulsando. Tiene un mensaje de voz.

Mientras está escuchando el mensaje, comienza a llorar, es su papá quien le dice que logró conseguir un boleto de avión para llegar con ella y poderla ayudar en esta situación, le dice que llegará mañana a las diez de la noche. Don Jorge le comenta que su mamá quería ir, pero ya no había espacio. Después ve un mensaje de texto que le dejó: *«Hubiera querido que habláramos pero imagino que estás dormida. Te veo mañana, hija».* Con su mirada al cielo, agradece a Dios porque pronto llegará su papá.

Claudia comienza a llorar sentada sobre la cama, su ropa es la misma de ayer, no existe un deseo de arreglarse. —¿De qué vale la vida sin Enrique?— llora mientras abraza una almohada —¿Por qué? ¿Por qué? ¿Por qué a mí, Dios? ¿Por qué tenía que pasarnos esto a nosotros? ¿Acaso no somos una buena familia? ¿Acaso no queremos a nuestras hijas?—. Claudia eleva la mirada al cielo esperando una respuesta —¡¿Por qué a mí, maldita sea?!— recuesta su cabeza en la almohada, susurra que lo único que quiere es despertar y darse cuenta de que todo ha sido un vil sueño. Al ver en la parte de abajo de su playera, ve una mancha roja. Ella comienza a llorar.

El sonido del timbre hace que Claudia se reincorpore y se seque los ojos. Claudia no quiere ver a nadie, pero piensa en que quizá sea Karlita que quiera entrar y no se haya llevado la tarjeta de la puerta.

—*¿Qui... qui... quién es?*

—*Servicio a la habitación.*

—*Yo no he ordenado nada.*

—*Su hija, Karlita, nos pidió que le trajéramos algo de comer a esta hora.*

Claudia abre la puerta, el botones entra con un carrito con el desayuno. —*Su hija, Karlita, nos encargó que le trajéramos algo para comer. Está muy preocupada por usted*— le responde mientras se despide y le deja el plato de comida en medio de la sala.

Claudia ve el carrito con la comida y lo empuja cerca del sillón, sin deseo destapa el plato, el cual deja entrever un poco de fruta con yogur y granola. A la par hay una nota escrita a mano: «*Debes comer algo, Claudia. Te quiero mucho. Atte. Karlita*»

Claudia pone la nota sobre el carrito, ella sabe que tiene que comer. Cada bocado está acompañado de una lágrima, ella casi no aguanta las ganas de seguir llorando y se deja desahogar. Toma el pañuelo que está sobre el carrito y se seca los ojos.

Claudia mueve su cabeza negando lo que está viviendo. —*No lo puedo creer... ¡maldita sea! Íbamos a estar juntos por dos semanas. ¿Y esto pasa?... apenas era el segundo día*—. Tira la cuchara hacia la pared, mientras se queda observando hacia la ventana. Se levanta y va a al teléfono para llamar al hospital.

El doctor Pozuelos le informa que es muy pronto para que le pueda dar alguna noticia, es mejor esperar un par de días para ver cómo evoluciona Susana, —*Si gusta ya sabe que puede venir a hablar con la licenciada Paola*— le recuerda el doctor Pozuelos.

Claudia le da las gracias y le dice que tratará de llegar más tarde, el doctor Pozuelos le recomienda que mejor llegue hasta mañana para dar tiempo a que Susana se restablezca, para dejarla tranquila, el doctor Pozuelos le dice que puede llamar las veces que quiera al hospital para preguntar sobre su hija.

Claudia le da las gracias. Al no mas colgar, recibe una llamada, es la secretaria del hospital para informarle que el departamento de seguros necesita conversar con ella. Claudia guarda silencio, la secretaria le pregunta si aún sigue en el teléfono. Con voz entrecortada le dice que acepta la llamada, ella piensa que le darán una mala noticia sobre Susana.

La señorita del área de seguros le comenta que tiene que realizar un pago de los gastos hospitalarios, Claudia le dice que Enrique tiene un seguro universal para la familia y que antes de venir él pagó un seguro de viaje. La señorita le dice que necesita le envíe esa información para evitar que le hagan cargos a ella o que se pueda volver en algún inconveniente al momento de retirar a su fallecido. Claudia le dice que buscará el seguro para tomarle una fotografía y se la enviará a su correo. La señorita del hospital le pide que sea hoy. Claudia anota la dirección de correo y le dice que lo tendrá en pocos minutos.

Claudia va a la habitación de Enrique y Susana; da una ligera sonrisa al ver el desorden que dejaron en el armario. —*Mi Enrique y mi Susana, siempre tan desordenados*—. La imagen de Enrique y Susana aparece en su mente, recuerda como los dos salían corriendo cuando había que recoger la mesa o como cuando les decía que era día de limpiar la casa, los dos salían a escondidas y se iban al centro comercial a ver una película para dar tiempo a que ella terminara con la limpieza. Claudia busca en cada una de las gavetas, al abrir una gaveta, pasa su brazo por su nariz. Claudia se queda mirando una de las camisas de Enrique, la toma y la acaricia con el rostro. Al colocar la camisa en la gaveta, ve el cartapacio azul, donde Enrique guardó los documentos del viaje.

Al abrir el cartapacio, Claudia ve los pasaportes de todos, los boletos de regreso y los documentos del seguro. Claudia se limpia la nariz y coloca los papeles en la mesa para tomarles una foto con su celular, pero cada vez que veía la foto estas salían movidas. Repitió varias veces la foto hasta que logra unas fotos claras y las envía al hospital.

Claudia decide tomar una ducha para quitarse un poco la sangre que tiene en el rostro. Mientras se ducha, Karlita entra al apartamento, va al espejo para hacerse una cola de caballo, busca su libro y su reproductor de música; al ver a la mesa se da cuenta de que está el celular de Claudia, se acerca para ver, y ve el mensaje que le había enviado don Jorge. Karlita vuelve a colocar el celular sobre la mesa y se retira.

Claudia sale de la ducha, después de vestirse se recuesta en la cama y se queda dormida.

Pasando quince minutos del mediodía, Karlita va al restorán donde tocó el piano la noche anterior. Muchas personas la reconocen y la saludan cuando pasan a la par de ella; Karlita les sonríe y les da la mano a quienes llegan a saludarla. Los huéspedes no saben lo que les ocurrió a Enrique y Susana, pero los meseros sí lo saben y le dan un trato especial,

Karlita coloca su libro sobre la mesa y le pide el plato del día al mesero. —*Con gusto, Karlita*— le responde. Casi todos los que trabajan en el hotel la han llegado a conocer, muchos se aproximan para conocer a la pequeña virtuosa del piano quien había alegrado la vida a una pareja de abuelitos y que hizo que muchas personas disfrutaran de una bella experiencia musical.

El anciano, con quien había tenido el encuentro Susana, está en una de las mesas contiguas observando a Karlita mientras ella está enfocada en su libro. Karlita no está atendiendo a lo que ocurre a su alrededor.

El niño que le intentó hablar el día que llegaron al hotel, viene entrando con sus papás, al ver a Karlita sentada en una de las mesas les pide que por favor se vayan a otro lugar para comer. El niño comienza a saltar y gritar diciéndoles que no quiere entrar. Las personas que están comiendo voltean a ver. Su papá le pide que se comporte, pero el niño sale corriendo y se detiene a varios metros con los brazos cruzados. Está llorando y gritando que quiere comer en otro lugar. La mamá le dice a su esposo que mejor vayan a otro restorán.

Cuando Karlita termina su comida, los meseros le retiran los platos, ella se queda con un poco de limonada y continúa con su lectura. Karlita llega al final de un capítulo, al cerrar el libro da un ligero suspiro y mira reloj, se da cuenta de que han pasado tres horas desde que inició su lectura. Karlita levanta la mano pidiendo la cuenta y le da las gracias al mesero que la atendió.

—*¿Qué harás ahora Karlita?*— le pregunta el mesero.

—*Quiero ir al muelle*— le responde mientras toma su reproductor de música.

—*Ve con cuidado*— le dice el mesero —*¡Qué linda niña!*— murmura.

El anciano aún se encuentra sentado en una de las mesas del restorán, al ver que Karlita se retira pide su cuenta para cargarla a la habitación, se despide y trata de seguir a Karlita sin que ella se dé cuenta.

Mientras tanto, Claudia se despierta y se da cuenta de que ya son las cuatro de la tarde. Con dificultad se levanta, y por poco se cae. Al ir a la sala ve que ya se habían llevado el carrito del desayuno y lo habían cambiado por uno donde hay un emparedado. También hay una nota de Karlita: *«Recuerda que debes comer. Atte. Karlita»*.

Al tomar el celular para ver si tiene alguna llamada perdida, ve que tiene un nuevo correo, es de la oficina de administración del hospital indicándole que todo está bien con los documentos del seguro; pero que necesitan tener presente una cláusula sobre pacientes en coma, no cubre por mucho tiempo, le indicaron.

Claudia inclina la cabeza y luego ve al cielo —*Espero que mi papá sepa que hacer, porque yo no*—. Avienta el teléfono hacia la mesa, —*¿Dónde estará Karlita?*— se pregunta y va al teléfono de la sala para llamar a la recepción. Le indican que la vieron comiendo en el restorán y que después la vieron que iba para el muelle.

Claudia le agradece, recuerda cuando Karlita les mencionó que le gustaría ir a ver una puesta de sol al muelle, aunque considera que aún es muy temprano para ello.

Una fuerte sensación de soledad se apropia de Claudia al ver aquel apartamento vacío, la ropa de Enrique y de Susana tirada por todos lados. Claudia se levanta y comienza a caminar dentro del apartamento, deambula como si estuviera aprisionada.

En la mesa de la sala está el reproductor de música de Susana, Claudia lo toma y se coloca los audífonos. Llora al escuchar la música de Susana. El teléfono suena, al responder es su papá, le dice que acaba de llegar al aeropuerto y que su vuelo sale a las ocho de la noche —*Ten paciencia hija, ya voy contigo*—. Ella siente esas palabras como un ungüento fresco a su corazón —*Gracias papá... de verdad te lo agradezco*— le dice y ambos cuelgan.

Con el reproductor de música en las manos Claudia lo toma para seguir escuchando algunas de las canciones que Susana tiene grabadas, una risa acompaña acompañada de lágrimas salen de ella al escuchar el tipo de música que le gusta a Susana.

Mientras tanto, Karlita baja por el ascensor con su libro bajo el brazo y su reproductor de música en el bolsillo de su pantaloneta; va con unas sandalias que Claudia le compró el día que fueron al centro comercial. Al salir del ascensor los botones la saludan —*Hola, Karlita. Ve con cuidado*— le dicen. Otros le agregan —*Queremos volver a escucharte tocar el piano.*

Karlita va hacia el muelle que está enfrente del hotel. Camina por la ruta de madera, pasa a la par de una pareja de enamorados que se besan. Karlita no les presta atención, camina viendo hacia el cielo y a las aves que revolotean. Va cantando y dando pequeños saltos, uno aquí y otro allá, al llegar al final del camino, coloca su libro sobre una columna, le da un saludo al horizonte de la forma en la que lo aprendió cuando leyó un libro sobre los Samurái. Karlita comienza a dar vueltas ríe y eleva las manos; se detiene y da una respiración profunda al ver al horizonte.

Karlita se quita sus sandalias y se sienta en la orilla del muelle, con las manos reposadas hacia atrás, se inclina un poco para sentir el viento sobre su rostro, sus pies cuelgan moviendo al compás de la música que tararea. Despide al sol que en pocas horas estará por ocultarse, y le da la bienvenida a la luna que atrae la oscuridad.

Karlita cierra los ojos, como si fuera a meditar. Un viento pasa por su cabello. Sentada, con sus ojos cerrados, Karlita canta:

Bello atardecer, que estás frente a mí.
Tú le abres paso a la noche, y a la luna das la
bienvenida.
Las estrellas alumbran a quien te canta en esta
noche.
Luna bella lléname de ti.
Luna que me viste nacer,
Luna que me diste fuerza,
Dame hoy tu luz,
Para alumbrar en medio de la oscuridad.
Despidamos al sol.
Vamos al mundo de los sueños donde está lo irreal.
Alumbra con tu belleza hoy mi corazón.

La pareja de enamorados voltea a ver a Karlita mientras ella está cantando. La novia la reconoce y le dice a su novio que es la pequeña que tocó el piano en el restorán del hotel, ella ve a su novio a los ojos —*Oyes que preciosa voz la que tiene mi amor, ¿Te imaginas si tuviéramos una hija así?*— El novio voltea a ver hacia otro lado. Ella le insiste, él solo da un profundo respiro —*¿Vamos por un helado?*— le pregunta. Ella lo golpea en el pecho, pero luego vuelve a abrazarlo.

Karlita sube los pies y se sienta cruzando las piernas en flor de loto. Con sus ojos cerrados comienza a respirar. Karlita coloca sus manos sobre sus rodillas con las palmas hacia arriba. Se queda quieta, solo respira.

—*¿Qué está haciendo?*— le pregunta la novia.

—*Creo que está meditando.*

—*Mejor dejémosla amor y vamos a otro lado.*

—*Bien. Vamos.*

La pareja de novios se retira, la novia todavía voltea a ver a Karlita y le dice a su novio que le gustaría mucho tener algún día una niña tan linda como ella. Él la observa de reojo —*Que envidia me da su pelo*— le dice la novia. El novio comienza a silbar y ella lo golpea en el hombro. Él la toma por la cintura y la besa; después le dice que vayan por el helado.

Karlita saca su reproductor de música. Sentada en flor de loto y con sus ojos cerrados, Karlita comienza a mover sus manos como si estuviera tocando el piano, solo su sonrisa se escucha en aquel muelle. El aire vuelve a soplar entre sus cabellos. Karlita se inclina como si estuviera dando las gracias.

Después de unos minutos, Karlita baja el volumen y toma su libro para continuar su lectura. El tiempo pasa como el viento, rápido y sutil. Poco a poco el sol va bajando como si fuese a chocar con la línea del fondo. Karlita deja su libro por un lado para observar el atardecer. Karlita se pone en pie, ve hacia el horizonte, saca de su bolsillo un pequeño pañuelo, con este despide al sol y vuelve a hacer una reverencia como la que dio al llegar; con un suspiro se despide diciendo adiós con su mano hacia el horizonte.

Karlita guarda su reproductor de música en su bolsillo, se ajusta bien sus sandalias y va de regreso para el hotel. Karlita camina tarareando la melodía que entonó a la orilla del muelle, pasa en frente de un señor que mira hacia el mar, es el anciano; Karlita da unos pasos cuando decide detenerse, el anciano ve de reojo que Karlita quien está parada a pocos metros de él, pero pretende que no la ha visto.

—*No vuelva a seguirme, don Rodrigo*— le dice Karlita sin voltear a verlo. Don Rodrigo se seca las manos, pasa frente a Karlita y cruza la mirada con ella. Karlita no ríe, solo lo mira. Don Rodrigo camina como si le hubiesen puesto varias libras de peso encima, se siente desorientado, pero sigue su camino hacia el hotel.

Karlita ve a don Rodrigo retirarse, saca de su bolsillo su reproductor de música para buscar una canción. Karlita cierra los ojos para dar un respiro muy hondo, sube y baja los hombros.

Karlita continúa su camino.

CAPÍTULO 17

EL PAPELEO

A cada momento ve Claudia las fotos que tiene de Susana en su celular, pasa una por una, se detiene al ver aquellas donde aparecen las dos. Claudia siente que cada vez que ve el reloj la aguja del minutero no se ha movido.

—*Una mente turbulenta por experiencias que apuñalan el corazón hacen que la vida de una persona cambie en un segundo*— lee en uno de los mensajes que uno de sus amigos compartió en las redes sociales. Claudia se abraza para recordar el último abrazo que le dio Enrique. —*¡¿Por qué tuvimos que pelear?!*— solloza mirando al cielo, esperando una respuesta, en su imaginación mira a Enrique que la ve desde el cielo sonriéndole y diciéndole que él está bien y que Susana se recuperará pronto.

Claudia cae de rodillas con la mano en el pecho sus lágrimas caen como si fuera lluvia en la alfombra —*¿Por qué mi amor? ¿Por qué me dejaste?*— golpea el suelo con tal fuerza que no se da cuenta del dolor que le produce. Claudia escucha que alguien está abriendo la puerta, se levanta y va al baño para secarse el rostro. No quiere que Karlita la vea así.

Karlita viene con su cabello mojado, después del muelle había ido un rato a la piscina. Al entrar al cuarto, Karlita ve a

Claudia con los ojos rojos, se aproxima y la abraza. Karlita le dice que subió para bañarse antes de ir a cenar. Karlita le pregunta si ella quisiera bajar con ella. Claudia la mira intentando no llorar, le dice que no se siente muy bien. Karlita la mira y le da otro abrazo diciéndole lo mucho que la quiere.

Karlita le dice que debería comer, aunque sea un poquito. Karlita se dirige al teléfono y llama al restorán para pedir algo para comer, le toman la orden y le dicen que les llegará la comida en cuarenta y cinco minutos. Claudia le da las gracias a Karlita por ser tan considerada con ella. Karlita va a ducharse mientras Claudia se queda en el sillón de la sala viendo las fotos de Susana.

Karlita sale del baño y va tarareando su canción mientras seca su cabello. Claudia levanta la cabeza y la inclina un poco, trata de sonreír al escucharla cantar—*Mi Karlita. Que bello canta*— dice con suavidad mientras se levanta para ir a verla. Karlita continua peinando su cabellera, con suavidad peina un lado, da la vuelta y peina la otra mitad. Karlita toma una diadema y se la coloca, para Claudia todo transcurre como si fuera en cámara lenta.

Claudia siente que todo se va volviendo oscuro, acaricia sus brazos como dándose calor. Karlita detiene su canto para ver al espejo, Claudia siente que la está observando. Karlita sonríe y sus ojos pareciesen como si estuvieran sumidos en la oscuridad.

Claudia retrocede y se dirige al sillón —*Debo estar volviéndome loca con todo lo que está pasando*— piensa mientras reposa su cabeza sobre sus manos. Karlita sale del cuarto y le dice que está lista.

Karlita se sienta a la par de Claudia quien la abraza y le da las gracias por estar con ella.

Alguien llega a tocar a la puerta del apartamento, Karlita mira a Claudia y le dice que ella irá a recibir la comida. Karlita toma la cuenta y la lleva a Claudia para que pueda firmarla, luego le entrega la cuenta firmada al mesero y toma el carrito con la comida.

Karlita toma una de las servilletas de tela y se la coloca como si fuera un babero, coloca los cubiertos en el lado que corresponde y destapa la comida que pidió. Corta con delicadeza cada porción. Claudia dice no tener hambre, Karlita la mira a los ojos y baja la mirada diciéndole que su estómago opina diferente.

Claudia siente que el tenedor pesa mucho y que cada bocado no tiene sabor; al ver el postre se da cuenta de que es el favorito de Enrique. Ella trata de contenerse frente a Karlita. No puede aguantar más y va corriendo a su habitación. Se tira sobre la cama para desahogarse.

Karlita se levanta y va a la habitación, al llegar con Claudia le pregunta qué puede hacer ella para hacerla sentir mejor. Claudia le dice que no es fácil para los adultos separarse para siempre de un ser querido, y le agradece que se preocupe por ella. Karlita la abraza y le da un beso, luego le dice que todas esas preocupaciones pasarán muy pronto y jamás las recordará. Karlita le dice que ella lo sabe porque ella es huérfana y vivir sola no ha sido fácil para ella.

Karlita le dice que descanse un poco más, pero que recuerde comer algo; después va a la otra habitación para tomar un nuevo libro sobre un pequeño príncipe que se pierde en varios asteroides.

Poco después de las diez de la noche, llaman al teléfono del apartamento, es don Jorge, quien le dice que ya está en el vestíbulo del hotel y que necesita que ella baje a recibirlo. Claudia llora al escuchar la voz de su papá, le da las gracias por haber venido.

Claudia le pide favor a Karlita que baje a traer a su abuelo quien acaba de llegar. Karlita le dice que será un gusto. Karlita guarda su libro y sale del apartamento. Va dando pequeños saltos en su camino al ascensor. Al pasar frente a otro apartamento, ve al niño que intentó hablarle en la piscina, tiene la puerta de su habitación entreabierta. Karlita se detiene para observarlo, pero él cierra la puerta con fuerza. Karlita sonríe y voltea la cabeza, alcanza a escuchar al pequeño llamando a su mamá.

Al llegar Karlita al vestíbulo mira a don Jorge a lo lejos y sale corriendo hacia él. Karlita le comienza a contar lo que había sucedido. Don Jorge le dice que la vida muchas veces nos da sorpresas, algunas agradables y otras no, pero que siempre tendremos que atravesarlas. Don Jorge le da un beso en la frente.

Karlita lleva a don Jorge hasta el apartamento. Al ver Claudia a su papá, se le tira encima. Don Jorge la abraza y le dice que él está ahí para ellas, juntos saldrán adelante de este momento tan difícil. Claudia le pregunta a su papá si ya había comido algo, él le dice que en el avión le dieron un sándwich, y que compró unas galletas en el aeropuerto.

Don Jorge le dice a su hija que habló con el licenciado Ramírez para que lo ayudara a conseguir la papelería para el traslado del cuerpo de Enrique, y que también le había hablado a un su amigo del consulado para que lo ayudara a agilizar los trámites, pero que eso lo verían mañana ya que es muy tarde y se siente cansado por el viaje.

Don Jorge le pregunta sobre el pago del hotel, porque si no podrían buscar algún apartamento más económico para estar mientras hacen todos los trámites de Susana y de Enrique. Claudia le cuenta que Enrique dejó pagadas las dos semanas del hotel desde que compró el paquete, sólo las comidas y cenas tendrían que pagar adicional. Don Jorge suspira diciéndole que él se hará cargo de todo, pero que por lo pronto deben dormir.

A la mañana siguiente, Karlita se levanta temprano para bañarse. Al salir a la sala se encuentra con don Jorge quien está en medio de muchos papeles, sus gafas están casi en la punta de su nariz, con un bolígrafo hace algunas anotaciones.

Karlita se aproxima por detrás de don Jorge y le da un fuerte abrazo; él se voltea y le dice que le dirá un pequeño secreto, que ella es su pequeña y que la quiere mucho. Don Jorge le da un beso en la frente. Karlita le sonríe y le dice que bajará a desayunar, don Jorge le pregunta si la puede acompañar, ella mueve su cabeza en afirmación. —*Sólo déjame ver que Claudia esté bien*— le pide. Don Jorge se quita las gafas y va al cuarto de Claudia, al entrar la ve dormida, toma un pequeño trozo de papel y le escribe que está con Karlita desayunando y que le traerán algo para comer.

Karlita espera recostada en la puerta, don Jorge le extiende la mano para bajar. Al estar en restorán don Jorge le pregunta a Karlita sobre Claudia, él y doña Leonor están muy preocupados por ella.

Karlita le da un sorbo a su jugo de naranja. Karlita se queda en silencio, como si estuviera pensando lo que le va a responder. Luego le comienza a relatar que ha visto a Claudia desesperada, triste y que ha comido a la fuerza. Le dice que a ella no le ha dicho lo que le pasó a Enrique y Susana, pero que ella ya sabe que tuvieron un accidente porque todos los empleados de hotel hablan sobre eso.

Don Jorge le pregunta cómo se siente ella con todo lo que está ocurriendo. Karlita le dice que comprende por lo que está pasando Claudia ya que ella es huérfana. Don Jorge la mira con mucha comprensión, él sabe que para Karlita ese dolor ya es familiar porque también había perdido a sus seres queridos.

Como si don Jorge estuviera hablando con una mujer adulta, le cuenta a Karlita que ya está terminando los papeles para poder trasladar el cuerpo de Enrique, y que necesita que Claudia le de los papeles del cementerio para poder hacer los tramites antes de regresar. Karlita lo escucha con atención.

Don Jorge y Karlita pasan hablando por una hora. Al darse cuenta don Jorge del tiempo, le dice que tienen que subir para terminar de arreglar los papeles, después irán al hospital para hablar con los doctores sobre la posibilidad de trasladar a Susana a un hospital cerca de casa.

Don Jorge llama a uno de los meseros, Karlita saluda a Eduardo como si fueran grandes amigos. Karlita le pide a Eduardo que suban un desayuno para Claudia, justo como lo hicieron el día anterior. Eduardo le dice que con todo gusto. Don Jorge acaricia el cabello de Karlita y le dice que deben subir.

En el apartamento encuentran a Claudia en el sillón, don Jorge le da los buenos días, le dice que le traerán algo para comer y que a las diez necesita que vayan al hospital para hacer el papeleo del traslado de Enrique. Claudia mira hacia un lado para que Karlita no la vea llorar. Don Jorge se sienta a la par de ella y le dice que sabe que no es fácil, pero tienen que hacerlo. Karlita va al baño por unos pañuelos desechables.

Don Jorge le dice que el plan es que si no pueden trasladar a Susana al mismo tiempo que Enrique, entonces que ella se adelante primero para poder velarlo con la familia de él. Los papás de Enrique se harán cargo de todo, sólo necesitan que ella le diga dónde están los papeles del cementerio. Claudia le dice a su papá que Enrique los tiene en su oficina, quizá el ingeniero Estrada los podría ayudar. Karlita le extiende los pañuelos desechables a Claudia y le da un abrazo. Claudia llora. Karlita le dice que todo saldrá bien.

Claudia se limpia la nariz, toma el teléfono, pero le tiemblan las manos. Karlita se lo quita y le dice que ella marcará. Al tener sonido de llamada le entrega el teléfono a Claudia.

—*¿Ingeniero Estrada?*

—*Sí. Soy yo. ¿Quién es?*

—*Soy Claudia. La esposa de Enrique*

—*¡Doña Claudia, qué sorpresa! No creí que me fueran a llamar estando de vacaciones. ¿Qué tal la están pasando?*— Un momento de silencio deja al ingeniero Estrada preguntándose qué sucede.

—*Ingeniero Estrada. Mi esposo, tuvo un accidente y...*— Claudia toma asiento sin poder hablar. Don Jorge le quita el teléfono y le cuenta al ingeniero Estrada todo lo que ocurrió.

El ingeniero Estrada pensó que estaba soñando, pero al escuchar al papá de Claudia se da cuenta de que es una realidad. El ingeniero Estrada le dice a don Jorge que le diga a Claudia que él se encargará de localizar a los papás de Enrique para entregarles lo que necesitan. Don Jorge le da las gracias.

Claudia recuesta su cabeza sobre sus manos, aún quiere pensar que todo lo que está sucediendo es un sueño. Don Jorge la abraza, mira a Karlita y le hace señas para que también le dé un abrazo a su mamá. Karlita se aproxima y la abraza diciéndole que no lloré más, porque están para ayudarla. Al sentir los pequeños brazos de Karlita, Claudia piensa en que debe ser fuerte por ella y por Susana, quien aún está con vida.

Karlita les dice que tocaron a la puerta y que ella irá a atender. Al abrir la puerta saluda a Eduardo quien lleva lo que le solicitó de desayuno. Karlita le da las gracias y le dice que le deje el carrito que ella lo llevará. Eduardo le sonríe y le pide que se cuide.

Karlita lleva el desayuno y lo aproxima a Claudia. Don Jorge le pide que por favor coma algo. Claudia se recuesta sobre el pecho de su papá; don Jorge aproxima el carrito con la comida para que su hija desayune.

Claudia mira el reloj, son casi las diez, le pide a Karlita que se quede en el hotel mientras ella va con su abuelo a realizar algunos trámites. Karlita le pregunta si no terminará su desayuno, Claudia le dice que se les está haciendo tarde, da un bocado más y le dice a su papá que deben salir.

Karlita le dice que está bien, que vayan con cuidado. Don Jorge se agacha para ver a Karlita frente a frente y para pedirle que se porte bien y que no le hable a extraños mientras ellos están fuera. Karlita lo abraza y le da un beso en la mejilla.

Claudia se agacha para abrazar a Karlita, le repite lo mismo, que no le hable a extraños mientras están fuera. Karlita asienta con su cabeza. Cuando Claudia y don Jorge van en la puerta, Karlita les pide que le digan a Susana que la extraña. Don Jorge le dice que así lo harán.

Al ir bajando al vestíbulo, don Jorge saca unas llaves de auto, Claudia lo ve extrañada, él le dice que alquiló un auto para que se pudieran movilizar mejor. Mientras salen del parqueadero, don Jorge le recuerda a Claudia que antes de ir al hospital necesitan pasar a la oficina donde Enrique alquiló el auto que estaban utilizando para dar el aviso y solicitar que se haga uso del seguro.

Al llegar a la renta de autos, don Jorge le pide a su hija el certificado de Enrique, ella se lo entrega y le pide que vaya solo él, ella prefiere esperar en al auto.

Don Jorge va a la recepción de la renta de autos Alec y le relata toda la historia a la señorita. La señorita revisa los documentos y le pide que espere unos minutos mientras solicita las autorizaciones respectivas. Media hora después le indica que tendrán la confirmación por la noche. Don Jorge le da las gracias.

Don Jorge le dice a Claudia que ese tema ya se solucionó. Claudia se queda mirando a través del espejo sin responderle.

Al llegar al hospital don Jorge va a la oficina administrativa para realizar los trámites del traslado de Enrique, Claudia se queda esperando en las sillas próximas al cuarto del intensivo donde está Susana.

Don Jorge llama al licenciado Ramírez para que lo asesore en cada uno de los pasos que debe seguir, toma nota y le da las gracias. Don Jorge se dirige con el doctor Marroquín para entregarle los documentos que le solicitaron para autorizar el traslado de Enrique y Susana.

El doctor Marroquín revisa todos los documentos y ve que todo está en orden, le dice a don Jorge que podrán retirar el cuerpo el sábado por la mañana, don Jorge le da las gracias. Luego le pregunta por Susana, el doctor le dice que eso lo tendrán que conversar con el doctor Pozuelos quien es el que está a cargo de ella.

Al salir de la oficina, don Jorge va con Claudia para darle la noticia. Mientras conversan, el doctor Pozuelos sale de la habitación donde está Susana y ambos van con él. El doctor Pozuelos sabe a qué vienen, les dice que Susana está mejorando, pero que aún están preocupados por el traslado; aun así, considera que podría realizar el viaje con las precauciones necesarias. Les recuerda que ni él ni el hospital se hacen responsables por el traslado. Desde el momento en el que ella pase en manos de los paramédicos que los acompañarán, será total responsabilidad de ellos.

—*La ventaja doña Claudia es que tendremos hoy y mañana viernes para darle seguimiento y ver que esté estable*— le recalca el doctor Pozuelos. Claudia le da las gracias y le pregunta si la puede pasar a ver, el doctor le dice que sí, que sólo espere unos minutos para que la enfermera termine de bañarla.

Claudia le pregunta a su papá si ya había platicado con el doctor José, le dice que ella le tiene mucha confianza y quiere que él esté pendiente de Susana. Don Jorge le dice que hará unas llamadas. Don Jorge le pide a Claudia que se quede con Susana, mientras él va a la empresa que los ayudará con el traslado de Enrique y de Susana; después necesita ir al consulado para que puedan agilizar los trámites para el sábado. Don Jorge le da un abrazo y le dice que espera no tardar mucho. En un pedazo de papel, don Jorge anota el número de celular que compró al llegar a Panamá para que lo pueda llamar por si necesita algo.

Claudia espera por más de una hora hasta que sale la enfermera del cuarto donde está Susana. Le pregunta si ya puede pasar a verla, la enfermera le dice que sí, pero que solo tiene diez minutos más. —*Háblele al oído. Ella la escuchará*— le recomienda.

Claudia entra al cuarto y ve a Susana aún con varios aparatos conectados a ella; saca su rosario y comienza a rezar mientras una lágrima cae sobre el brazo de su hija. Claudia le pide a la Virgen que cuide de Susana, y que está dispuesta a intercambiar su lugar por el de ella.

Claudia se acerca hacia Susana y comienza a acariciar su cabello. Claudia se alegra al ver que Susana comienza a hablar —*mamá, mamá*— el corazón de Claudia se enternece al escuchar a Susana decirle mamá, aunque lo dice con mucha dificultad, le da un aliento de esperanza. Claudia ve al cielo y le da gracias a Dios por estarle dando una segunda oportunidad a su hija, también susurra a ella misma —*Enrique, nuestra hija lo está logrando, amor*— imaginando que Enrique las ve desde el cielo.

Claudia toma la mano de Susana y la coloca cerca de su corazón. Susana intenta hablar, pero Claudia le dice que debe descansar para recuperarse y tener fuerzas para regresar a casa. Después de unos minutos ingresa el doctor Pozuelos, le dice que debe dejarla descansar hoy y mañana, para que tenga más fuerzas para el viaje.

Claudia se despide de Susana con un beso en la mejilla diciéndole que pronto estarán juntas en casa con Karlita.

El sonido del monitor de ritmo cardiaco comienza a sonar más a prisa, el doctor Pozuelos le dice a Claudia que por favor salga porque necesitan que Susana se calme. Claudia sale del cuarto con las manos entrelazadas cerca del corazón, se pregunta qué fue lo que pasó, lo único que le dijo fue que pronto estarían en casa. Después de unos minutos, el doctor Pozuelos sale del cuarto, le dice a Claudia que puede estar tranquila porque Susana está mejor, ella le da las gracias y se dirige a la cafetería para esperar su papá.

Claudia pide que le presten un teléfono para llamar al hotel y preguntar por Karlita. Doris le presta el teléfono de la recepción, al llamar al hotel la recepcionista le dice que la han visto por las piscinas, y que pierda cuidado porque todos la conocen y la están cuidando. Claudia cuelga y le pregunta a Doris si tienen una capilla, ella le dice que sí, solo tiene que ir al fondo del pasillo donde está la cafetería y ahí verá una puerta con una cruz enfrente. Ella le agradece y va directo a la capilla.

Claudia se arrodilla frente a una cruz, con sus manos pide que por favor su hija se recupere. Con su cabeza en medio de sus rodillas, empieza a recriminar y a exigir una explicación del porqué se llevó a Enrique. Al sentarse en la banca, mira a la cruz y seca sus ojos, da un suspiro y decide ir a la cafetería.

Don Jorge regresa casi al anochecer, Claudia ha estado tomando mucho café y estuvo yendo por momentos a la capilla para rezar. Don Jorge le dice que todo está arreglado, los papeles están en orden, inclusive el boleto de ella y Karlita; podrán salir el sábado a las nueve de la mañana para el aeropuerto. Le dice que puede estar tranquila ya que al llegar el doctor José los estará esperando con una ambulancia para llevar a Susana al hospital, y también estarán los de la funeraria para llevar el cuerpo de Enrique al cementerio.

Claudia le pide que no quiere que se haga un sepelio por Enrique porque ella ya ha sufrido mucho dolor y lo único que quiere es que Enrique y ella descansen.

Don Jorge le dice a Claudia que deben regresar al hotel para descansar, mañana tendrán más cosas por hacer. Don Jorge la ayuda a levantarse para ir al auto.

Después de una hora de manejar, Claudia y don Jorge llegan al hotel. Uno de los botones les dice que Karlita está en el restorán, don Jorge le dice a su hija que deben comer algo, mañana deben alistar todo lo que haya pendiente para que no haya contratiempos para el sábado.

Al llegar al restorán ven a Karlita charlando con unas personas quienes la habían visto el lunes tocar el piano. Querían conocer a la pequeña virtuosa del piano. Karlita sonríe de una manera que deja perpleja a Claudia, pocas veces la ha visto sonreír de esa manera.

Claudia y don Jorge se aproximan, la pareja que habla con Karlita le dice a Claudia que tiene una hija muy talentosa, ella les da las gracias. La pareja se despide de Karlita diciéndole que esperan volverla a escuchar, el esposo le agrega que espera que algún caza talento la vea y saque un disco.

Claudia se sienta a la par de Karlita y le dice que necesita contarle algo. Karlita da un sorbo a su bebida y le dice que es *«toda oídos»*. Le cuenta que Susana está reaccionando y que su instinto maternal le dice que Susana se recuperará por completo.

Karlita ve hacia un lado, su mirada cambia y su sonrisa se convierte en seriedad, se da la vuelta hacia Claudia y le dice que es una buena noticia.

Don Jorge se queda pensativo sobre la reacción de Karlita, pero al final no le da mayor importancia.

Claudia le dice a Karlita que prefiere ir a descansar. Karlita le dice que ella se quedará una hora más, porque le pidieron si podía tocar una melodía en el piano, y que después subirá al apartamento. Claudia acaricia el cabello de Karlita y le dice a su papá si sube con ella, así pueden hablar de lo que tienen que hacer mañana y mejor pidan algo para la habitación.

Mientras ellos se retiran, Karlita se levanta y va al piano. Las personas de las mesas al ver que Karlita se acomoda dejan de platicar y la voltean a ver.

—*¿Qué melodía tocarás hoy, Karlita?*— le pregunta la pareja con quienes estaba platicando.

—*Voy a tocar una melodía de Beethoven: «Claro de Luna»*

CAPÍTULO 18

EL TRASLADO

El sábado por la mañana, Claudia se levanta de madrugada para alistar las maletas para el viaje. Karlita dejó empacadas sus pertenencias por la noche, Claudia sólo tuvo que tomarla y colocarla por la puerta. Don Jorge se levanta aún con los ojos que no puede abrir, al ver a su hija moviendo las maletas se aproxima para ayudarla.

Claudia le pide por favor sea él quien empaque las cosas de Enrique, ella no quiere verlas, don Jorge asienta con su cabeza. Claudia abraza a su papá, él le acaricia el cabello y le da unas suaves palmaditas sobre la espalda, luego va al armario de Enrique para empacar sus cosas. Claudia se seca los ojos y va al gabinete donde están las cosas de Susana para guardarlas, ve el reproductor de música de Susana, con un suspiro lo toma y va su bolso para guardarlo.

Después de varios minutos, terminan de empacar. Don Jorge le dice que sería bueno que bajen a desayunar antes de salir al hospital —*¿Y dónde está Karlita?*— pregunta don Jorge. Karlita sale del baño secándose el cabello, ella les da los buenos días y les dice que estará lista en unos minutos.

Don Jorge se queda escuchando a Karlita cantar, sin saber el porqué, la imagen de Susana viene a su mente, con su mano seca rápido sus ojos, para don Jorge ha sido muy difícil no llorar frente a ellas.

Al terminar de vestirse, Karlita sale de su cuarto y les dice que está lista. Los tres bajan a desayunar para después pasar a cerrar la cuenta del hotel.

Al salir del hotel, varios empleados se acercan para despedirse de Karlita, le traen un obsequio por parte del hotel como agradecimiento por las noches en las que estuvo tocando el piano. A Claudia le traen un arreglo de flores con una nota dándole el pésame por el fallecimiento de su esposo, le dicen que ese día programaron una misa para pedir por el alma de Enrique y por la pronta sanidad de Susana.

Claudia toma las flores, al verlas comienza a llorar, les agradece a todos el gesto que tienen con ella y por haber cuidado de Karlita mientras ella tenía que estar en el hospital.

Karlita también les da las gracias. Eduardo le pide que vea el obsequio. Al abrir su regalo, se da cuenta de que es un nuevo reproductor de música, le dicen que su amigo el pianista lo abrió para grabarle música y que espera le guste.

Karlita sonríe con su regalo y se coloca los audífonos; al buscar el repertorio de música, ve que tiene diferentes obras de *«Claro de Luna»* con una sonrisa selecciona la obra de Debussy y presiona ejecutar. Don Jorge se acerca a Claudia para decirle que ya arregló la salida del hotel y que se pueden retirar.

Don Jorge acababa de recibir una llamada del hospital diciéndole que ya está la ambulancia en el lugar para el traslado de Enrique y de Susana, sólo los van a esperar para firmar los documentos de responsabilidad.

Claudia y Karlita se despiden de todos. Uno de los botones los ayuda a sacar las maletas, le dice a Karlita que va a extrañar sus melodías, Karlita le da un beso en la mejilla y le da las gracias.

Una hora después llegan al hospital. El piloto de la ambulancia los saluda y les dice que están listos para el viaje al aeropuerto. El doctor Pozuelos llega con la nota para que la firme Claudia donde autoriza el traslado de Susana, también le hace entrega de una carpeta que tiene el nombre: *«Susana Lizzeth González Martínez»*; también le entregan otra carpeta que tiene el nombre: *«Enrique Antonio González Aguilar»*.

Claudia firma los documentos que el doctor Pozuelos le entrega, una vez firmados el doctor Pozuelos se los entrega a la enfermera para que los lleve al archivo.

Karlita ve una camilla y un ataúd que están listos para ser trasladados. En la camilla uno de los enfermeros ajusta el medicamento que cuelga de una barra.

Claudia ve la camilla y el ataúd, lleva su mano a la boca y comienza a llorar. Don Jorge se aproxima y le pregunta si quiere que la acompañe. Claudia le da las gracias pero quiere ir sola.

Claudia se aproxima al ataúd, pide que abran por un momento la caja, pero le dicen que no es permitido. Claudia recuesta su cabeza sobre el ataúd a la altura del pecho de Enrique queriendo oír su corazón. Abre la pequeña ventana del ataúd para verlo —*¿Por qué nos abandonaste, mi amor…?*— hace una pausa para secar su nariz —*Seré fuerte por nuestra hija, Susy*— Claudia acaricia el vidrio y luego cierra la ventana. Al ver la camilla de la par, se aproxima para darle un beso a Susana. Le dice al oído que toda la familia está con ella y que pronto todo estará bien.

Al darse la vuelta, Claudia ve a Karlita a la par del ataúd. Karlita camina al rededor, le pide a uno de los enfermeros que la levante para poder ver a Enrique desde la pequeña ventana de arriba. Claudia ve que Karlita susurra algo, pero no alcanzó a escuchar lo que le dijo. Karlita le da las gracias al enfermero quien la baja.

Karlita camina hacia la camilla de Susana, se queda observando y da una vuelta a la camilla. Se detiene frente a Susana y le pide a Claudia la levante para darle un beso.

Don Jorge se aproxima para decirles que ya deben partir, don Jorge les da la señal para que suban a Enrique y Susana, pero antes se acerca con Susana para darle un beso en la frente. Karlita observa cuando cierran la puerta de la ambulancia.

El traslado hacia el aeropuerto es tranquilo. Al llegar al aeropuerto, don Jorge le pide a Claudia y Karlita que se adelanten a migración, él se hará cargo de los últimos trámites para que puedan abordar.

Después de pasar migración, Claudia y Karlita llegan a la fila de abordaje. Antes de subir, llega don Jorge, les dice que todo fue más rápido de lo que se imaginó. Al abordar el avión Karlita pide ir en la ventana, Claudia le pide a su papá que se vaya en el pasillo así ella va en medio de los dos.

Claudia recuesta su cabeza en el hombro de su papá, dándole las gracias por lo mucho que la ha apoyado durante toda esta situación. Don Jorge le da un beso en la cabeza y le dice que él haría cualquier cosa por ella y sus nietas.

Don Jorge hace una llamada rápida a doña Leonor para contarle que ya van en camino, Claudia pide hablar con ella, doña Leonor le dice a su hija que tenga paciencia y confíe mucho en Dios, ella la estará esperando en el aeropuerto.

Antes de despegar uno de los paramédicos se acerca a don Jorge para indicarle que todo está en orden y que todo va seguro, él le da las gracias. El avión da el aviso que está a punto de despegar. Claudia se queda dormida.

En sus sueños, Claudia comienza a ver el comedor familiar —*Hola, mamá. O sea, pues... ¡¿Qué es todo esto que preparaste?!*— le dice Susana. Claudia sonríe al ver a su hija saludarla —*Hola, amor ¿Qué hiciste para comer?*—Claudia voltea a ver a Enrique quien la abraza por la espalda y le da un beso en los labios.

Enrique y Susana comienzan a juguetear. Claudia piensa en que esos dos nunca cambiarán, siempre están juntos, por eso siempre ha creído que son tal para cual. Sin un aviso, el ambiente se vuelve oscuro y Claudia sólo puede ver unas luces que se aproximan a ella, intenta moverse pero no puede, al voltear a ver hacia atrás ve un auto con Enrique y Susana dentro. Enrique le está hablando a Susana sin ver lo que viene por delante. Las luces se ven cada vez más grandes, Claudia da un grito y un cabezal la atraviesa como si ella fuese un fantasma.

Claudia se da la vuelta para ver al carro. Se cubre los ojos para no ver lo que está a punto de pasar. Al abrir los ojos, se da cuenta de que está en una habitación donde no puede ver ni sus manos. Una pequeña voz la llama y se aproxima paso a paso:

—*Claudia... Claudia... Ellos ya no están aquí.*

—*¿Quién eres? ¿Qué quieres de nosotros?*

—*Claudia, Claudia*— Karlita la está moviendo para despertarla, le dice que el avión acaba de aterrizar. Claudia se despierta parpadeando, quiere decir algo pero solo mueve su cabeza de lado a lado para despejar sus pensamientos.

Don Jorge la ve y le pregunta si se encuentra bien, ella le dice que no sabe y pregunta dónde están, él le dice que acaban de llegar. Don Jorge baja su mirada, se pregunta si el comportamiento de su hija es normal por la situación que está atravesando, o si hay algo más que deberían indagar.

Al bajar del avión se dirigen a migración. Al salir, como lo había prometido doña Leonor, los está esperando. Claudia corre hacia su mamá, doña Leonor la abraza y le dice que todo estará bien, —*Ten fe, hija. Ten fe*— le repite. Doña Leonor le da un pañuelo para que seque su rostro.

Don Jorge les pide lo esperen mientras va a realizar los trámites para poder sacar a Susana y Enrique. El doctor José viene entrando al aeropuerto, al verlo don Jorge se aproxima a él y se dan un abrazo fraternal. El doctor José le dice que él se hará cargo de todo a partir de ahora, él llevará a Susana al hospital.

Karlita voltea a ver hacia la puerta del aeropuerto, ve a unas personas vestidas de negro. Le pregunta a don Jorge quienes son ellos. —*Son los papás de Enrique*— le responde. Karlita los ve de nuevo y se encamina hacia ellos, para conocerlos.

Claudia, al ver a sus suegros, le pide a su papá que por favor les vaya a hablar él, ella no se siente bien para hablarles.

Don Jorge va con los papás de Enrique y se disculpa por su hija. El papá de Enrique ve a Claudia y le da una leve sonrisa triste de saludo. Las personas de la funeraria se encuentran en aquel lugar junto con los papás de Enrique para trasladarlo al cementerio. Don Jorge les agradece por respetar el deseo de Claudia de no velarlo, él sabe que para ellos es igual de difícil esta situación. Don Jorge les dice que debe regresar con su hija, y que el doctor José ayudará con el resto de trámites. La mamá de Enrique le pide que por favor la llame para decirle cómo está su nieta. Don Jorge les promete llamarlos.

El doctor José se acerca con Claudia, al verla le pregunta cómo se siente, pero Claudia está con su mirada fija en el techo y con los brazos cruzados. El doctor José le dice a don Jorge que le preocupa Claudia, le recomienda que visite a un especialista. —*Hay que evitar que caiga en una crisis peor*— le afirma.

Doña Leonor escuchó lo que le decía el doctor José a su esposo, ella se acerca para abrazarlo. El doctor José recibe una llamada para indicarle que ya están listos para llevar a Susana al hospital.

—*Todo está listo. Salimos de acá con Susana para el hospital. La funeraria se hará cargo de Enrique*— les dice el doctor José. Don Jorge le dice que ellos llegarán después, primero irán al cementerio. —*Te encargo a mi nietecita, José*— le pide.

En el camino hacia el hospital el doctor José nota un comportamiento raro en Susana. Llama al doctor Aroldo, el neurólogo del hospital, para que pueda estar presente para examinar a Susana, el doctor Aroldo le comunica que estaba a punto de salir pero que hará tiempo para que lleguen.

Al llegar al hospital, el doctor Aroldo examina a Susana, pide que le realicen varios exámenes, entre ellos una resonancia magnética. El doctor José le entrega los resultados que envió el doctor Pozuelos del hospital en Panamá, al revisarlos le dice que necesitan hablar con el doctor Pozuelos en ese instante.

Ambos van a una sala para poder realizar la conferencia. El doctor Pozuelos le comenta que la situación de Susana es incierta, el día que se retiraron reaccionó por unos momentos, pero que también esos instantes de lucidez son temporales. El doctor Aroldo mira a José moviendo su cabeza de lado a lado en señal de negación. El doctor Pozuelos les dice que no tiene un diagnóstico definitivo, pero que temía que estuviera sufriendo una muerte cerebral lenta, pero no tenía las pruebas suficientes para dictaminar que ese es el diagnóstico final.

Después de conversar durante media hora, el doctor José y Aroldo le dan las gracias al doctor Pozuelos y se despiden.

El doctor Aroldo se dice a sí mismo que eso es lo que él más se temía, pero que para estar seguro primero debía esperar los resultados de las evaluaciones que le mandaron a realizar a Susana. Toma el cartapacio y continua analizando las conclusiones del doctor Pozuelos.

—*No entiendo lo que le está pasando a Susana, José*— el doctor Aroldo hace una pausa —. *De acuerdo con estos documentos Susana ya estaba presentando un cuadro delirante, el accidente lo único que hizo fue dejarla en coma, pero... no entiendo por qué su cerebro está dejando de funcionar*—. El doctor Aroldo guarda un segundo de silencio viendo al doctor José a los ojos.

Una enfermera entra en la habitación indicándole que Susana había reaccionado, pero que después tuvo una convulsión. Los doctores salen corriendo al cuarto donde está Susana, el doctor Aroldo al verla y examinarla solicita le administren un calmante.

—*Necesito esos resultados, ¡ya!*— le dice a una de las enfermeras quien sale corriendo para solicitar que le den prioridad a las evaluaciones de Susana. El doctor José ve aquella escena y en sus pensamientos está Claudia, piensa en lo difícil de esta situación.

A la media hora Susana yace dormida, el doctor Aroldo le pide a José que vayan a la oficina para platicar. El doctor José le cuenta la historia de la familia, de cómo Claudia había perdido a su esposo y ahora tenía que atravesar por esta prueba que está siendo dura para ella.

El doctor Aroldo responde a una llamada, es para indicarle que le dieron prioridad a los exámenes de Susana y que le deben estar llegando los resultados por correo electrónico y, que en una hora, le llegarán en forma física.

Al abrir su correo ve el mensaje del laboratorio. Al leer los resultados, el doctor Aroldo se quita las gafas y voltea a ver al doctor José, él también se quita los anteojos y voltea para ver a otro lado.

—*¿Cuánto tiempo le queda, Aroldo?*

—*No lo sé. Pueden ser días, semanas o un par de meses.*

Al escuchar las palabras del doctor Aroldo, el doctor José, se seca los ojos, recuerda cuando Susana tenía ocho años y llegaba con él huyendo del doctor Rafael. Puede escuchar la vocecita de Susana cuando le decía —*doctor Joshé*— cuando aún le costaba hablar, pero en especial recuerda su forma de hablar —*O sea, pues, doc... como le diré... sí me comí un pocotón de dulces pues... pero... o sea pues... no le diga a mi mamá*— él deja escapar una leve sonrisa al recordar cuando Susana le habló así. El doctor José saca su teléfono para llamar a don Jorge:

—*Hola.*

—*¿Quién es?*

—*Karlita, ¿Con quién quiere hablar?*

—*Hola, nena. Soy el doctor José. ¿Está tu abuelo por ahí?*

—*Sí, si está. ¿Cómo está Susana? ¿Está bien? ¿Ya habla?, ¿Le ha dicho algo? ¿Cuándo podemos ir a verla?*— don Jorge llega y le pide el teléfono —*Ahora le paso a don Jorge. Dígale a Susana que la quiero mucho. Adiós*— Karlita le da el teléfono a don Jorge.

El doctor José le pide que lleguen a ver a Susana. Don Jorge le responde que llegarán mañana porque ese día estarán por la tarde y parte de la noche en el entierro de Enrique. Don Jorge le pregunta si todo está bien con Susana. El doctor José le dice que no le va a mentir, pero no apunta a mejoría. Don Jorge le dice que estarán a primera hora por la mañana. Don Jorge cuelga y ve a su esposa, ella al verlo sabe lo que está pasando.

Al llegar al cementerio, Claudia va con los papás de Enrique, los tres se abrazan y comienzan a llorar. La mamá de Enrique le pregunta a Dios por qué se llevó a su único hijo.

Karlita camina al rededor del ataúd. Va hacia uno de los adornos florales y recoge una flor. El padre quien oficia la ceremonia, da el último rezo por el descanso eterno de Enrique.

Claudia y los papás de Enrique, se aproximan al ataúd cuando lo empiezan a descender. Los tres se abrazan, don Jorge está a la par de su hija con sus brazos sobre ella.

Karlita observa mientras bajan el ataúd, al terminar de descender, tira la flor dentro de la cripta y con su mano le dice adiós a Enrique. Karlita va a una de las sillas, mientras los padres de Enrique y Claudia se quedan viendo a la cripta.

La mamá de Enrique le dice a Claudia que sabe que no es el mejor momento, pero que le gustaría conocer mejor a Karlita, le llamó la atención que ella fuera a saludarlos en el aeropuerto. Don Jorge le hace señas a Karlita para que llegue. Al llegar Karlita la mamá de Enrique le da un abrazo y le pide que cuide mucho de su mamá y de su hermana. Karlita asienta con su cabeza.

Antes de retirarse, el papá de Enrique le pide a don Jorge que lo tenga al tanto de Susana. El ingeniero Estrada se aproxima para darle el pésame a Claudia, le dice que la oficina seguirá trabajando y que cuando lo crean conveniente pueden hablar para decidir qué hacer con ella. Don Jorge le da las gracias y le dice que pronto lo llamará. Karlita se aproxima de nuevo a la cripta, tan solo observa hasta que don Jorge la llama. Los papás de Enrique y el ingeniero Estrada se despiden. Don Jorge les dice ya pueden regresar a casa.

A la mañana siguiente, Claudia llega con sus papás al hospital para ver a Susana, Karlita viene con ellos. El doctor José les llama para que puedan conversar, pero le dice a don Jorge que es mejor que Karlita no escuche la conversación.

Karlita pide si puede ir a ver a Susana, ya que ella sabe que al hablarle al oído le puede alegrar el día; don Jorge sonríe y le pregunta al doctor José si es posible, en ese momento llega el doctor Aroldo. El doctor José le pregunta si Karlita puede entrar con Susana, él la voltea a ver y le dice que a Susana le agradará escucharla.

El doctor Aroldo llama a una de las enfermeras para que acompañe a Karlita al cuarto donde está Susana.

Mientras Karlita va con Susana, el doctor Aroldo los invita a pasar a su oficina, Claudia está de brazos cruzados con la mirada fija en el piso. El doctor Aroldo le susurra a José que necesitan examinar a Claudia.

El doctor Aroldo les explica la situación de Susana —*No hay...*— el doctor da un respiro profundo —*... no hay buenas esperanzas*— les dice con dificultad. Doña Leonor se recuesta sobre el hombro de su esposo. Claudia quien parece no estar poniendo atención comienza a decirles que Susana mejorará porque ella está confiada en que así será.

El doctor Aroldo ve a José y le explican que es poco probable, y si ella llegara a pasar esta situación no sabrán cuál será el pronóstico de vida, si ella podrá tener una vida como la que siempre tuvo o si será la misma Susana que conocen. Claudia se pone en pie con una sonrisa les dice que deben confiar más, que tengan fe, y que hagan lo tengan que hacer, luego pide ir a ver a su hija.

El doctor Aroldo se levanta y le pide que lo acompañen. Al llegar al cuarto ven a Karlita cerca de Susana. —*¿Tú cantabas Karlita?*— le pregunta el doctor Aroldo. Karlita asiente con su cabeza. —*Tienes una linda voz*— le agrega. Karlita le da las gracias.

Claudia se acerca a Susana y le comienza a hablar al oído, le dice que muy pronto mejorará y que irán a la casa par a estar juntas. Don José y doña Leonor se miran a los ojos y voltean a ver a su hija.

El doctor José aprovecha para pedirle a don Jorge que lleve a Claudia a realizarse unos exámenes. Él asiente con la cabeza y le promete llevarla la próxima semana.

Al salir del cuarto Karlita mira al crucifijo que está arriba de la cama de Susana... es el mismo que Emily vio antes de morir.

CAPÍTULO 19

EL CUARTO BLANCO

Han pasado cuatro semanas desde el entierro de Enrique, doña Leonor y don Jorge se mudaron a la casa de su hija para hacerle compañía. Mientras están en el sillón de la sala del primer nivel. Doña Leonor le habla sobre la preocupación que siente por su hija, no solo por la muerte de Enrique y por el estado de Susana quien sigue en coma, sino porque cada vez ve peor a su hija. Don Jorge la toma de la mano y la mira a los ojos, doña Leonor le continúa diciendo que siente que también a ella la están perdiendo.

Don Jorge se pone en pie y se dirige al estante. Le dice que él también está preocupado por su hija. La ha visto discutiendo sola, diciendo que escucha que la llaman y lo que más le preocupa es que el doctor Aroldo ya la examinó, le realizaron un sinfín de exámenes y al parecer todo está bien—*creo que todo está en su cabeza*— le dice don Jorge mientras se quita los anteojos para limpiarlos.

Mientras ellos conversan en la sala, Karlita llega para tocar el piano; mientras comienza a ejecutar, Claudia, comienza a gritar desde el segundo piso que paren esa música. Don Jorge se acerca con Karlita y le pide que deje de tocar por salud de su mamá, ella asienta con la cabeza y cierra la tapa de las teclas con suavidad. Karlita le susurra que irá al segundo nivel a leer un rato.

La preocupación de doña Leonor se hace más intensa cuando al subir ve a su hija recostada en la cama, lleva ya varios días sin tomar una ducha y no se ha cambiado de ropa en los últimos cinco días. Doña Leonor se acerca a ella para alentarla a levantarse, bañarse, comer un poco y platicar con ellos. Claudia se queda con la mirada a la pared, diciendo que una pequeña voz la está llamando. —*Es el ángel de la muerte*— le dice.

Doña Leonor suspira. Recuerda cuando el doctor José les dijo que deberían visitar a un especialista, pero su esposo no quisiera llevarla a un loquero porque sentiría que su hija está loca.

Claudia escucha una risa infantil que rebota en su mente, la llama con insistencia. —*Deja de cantar, por favor*— dice Claudia en su interior para que su mamá no la escuche, toma la sábana para secarse los ojos.

El teléfono de la sala suena, don Jorge se apresura para responder, es del hospital para indicar que no ha habido cambios en Susana; la señorita le dice a don Jorge que lamenta darle la noticia, pero que necesitan hablar con Claudia porque el vitalicio del seguro se les está acabando y es cuestión de una o dos semanas para que ya no les cubra.

Don Jorge conversa con el personal de administración a cargo del caso de Susana por un largo tiempo, trata de encontrar alguna alternativa, pero no es solo el seguro, Susana ya no está en su mente. Doña Leonor al ver la expresión de su marido entiende lo que está pasando, pero la única persona que puede tomar una decisión es Claudia y ella no está en capacidad hacerlo.

—*¿Qué te dijeron del hospital?*— pregunta doña Leonor, haciendo creer que no sospecha nada.

—Han dictaminado que Susana tiene muerte cerebral, los aparatos sólo la mantienen con vida, pero ella ya no está ahí— le responde —. *Quieren que Claudia autorice la desconexión porque el seguro ya no cubrirá más los gastos*—. Doña Leonor se quita sus gafas para secarse los ojos. —*Hemos perdido a nuestra nietecita*— le dice don Jorge.

Ambos se abrazan en oración para pedir por Susana y Claudia: «*Dios necesitamos un milagro. Virgencita santa haz un milagro para nuestra nieta, tú puedes hacerlo. Ayuda a nuestra hija también. Te lo suplicamos por favor*».

Karlita pasa frente a ellos para ir a la cocina. Mientras camina les dice que sus oraciones son innecesarias, ellos se ven sin prestar mayor atención. Doña Leonor le pregunta a su esposo si cree que debieran contarle todo lo que está pasando a Karlita. Don Jorge le dice que aún no, porque ella es muy pequeña, además él le dice que Karlita y Susana no tuvieron tiempo para construir una relación de hermanas, y por eso Karlita no le presta mucha atención.

Don Jorge le dice a su esposa que subirá para ver que su hija este bien. A escondidas, doña Leonor llama al psiquiatra Armando que le había recomendado el doctor José.

Ella consigue una cita para Claudia ese mismo día a las tres de la tarde, ella está agradecida porque le dijeron que podría hasta el miércoles, y para ella dos días más de espera es mucho, en especial para Claudia.

Doña Leonor va al segundo nivel para pedirle a su esposo que vayan con Karlita a ver una película al centro comercial, así aprovechan a platicar y forjar más la relación. Don Jorge le dice que es una buena idea, así también Karlita puede distraerse un poco con todo lo que está pasando.

Doña Leonor va con Karlita para contarle que su abuelo la invitará a ver una película al centro comercial. Karlita cierra su libro y da un pequeño salto para bajar del sillón. Le dice que irá a arreglarse antes de salir. Treinta minutos después ambos salen para el cine.

Media hora después llega el taxi que había solicitado doña Leonor. Mientras van de camino Claudia va con la mirada hacia la calle, en su mente ve la imagen de dos círculos negros, los ve como un reflejo, el chofer del taxi observa como Claudia se tapa los oídos murmurando —*Cállate, cállate... por favor.*

Al llegar a la clínica, doña Leonor le pide al señor del taxi que por favor la espere y que le pagara el tiempo, él le dice que no se preocupe que las esperará. Al dirigirse a la recepción, la secretaria del doctor Armando les dice que tiene suerte y que podrá atender a Claudia porque cancelaron la cita de esa hora. Le pide que por favor espere afuera para que primero entreviste a Claudia y de ser necesario el doctor la llamará a ella también.

Después de media hora de hablar con Claudia, el doctor llama a doña Leonor. Le pide a Claudia que espere afuera mientras habla con su mamá. Dentro de la clínica, el doctor Armando le comenta a doña Leonor que es muy pronto para dar un diagnóstico, pero que si tiene signos claros de delirios y de estrés post traumático, algo que pudo desencadenar lo que está viviendo. Le recomienda unas pastillas para relajarla y que durante la próxima semana debe estar bajo observación. El doctor Armando también le dice que si nota que ella comienza a hablar cosas sin sentido o que diga que ve algo que no está allí, que lo llame de inmediato. El doctor le extiende su tarjeta.

Doña Leonor llama a su esposo al salir de la clínica para comentarle lo que el doctor Armando le dijo sobre su hija, a pesar de que él no estaba de acuerdo desde el inicio, se preocupa al escuchar lo que le dice su esposa. Mientras continúan hablando, don Jorge voltea a ver a Karlita quien está sentada comiendo un poco de fruta que compraron en el patio de comida.

Doña Leonor cuelga. Piensa en Claudia y Susana. Lleva su mano al corazón y da un pequeño quejido. Doña Leonor comienza a respirar con lentitud. Lleva su mano a la frente al pensar que será responsabilidad de ella con su esposo sobre tomar la decisión de desconectar a Susana —*¿Y qué haremos con Karlita?, mi hija la quiere mucho, no podemos dejarla sin hogar*—. Doña Leonor va con su hija quien la espera en la sala de la clínica.

Doña Leonor le dice que tendrá que tomar unas pastillas por algún tiempo para sentirse mejor. Claudia está con la mirada fija en la pared. Doña Leonor la toma por el brazo. —*Ven, hija. El taxi nos espera*—. Mientras van camino a casa, Claudia se queda dormida.

—*Mamá... Mamá..., ayúdame pls.... Pues, es que es así como que... No me gusta este horrendo lugar.*

—*¿Susana?, hija, ¿dónde estás?*

—*No sé mamá. O sea, creo que me morí.*

—*No digas eso, te vas a poner bien, los doctores te están cuidando, hija.*

—*No mamá, ya es demasiado tarde. Cuídate por favor, cuídate de... ¡No por favor déjame en paz, ya no sigas con eso...! ¡No me veas así!*

—*Hija, despierta, hija*

Al abrir los ojos Claudia está bañada en sudor, la risa vuelve a escucharse y como eco vuelve a tener en su mente la voz de Susana. Claudia comienza a gritar pidiendo que se callen, comienza a preguntar por Susana con insistencia. Doña Leonor corre a la casa por un vaso de agua, le da a su hija la pastilla para que se la tome, ella se niega, pero doña Leonor le dice que así ayudará a Susana a sentirse mejor.

Doña Leonor le agradece al taxista por su paciencia. Saca su bolso para pagarle. A los pocos minutos Claudia comienza a sentir mucho sueño, su mamá la lleva hacia su cama. Doña Leonor arropa a su hija, le quita los zapatos, la acomoda en la cama y le da un beso en la cabeza. Doña Leonor da un ligero suspiro y toma la cruz de su cadena pidiéndole a Dios que los ayude.

Casi una hora después, llegan don Jorge y Karlita; él pregunta por su hija y doña Leonor le comienza a contar lo sucedido cuando recién regresaron a la casa.

Karlita les pregunta si puede ir a ver a Claudia, doña Leonor le dice que ella está dormida, don Jorge la ve y le dice que la deje ir, pero le pide a Karlita que no vaya a despertarla. Karlita sube al segundo nivel y va al cuarto. Karlita mira la foto de la familia que está tirada con el vidrio roto en una de las esquinas, y a otra foto donde Enrique y Claudia están abrazados, está en el suelo cerca de la cama, tiene escrito *«¿Por qué te fuiste?»*.

Claudia abre un poco los ojos y ve a Karlita parada frente a ella con la sonrisa que la hizo encariñarse de ella. Claudia trata de hablar, pero no puede. Karlita le dice que vuelva a dormir porque las penas se terminarán muy pronto.

El reloj despertador se queda detenido a las seis de la tarde. Karlita sale del cuarto cerrando con suavidad. Doña Leonor le pregunta qué tal vio a Claudia, ella le responde que está dormida. Karlita se dirige al piano.

Dos horas transcurrieron, doña Leonor preparó la cena, y le pide a su esposo que suba por Claudia. Al subir don Jorge se da cuenta de que Claudia está sentada acuclillada en la esquina del cuarto, murmurando —*esos ojos, esos ojos, ¿los ves, papá?, esa canción, ¿la escuchas, papá?*— don Jorge le grita a su esposa que suba.

Al ver a su hija, doña Leonor llama al doctor Armando para contarle lo que está ocurriendo, él le pide que le dé su dirección y que llegará en cuestión de minutos con una ambulancia. Don Jorge trata de acercarse a su hija pero ella lo aleja, les pide que no se acerquen porque la oscuridad la envolverá otra vez en sus alas.

Doña Leonor se acerca a su hija, poco a poco la abraza, hasta que Claudia comienza a llorar.

A los veinte minutos llega la ambulancia con el doctor Armando, al verla de lejos les dice que la deben internar. El doctor se aproxima a Claudia y ella comienza a decirles que una pequeña la está persiguiendo todo el tiempo y que el ángel de la muerte mató a Enrique con sus ojos negros.

Doña Leonor y don Jorge se abrazan llorando al oír lo que está diciendo su hija. El doctor Armando les dice que necesita su autorización para poder sedarla, ellos la aprueban. A los diez minutos el medicamento hace efecto, la llevan a la ambulancia, don Jorge y doña Leonor se suben también para ir directo al hospital psiquiátrico. Karlita observa desde la ventana del segundo nivel, al ver la ambulancia doblar la esquina, cierra la cortina.

Al llegar al hospital el doctor le pide a una de las enfermeras que acompañe a los papás de la paciente a su oficina mientras ellos le dan ingreso siendo el lunes veinticuatro de noviembre a las veintiún treinta horas.

Claudia es llevada a una habitación de color blanco acolchada, sin ventanas, solo una lámpara, un lugar para dormir y un retrete de plástico. El doctor Armando pide que le den el medicamento para que pueda dormir toda la noche.

Después de una hora, el doctor Armando llega con los padres de Claudia. Les pregunta quién es Karlita, ellos le explican que es su hija adoptiva, recién la habían adoptado en septiembre. El doctor les explica que ella ha estado delirando y la menciona mucho. Doña Leonor le explica que su hija está muy encariñada con Karlita, quizá eso tenga algo que ver. El doctor Armando le dice que es probable, también les informa que es necesario se quede internada hasta que se pueda restablecer. Doña Leonor se recuesta en el pecho de su esposo llorando.

Antes de retirarse ven a Claudia través de una pequeña ventana, ella está recostada con la mirada perdida en el techo. No voltea a ver a ningún lado, ni siquiera cuando su mamá le hace señas desde afuera. Don Jorge le dice que se deben ir porque dejaron sola a Karlita. El doctor les ofrece llamarles un taxi.

Mientras van de regreso, don Jorge se da cuenta de un mensaje del hospital donde está Susana, en el cual le dicen que ya no hay nada que puedan hacer por ella, y que necesitan desconectarla, también le explican que si Claudia está incapacitada para tomar la decisión, entonces debe llegar el pariente más cercano para firmar los documentos. Don Jorge guarda su teléfono y ve a doña Leonor, ella se tapa la boca diciéndole que no puede ser, el afirma con su cabeza.

El desconsuelo se ha apoderado de ellos por la pérdida de su yerno, y el estado mental de su hija ha venido a ser una carga para ellos. Ahora se deben enfrentar ante la cruda realidad de tener que dejar ir a Susana.

En un cuarto blanco yace Claudia, despierta, con la mirada perdida en la pared, escucha la voz de Susana quien le pide que vaya con ella porque se siente sola en el lugar donde ahora se encuentra. La risa y la canción que la ha llevado hasta donde se encuentra no se puede apartar de su mente. El doctor Armando observa desde la ventana mientras le habla al doctor José quien había llegado al enterarse de que Claudia fue internada en el psiquíatrico.

El doctor José le dice que no entiende porque le ha tocado a Claudia y su familia atravesar por esta experiencia tan difícil —*¡Quién no se volvería loco!*— le dice mientras el doctor Armando cierra la ventanilla que da hacia el interior del cuarto blanco.

—*¿Cuál es su pronóstico Armando?, imagino que no se lo has dicho a la familia*— le pregunta el doctor José.

—*No lo sé, José. Pareciera que por momentos está lúcida pero la mayor parte del tiempo no lo está. Tengo miedo de que ella jamás regrese a ser ella misma, José. Puede ser que sea un lapsus por todo el estrés que está viviendo... pero no lo sé José*—. Ambos van a la cafetería, el doctor José le cuenta la historia completa de la familia al doctor Armando.

Hacia la esquina del cuarto blanco Claudia dirige su mirada...

CAPÍTULO 20

EL REENCUENTRO

—*Qué tal, señora Martínez*— saluda el licenciado Carlos Ramírez quien llega con los documentos de la custodia legal de Karlita.

—*Por favor. Dígame doña Leonor, no me gusta que me llamen por el apellido de casada, ni mucho menos por el de soltera*—. Ella le abre la puerta para que pueda pasar.

—*Perdone que haya venido a esta hora, pero así podré pasar al juzgado a agilizar los trámites, para que no tengan ningún problema en la escuela de Karlita*—. El licenciado le extiende los documentos.

Doña Leonor recibe los documentos que tiene que firmar ella y su esposo para hacer legal la custodia de Karlita, ellos temían que el padre Gabriel les fuera a decir que Karlita debía regresar al orfanato después de lo sucedido. El licenciado le dice que la casa luce muy bonita con todos los adornos de Navidad.

El licenciado Ramírez le pide si puede ver los adornos mientras ella lee los documentos, ella le sonríe y le dice que está en su casa. El licenciado Ramírez comienza a caminar viendo cada uno de los adornos, muchos de ellos están elaborados a mano, en especial unas bufandas que están en una de las mesas de noche, levanta una y ve que tiene el nombre de Susana grabado.

Luego se dirige a la sala donde está el piano y le pregunta quién toca, doña Leonor le dice que al inicio su hija intentó aprender, después intentó su nieta pero al parecer ninguna de las dos traía el don, entonces decidió guardarlo como recuerdo, pero cuando su hija decidió adoptar a Karlita, y supo que ella sabe tocar, se emocionó tanto que se los pidió de vuelta y lo mandó a afinar para ella.

Al hablar sobre su hija sus ojos se humedecen. Ella le pide disculpas, va a la cocina a tomar una servilleta para poder limpiarse los ojos. Al regresar doña Leonor, el licenciado Ramírez le pide una disculpa, ella le dice que no se preocupe, que por favor le dé unos minutos más que su esposo está por llegar, sólo salieron con Karlita a comprar unos víveres.

El licenciado va a uno de los sillones para esperar a que regrese don Jorge y Karlita. Al ver al piano, fija su mirada en la fotografía que le tomaron a Karlita en el centro comercial.

Doña Leonor le avisa al licenciado que ya llegó su esposo. Don Jorge entra con Karlita, con unas bolsas de supermercado. Karlita al ver al licenciado Ramírez le grita ¡Carlos!, salta sobre él para darle un abrazo y luego le pregunta qué anda haciendo ahí. Él sabiendo lo perspicaz que ella es, le cuenta la verdad, que le está llevando los documentos para que sus abuelos sean los custodios legales de ella, la cara de Karlita deja ver sus ojos brillantes.

Karlita se voltea hacia doña Leonor para darle un abrazo, le dice que estará en el segundo nivel. El licenciado Ramírez les pregunta cómo ha tomado Karlita todo lo que ha pasado, ellos le dicen que lo ha tomado de forma muy madura, aunque casi no habla de ello. También le comentan que la llevaron con una psicóloga de niños porque estaban preocupados que le pudiera afectar la muerte de Enrique y Susana, así como la hospitalización de Claudia en el psiquiátrico; pero que la psicóloga les dijo que no había nada de qué preocuparse, además también les hizo el comentario que Karlita es una niña muy madura para su edad, porque en lugar de responder a las preguntas que ella le hacía, era Karlita quién le empezaba a preguntar.

Doña Leonor le extiende los documentos a su esposo para que los pueda firmar, él saca sus anteojos para leerlos. Pide prestado el bolígrafo y los firma —*¿Cree que con eso es suficiente?*— le pregunta don Jorge. El licenciado Ramírez le dice que sí y les agrega que pueden estar tranquilos dado que el inicio de clases en el liceo está próximo. —*Ustedes ya son los tutelares de Karlita*— les expresa. Don Jorge y doña Leonor le dan las gracias.

El licenciado Ramírez se retira diciéndole adiós a Karlita desde las gradas, antes de salir se da la vuelta y les dice que tienen que arreglar los documentos de la casa cuanto antes, para ello él los puede ayudar. Don Jorge le da un gesto de agradecimiento. El licenciado Ramírez se retira.

Don Jorge y doña Leonor van al sofá, él le pregunta si ha llamado al doctor Armando para saber si hay alguna mejoría de su hija.

Doña Leonor le dice que aún no lo ha llamado, pero que podrían ir por la tarde después de la comida para verla, así podrían preguntar si Karlita puede entrar a visitarla, don Jorge le dice que quizá no la dejen por ser una niña, pero que lo intentarán. Ambos se ven a los ojos sabiendo que tienen algo más que hacer pero que quisieran evitar, tienen que ir temprano al hospital para dar la autorización de que desconecten a Susana.

Don Jorge le pide a Karlita que baje para platicar con ella. Karlita se sienta en medio de ellos y los escucha con atención, ellos le explican la hospitalización de Claudia y le hablan sobre la decisión que tendrán que tomar con Susana.

Karlita los escucha, los voltea a ver cada vez que alguno uno habla. Doña Leonor le pregunta si tiene alguna pregunta que le quieran hacer. Karlita se levanta, los ve, sonríe y les da un abrazo diciéndoles que no se preocupen que ella comprende la situación, también les dice que extrañará a Susana y que tiene confianza en que Claudia se recuperará. Karlita se retira al segundo nivel.

Don Jorge le dice a su esposa que él pasará al hospital para iniciar los trámites, mientras tanto le pide que llame a la capilla para que puedan empezar con el papeleo de su seguro para atender el funeral de Susana. Doña Leonor comienza a llorar sin consuelo, su esposo le pide que sea fuerte, por su hija y por Karlita.

Con la mano en su corazón, doña Leonor da un respiro profundo acompañado de un suspiro y realiza las llamadas que le pidió don Jorge. En la capilla le dicen que ellos se comunicarán con el hospital y arreglarán todo, sólo necesitan la confirmación del número de seguro. Ella les da el número de seguro de su esposo, le dicen que al parecer no hay ningún inconveniente y que todo estará listo para la medianoche para salir mañana sábado 27 a las tres de la tarde para el cementerio. Doña Leonor les da las gracias, al colgar mira una fotografía que está en uno de los muebles de la sala, es Susana con su amiga Rocío. Doña Leonor va a traer el teléfono de Susana para buscar el número de Rocío.

Al encontrar el número, le marca. Doña Leonor le dice que hoy velarán a Susana en la capilla *«Los Lirios»* y mañana será el entierro. Rocío casi no puede hablar, doña Leonor escucha un ruido, el papá de Rocío toma el teléfono, le dice que su hija se desmayó. Doña Leonor le cuenta todo lo ocurrido. El papá de Rocío le da el pésame y le dice que estarán esa noche acompañándolos en el sepelio.

Karlita escucha desde las barandas del segundo nivel, se levanta, va a su cuarto a peinarse y a colocarse su diadema. Toma su muñeca para peinarla igual que ella mientras canta.

Karlita baja para ir al piano, toma el libro que Claudia le compró en el centro comercial y comienza a tocar el *«El hombre solitario»*. Doña Leonor se detiene en la puerta de la sala y comienza a llorar al escuchar la triste melodía.

A las dos de la tarde regresa don Jorge para avisarle que las personas de la funeraria ya llevaron a Susana a la capilla. Doña Leonor se recuesta sobre el regazo de su esposo; él posa su mano sobre su cabeza para acariciarla, le susurra frases de fortaleza, a pesar del dolor que sienten, ambos saben que también deben ir a ver a Claudia. Doña Leonor se seca los ojos y va a tomar su suéter para encaminarse al hospital psiquiátrico. Doña Leonor llama a Karlita para que los acompañe.

Durante el camino van con la duda de si le dicen o no a Claudia que velarán a Susana. Karlita va detrás viendo hacia la calle con su muñeca sobre sus piernas, don Jorge le pregunta por qué está tan pensativa, Karlita lo voltea a ver y le pregunta si le dirán a Claudia sobre Susana, don Jorge le dice que no saben aún.

Al llegar al hospital se encuentran al doctor Armando preparándose para salir. Le preguntan si pueden pasar a ver a su hija, él les dice que preferiría que no, porque no estarían preparados para ver lo que está ocurriendo. Doña Leonor le suplica que por favor la deje verla, es su hija y el amor de madre la hace desear verla.

El doctor Armando los ve y baja su mirada a Karlita, le pide que los espere en su consultorio mientras sus abuelos ven a su mamá. Karlita sube los hombros diciendo está bien.

El doctor les dice que lo acompañen, mientras caminan por el pasillo les cuenta que el trastorno de Claudia es persistente y que ha continuado con alucinaciones. También les agrega que ha estado preguntando mucho por Susana y por Karlita en sus momentos de lucidez.

Doña Leonor voltea a ver a su esposo, el doctor al ver la reacción que tuvieron cuando les mencionó sobre Susana les pregunta qué ha ocurrido. Ellos le cuentan que por la noche la velarán y que mañana será el entierro.

—*Su cerebro ya no estaba funcionando, las máquinas era todo lo que mantenía su cuerpo con vida. Quisimos esperar unas semanas más pero... Los doctores no saben por qué pasó eso, el accidente no era para que eso pasara*— le dice doña Leonor.

El doctor Armando baja la mirada y suspira, les dice que les deja a ellos la decisión de decírselo o no —*Creo que no comprenderá si se lo dicen*— les refiere —. *Por cierto, creo que conocen al padre Gabriel, él anda por aquí. Por si quieren hablar con él*— les dice mientras se dirigen al cuarto blanco donde está Claudia.

—*El padre Gabriel, ¿Vino a ver a nuestra hija?*— le pregunta doña Leonor.

—*Viene una vez a la semana a orar por los pacientes*— le responde, volteándola a ver mientras ella busca algo en su bolso.

Mientras caminan pasan por un cuarto del cual viene saliendo el padre Gabriel, al verlos los saluda quitándose su sombrero. Don Jorge se aproxima a él para contarle lo sucedido con Susana y pedirle que pueda llegar a oficiar una oración por ella, él se disculpa por no poder llegar porque tiene otro velorio ese día, ellos bajan la mirada y le dan las gracias.

El padre Gabriel también les dice que sabe que no es el mejor momento pero que mañana temprano llamará al abogado del orfanato para que interrumpa el derecho que ellos puedan tener la custodia de Karlita, él prefiere que regrese al orfanato.

Ambos le preguntan el porqué de esa decisión, él les dice que es mejor si no saben más, pero que hablarán después. El padre Gabriel se despide de ellos.

Don Jorge y doña Leonor ven alejarse al padre Gabriel, no saben qué hacer. Doña Leonor baja la mirada y le pide al doctor Armando que los lleve con su hija.

Al caminar el padre Gabriel hacia la puerta de salida escucha que alguien lo llama por detrás, es Karlita.

—*Padre Gabriel*—. La mirada de Karlita se cruza con la del padre Gabriel. Karlita le sonríe, luego su sonrisa desaparece poco a poco.

—*Karlita*— murmura el padre Gabriel, mientras ella camina paso a paso hacia él. El padre Gabriel empieza a caminar hacia atrás.

El ambiente se va tornando frío. Un viento pasa atravesando al padre Gabriel y cierra con fuerza la puerta de salida.

Karlita vuelve a sonreír con cada paso. Con mano temblorosa el padre Gabriel saca su crucifijo y comienza a rezar pidiéndole a Satanás que se aleje.

—*Padre, si Dios no existe; ¡mucho menos Satanás!*— le exclama Karlita mientras sus ojos comienzan a brillar y su cabello negro se vuelve tornasol; las manos de Karlita están relajadas, va cargando su muñeca, camina un paso a la vez.

—*Sabía que, que, que eras un, un, un, un ser, ser di, di diff, diferente, desde que los tuvo tu, tu, tu madre... Por eso Rodrigo los abandonó en el orfanato, con el padre Sebastián*— le dice el padre Gabriel con voz temblorosa. Karlita se detiene y sus ojos poco a poco se cubren de negro en su totalidad.

—*Creí que al no estar Julián... tú...*— el padre Gabriel se queda en silencio cubriendo su boca con ambas manos —*¿Quién eres?*— le pregunta.

—*Así que fue usted quien apartó a Julián de mí*— Karlita da un paso más—. *El olvido es su destino padre Gabriel... no dejaré que se interponga en mi camino*—. El padre Gabriel deja caer su crucifijo mientras poco a poco el tiempo se detiene para él....

«*Sueña, sueña... con un mundo irreal.*
Despierta, despierta... en el más allá.
Sueña, sueña... aquí nunca volverás.
Despierta, despierta... en la oscuridad.»

Unas enfermeras que están en al otro lado del pasillo ven al padre Gabriel caer al suelo, corren a él para ver qué ha sucedido. Al verle le toman la presión, no tiene. Llaman de urgencia a uno de los médicos quien al llegar lo comienza a atender y se lo llevan a emergencias, pero no hay nada más que puedan hacer por él.

—*Hasta pronto padre Gabriel.*

Mientras tanto, sin saber lo que acaba de ocurrir, el doctor Armando abre la habitación de Claudia, ella al verlos les dice hola agitando su mano derecha, y se va a una de las paredes donde está dibujando algo con tiza negra, son dos círculos grandes. El doctor les dice que ella no para de decir que esos son los ojos negros del ángel de la muerte que mató a su esposo y persigue a Susana.

Doña Leonor le trata de hablar pero Claudia no hace caso, parece otra persona. En lo más profundo de su corazón, doña Leonor siente que también ha perdido a su hija, es como si ella está con ellos, pero al mismo tiempo no lo está. Don Jorge coloca su mano sobre el hombro de su esposa y le dice que deben retirarse y que regresarán mañana temprano para estar con ella todo el día, necesitan preparar todo para el funeral de Susana.

Al darse la vuelta, ven a Karlita detrás del doctor Armando. Karlita se inclina un poco para ver a Claudia. Don Jorge le dice que pase a verla. Claudia al ver a Karlita se hace a la esquina. Karlita camina hacia ella, Claudia se pone de cuclillas tapándose los ojos. Karlita se acerca para abrazarla y le susurra al oído que no tiene nada que temer, porque ella sabe que pronto mejorará.

Karlita le da un beso en la mejilla. —*Karlita... hija*— le susurra Claudia viéndola con ojos maternales. Claudia seca el rostro de Karlita con la mano. —*Te dije que me ocuparía de ti*— le dice Karlita con una sonrisa y le da otro beso. Karlita se limpia los ojos, da un respiro hondo y va con don Jorge.

Al ver la reacción de su hija, don Jorge y doña Leonor se acercan con ella para llenarla de abrazos. Le dicen que irán a visitarla mañana y estarán con ella todo el día. Claudia llora al abrazar a sus papás.

Don Jorge le extiende la mano a Karlita. Al estar en la puerta Karlita se da la vuelta, le tira un beso —*¡Te quiero mucho mamá!*— le dice mientras le dice adiós con la mano.

Mientras cierra la puerta, el doctor Armando, les dice que no esperaba esa reacción.

Claudia se levanta de aquella esquina, va su cama y poco a poco se queda dormida. En sus sueños ve a Enrique y a Susana, quienes parecieran estar jugando a las escondidas, de entre las risas, escucha la risa de una pequeña niña de cabellos rizados y ojos claros. Ve a Enrique alzando a la pequeña en brazos y a Susana preguntándole por qué solo carga a Emily. Claudia sonríe.

Al salir del hospital, los tres se dirigen hacia las capillas *«Los Lirios»*. Al entrar don Jorge con su esposa y Karlita, se dan cuenta de que los papás de Enrique ya están allí. Don Jorge y doña Leonor van con ellos, al verse los cuatro se abrazan. La mamá de Enrique siente que se va a desmayar, su esposo y don Jorge la ayudan a caminar hasta un sofá para que pueda reposar.

El ataúd de Susana yace frente a la estatua de una Virgen. Rocío se encuentra viendo a Susana a través de la ventana. Le dice lo mucho que extraña estar con ella y compartir sus aventuras. —*Teníamos mucho por delante, amiga mía*— le murmura a través del cristal —. *¿Quién te hizo esto? Mi Susy*— Rocío abraza el ataúd imaginando abrazar a Susana.

Karlita se aproxima al ataúd, al verla Rocío le voltea el rostro y va con sus amigos, los mismos que llegaron el día del cumpleaños de Susana. Renato tiene las manos en su corazón, al ver a Rocío que viene de regreso, se abrazan para llorar.

Karlita se pone de puntillas para ver a Susana, con una sonrisa cierra la pequeña ventana. Karlita va a una de las mesas donde está la comida para servirse un poco de agua, y va a uno de los sillones.

Doña Leonor va con Rocío para darle las gracias por llegar. Rocío la abraza diciéndole que se ha ido su mejor amiga y nunca encontrará a alguien más como ella.

El papá de Enrique se aproxima con Karlita, quien no le quita la mirada a Rocío. El papá de Enrique le dice que su hijo le había hablado mucho de ella, sobre que era una niña muy inteligente y que además es una virtuosa del piano. Karlita le sonríe y le dice que sí, le gusta mucho tocar el piano. El papá de Enrique le dice que espera algún día poder escucharla. Karlita le dice que será un gusto.

Rocío le dice a doña Leonor que su papá acaba de llegar a recogerla, pero antes quiere darle el pésame y que entrará para saludarla. Doña Leonor le pregunta cuál es el nombre de su papá, Rocío le responde que es Mario Jiménez. Karlita voltea a ver a Rocío.

Don Mario entra a la capilla, Rocío le hace señas para que se acerque, al llegar le presenta a doña Leonor. Don Mario le da el pésame, le dice que para su hija también está siendo muy difícil la pérdida de su mejor amiga. Don Jorge llega con ellos. Don Mario lo saluda y le da el pésame. Don Jorge y doña Leonor le agradecen su muestra de amor para con su nieta. Doña Leonor les dice que el entierro será mañana. Rocío le promete que estará ahí.

Al despedirse, don Mario nota que Karlita lo observa, una corriente recorre su cuerpo. —*¿Qué te pasa, papá?*— le pregunta Rocío al notarlo extraño. —*Nada, hija. Vámonos*— le responde mientras la abraza para caminar. Rocío le pide a su papá que la espere un momento porque olvidó despedirse de sus amigos.

Rocío se despide de Renato, quien aún llora, le dice a Rocío que siempre había amado a Susana, y que aún la ama ahora. Rocío le pide que sea fuerte, y que siempre recuerde la sonrisa de Susana.

Rocío observa a Karlita, da la vuelta para despedirse de ella. —*Adiós, Karlita*— le dice Rocío. —*¿Extrañas a Susana?*— le pregunta Karlita —*Susana era muy inmadura*— Karlita suspira y cruza su mirada con la de Rocío.

Rocío le dice adiós a Karlita y se retira lo más rápido que puede. La mirada de Karlita permanece fija en la mente de Rocío.

A la medianoche, solo don Jorge, doña Leonor y Karlita están en la capilla. Don Jorge les dice que deben descansar, le dice a su esposa que ella duerma con Karlita en el cuarto de la capilla y él dormirá en el sillón.

A la mañana siguiente, se disponen a salir para el cementerio. El licenciado Ramírez llega temprano para darles el pésame y también les informa sobre la muerte del padre Gabriel el día anterior, y que lo estarán enterrando ese mismo día. El licenciado Ramírez también les dice que debido a eso, es muy probable que cierren el orfanato, por lo que el proceso de adopción es oficial y que ellos son los custodios legales de Karlita.

Don Jorge y doña Leonor le dan las gracias por informarles, también aprovecha para preguntarles por Claudia. Don Jorge le dice que tienen buenas esperanzas ya que tuvo una buena reacción cuando la visitaron. El licenciado Ramírez trata de contener un poco su alegría al escuchar esa noticia, tan solo inclina un poco su rostro en afirmación y les dice que los acompañará en la caravana hacia el cementerio.

Don Jorge y doña Leonor le dan las gracias y llaman a Karlita para salir al cementerio a darle el último adiós a Susana.

Los días transcurrieron como el agua fluye en un río, rápido y sin importar lo que ocurre a su alrededor. Sin siquiera sentirlo llegó el primer día de clases para Karlita. Doña Leonor se sienta en la orilla de la cama, viendo las fotos del álbum familiar, ve a Enrique, Susana y Claudia. Una lágrima recorre el rostro de doña Leonor al decirle a su esposo que hace tres semanas enterraron a su nieta, pero que también siente mucha esperanza porque ha visto que su hija ha mejorado mucho con las visitas de Karlita, y de seguir Claudia así, en pocas semanas podría estar de vuelta en casa.

—*Han pasado muchas cosas en tan corto tiempo, mi amor*— le dice doña Leonor mientras se recuesta sobre el hombro de su esposo. Don Jorge le da un beso en la frente. Doña Leonor se reincorpora al escuchar un ruido en el primer nivel. Don Jorge le dice que ha de ser porque Karlita se está preparando su desayuno por ser su primer día de clases.

Al bajar ambos, ven a Karlita desayunando, ya está bañada y arreglada, su uniforme bien planchado y una diadema en sus cabellos. Ellos le preguntan por su mochila, Karlita les señala el sofá, ahí está preparada y reluciente de limpia. Don Jorge le pregunta si tiene todo lo que necesita, Karlita le dice que sí. Doña Leonor le prepara algo a don Jorge para que pueda llevarse como desayuno ahora que va a ir a dejar a Karlita al liceo.

Al terminar de desayunar, Karlita sube a lavarse los dientes mientras va tarareando una canción. Don Jorge le dice que ya está listo para ir a dejarla.

Karlita baja saltando de un lado a otro y va a tomar sus cosas. Doña Leonor le grita que no se olvide de su merienda de las diez. Karlita le dice gracias abuela. Doña Leonor siente que se le sale el corazón de alegría por ser la primera vez que ella la llama así.

Al llegar al liceo, Karlita le da las gracias a don Jorge, le da un beso de despedida y le da las gracias por ser un buen abuelo. Él le dice que estará afuera esperándola al terminar las clases, ella le sonríe dándole las gracias e ingresa al liceo. En la entrada, Karlita se da la vuelta para pedirle si por la tarde pueden ir a ver a su mamá. Don Jorge le dice que irán los tres. Karlita sonríe y le dice adiós con su mano; entra a la escuela saltando de pie en pie.

Al entrar una maestra le pregunta su nombre, Karlita se lo dice, la maestra la busca en el listado, al encontrarla le indica que su salón de clase es el «*3 "A"*» y le pide a una de las auxiliares que la guíe. Después de los actos de apertura, los niños van corriendo cada uno a su aula, el director les pide que guarden orden.

Ya dentro de su salón de clase, Sofía se presenta como la maestra asignada. La maestra Sofía le pide a cada uno que se presente.

Una niña de cabellos cortos y ojos medio claros ríe sin control, le habla a todos los que tiene a la par. La maestra le pide que se ponga en pie y diga su nombre, ella se levanta y como si fuera una competencia de quien dice su nombre más rápido le dice —*Nancy Elizabeth Nájera Arrivillaga*— se sienta con la misma velocidad con la que lo dijo.

Una niña de cabellos rubios y ojos azules le dice que parece pajarraco por lo rápido que habla. La maestra Sofía suspira y se pone las manos sobre la cintura, la señala con la mano y le pide que les diga su nombre, la niña se levanta y les dice que se llama —*Anna Lucía Méndez Arrivillaga*—. Al escuchar Nancy el segundo apellido ríe y comienza a hacer ruido con los pies. La maestra Sofía le hace seña de silencio con su dedo y piensa en que será un año difícil con esas dos niñas.

Karlita levanta su mano, la maestra le pide que comparta cómo se llama, las dos niñas continúan hablando entre ellas, Karlita las voltea ver. Las dos cruzan su mirada con la de Karlita, muy despacio arreglan su escritorio y se ponen en posición de reposo, viéndola de reojo de vez en cuando.

La maestra le da las gracias a Karlita y le pide que continúe, Karlita les dice que se llama —*Karla Gabriela González Martínez*—. La maestra le sonríe diciéndole que no sea tan seria y le da la bienvenida.

Karlita ve a un niño de pelo castaño quien está a su lado izquierdo, lo ve sin pestañear, él la ve y se voltea para no cruzar su mirada con la de ella. Al llegar su turno la maestra Sofía le pide que diga su nombre frente a la clase, el niño con mucha timidez ve a todos sus compañeros, en especial voltea a ver a Karlita, ella no le quita la mirada. El niño se pone en pie y les dice su nombre, la maestra Sofía le pide que lo diga más recio porque nadie lo escuchó, el niño les dice que se llama —*Julián Jiménez Urrutia*—. La maestra lo felicita y le da la bienvenida.

Cuando todos los niños terminan de decir su nombre, la maestra Sofía les pide que den un fuerte aplauso. Karlita aplaude sin quitar su mirada de Julián. Luego, la maestra Sofía les dice que les dará unos minutos para que vayan con alguien y platiquen un rato para que se vayan conociendo. Nancy va rápido al escritorio de Karlita y le extiende la mano. Karlita la ve, y sin prestarle atención, regresa la mirada a Julián. Nancy levanta y baja los hombros rápido y va corriendo a extenderle la mano a otro niño.

Karlita se levanta de su escritorio y va directo con Julián, él al verla trata de esconder su rostro. Al levantar la mirada ve a Karlita quien está enfrente él, ella lo ve con seriedad.

—*Por poco y no te vuelvo a ver Julián.*

—*Fin*—

¿Quién eres tú?

Doña Leonor sube al segundo nivel con una charola de comida, mientras Karlita toca «*Para Elisa*». Al terminar la melodía, Karlita cierra la tapadera de las teclas con mucho cuidado, el silencio es tal, que sólo puede escucharse «*tic tac, tic tac*», se puede ver el cabello de Karlita quien continua de espaldas.

Karlita se da la vuelta en un abrir y cerrar de ojos; cruza su mirada con quien la observa, baja del banco con lentitud y se comienza a acercar, su cabello se vuelve tornasol y sus ojos se cubren de oscuridad…

—*¿Quién eres tú?, ¿por qué me has estado siguiendo todo este tiempo?, ¿aún no te has dado cuenta de quién soy?*— Karlita sonríe —*el olvido será tu destino…*—

Sueña, sueña... con un mundo irreal.
Despierta, despierta... en el más allá.
Sueña, sueña... aquí nunca volverás.
Despierta, despierta... en la oscuridad.

Hasta pronto...

Acerca del autor

Abner Huertas es un escritor que vive en su propio mundo de ideas del cual nació Karlita. En la actualidad vive en la ciudad de Guatemala, se dedica a la consultoría empresarial, en sus tiempos libres se dedica a escribir, a leer y a aprender.

karlita@abnerhuertas.com
www.abnerhuertas.com/karlita